GABRIELE KEISER

Tatort Rheinbrücke

KEIN VERGEBEN – KEIN VERGESSEN?

Einmal im Jahr wird Remagen zum Treffpunkt der Neonaziszene – sehr zum Unmut der Anwohner. Rechtsgerichtete aus allen Teilen der Republik inszenieren in der Kleinstadt am Rhein einen sogenannten Trauermarsch, um der Wehrmachtsoldaten zu gedenken, die im dortigen Rheinwiesenlager unter erbärmlichen Umständen gefangen gehalten wurden. Viele von ihnen starben. »Die hier getöteten Männer sind Opfer, keine Täter«, wird lautstark verkündet.

Als vor den Brückentürmen die Leiche eines Mannes aufgefunden wird, stellt sich bald heraus, dass er der rechten Szene angehörte. Weil er mit der Dienstpistole einer Schutzpolizistin erschossen wurde, gerät diese in den Fokus der Ermittlungen. Sie gibt an, dass ihr die Waffe entwendet wurde. Doch sagt sie die Wahrheit? Mehr denn je ist Franca Mazzaris Erfahrung gefragt, aber die Kommissarin genießt ihren Urlaub im Trentino, der Heimat ihres Vaters ...

© Michael Schäuble

Gabriele Keiser, 1953 in Kaiserslautern geboren, studierte Literaturwissenschaften und lebt heute als freie Schriftstellerin, Lektorin und Volkshochschuldozentin in Andernach am Rhein. Ihre Krimis um die sympathische Koblenzer Kriminalkommissarin Franca Mazzari sind eine gelungene Kombination von Spannung und Wissensvermittlung, denn es geht immer um mehr als nur um die Frage nach dem Täter. Die Autorin ist Mitglied im »Syndikat«, der Vereinigung deutschsprachiger Krimiautoren, und war etliche Jahre Vorsitzende des Verbandes deutscher Schriftsteller (VS) in Rheinland-Pfalz. Im Jahr 2014 erhielt sie den Kulturförderpreis des Landkreises Mayen-Koblenz.

GABRIELE KEISER

Tatort Rheinbrücke

KRIMINALROMAN

GMEINER

Immer informiert

Spannung pur – mit unserem Newsletter informieren wir Sie
regelmäßig über Wissenswertes aus unserer Bücherwelt.

Gefällt mir!

Facebook: @Gmeiner.Verlag
Instagram: @gmeinerverlag
Twitter: @GmeinerVerlag

MIX
Papier | Fördert
gute Waldnutzung
FSC® C083411
FSC
www.fsc.org

Besuchen Sie uns im Internet:
www.gmeiner-verlag.de

© 2023 – Gmeiner-Verlag GmbH
Im Ehnried 5, 88605 Meßkirch
Telefon 0 75 75 / 20 95 - 0
info@gmeiner-verlag.de
Alle Rechte vorbehalten
1. Auflage 2023

Lektorat: Claudia Senghaas, Kirchardt
Herstellung: Mirjam Hecht
Umschlaggestaltung: U.O.R.G. Lutz Eberle, Stuttgart
unter Verwendung eines Fotos von: © uh Fotografie Bonn /
stock.adobe.com
Druck: CPI books GmbH, Leck
Printed in Germany
ISBN 978-3-8392-0420-7

PROLOG

Remagen,
Samstag, 14. November 2020

Triumphierend sieht er sich um. Aus dem gesamten Bundesgebiet sind erneut zahlreiche Kameraden dem Aufruf zum Gedenkmarsch gefolgt. Wie schon in den Jahren zuvor. Was ihn besonders freut: Es sind viele junge Leute gekommen. Auch etliche seiner Schüler sind dabei, die schwarze Trauerfahnen schwenken oder schwarz-weiß-rote Flaggen. Andere tragen gemeinsam Banner mit unübersehbaren Parolen vor sich her. »Kein Vergeben – kein Vergessen. Deutsche Opfer klagen an«, ist darauf in Großbuchstaben zu lesen. Und: »Rheinwiesenlager – Eine Million Tote rufen zur Tat«.

Die Profile von Wehrmachtssoldaten sind abgebildet, Männer, die ergeben die Hände über die Köpfe mit den Stahlhelmen heben. Eindeutige Aussagen, hinter denen er ohne Wenn und Aber steht.

Mit Genugtuung schweift sein Blick über das Heer von Gleichgesinnten, das sich langsam in Gang setzt. Viele sind dunkel gekleidet. Nur wenige tragen Springerstiefel und Bomberjacken oder haben die Haare zu Glatzen geschoren. Die meisten sind ganz normal gekleidet, unauffällig, so wie er. Stolz hebt er seine Fahne hoch und marschiert im gleichen Schritt und Tritt mit den Kameraden quer durch Remagen.

Das Andenken an die hier auf diesem Grund und Boden Ermordeten darf nicht in den Schmutz gezogen werden. Von niemandem. Schon gar nicht von denen, die sich als Repräsentanten unserer Heimat aufspielen. Hampelmänner allesamt! Jedem anständigen Deutschen muss doch klar sein, dass das, was gemeinhin als Befreiung bezeichnet wird, eine infame Lüge ist. Hier wurde niemand befreit, ganz im Gegenteil, auf diesem Grund und Boden fand eine ungeheure Knechtung statt! Die hier getöteten Männer sind allesamt Opfer, keine Täter. Wir dürfen uns nicht länger einreden lassen, dass unsere Väter und Großväter Unrecht taten. Sie sind für unser Land eingestanden, haben heldenhaft gekämpft. Und mussten elend krepieren auf ihrem eigenen, einst fruchtbaren Land, der »Goldenen Meile«, die zu einer Meile des Sterbens wurde. Weil die Besatzer unbefugt dort eindrangen und unsere Soldaten mit Waffengewalt niederzwangen. Sie haben nicht nur verhindert, dass aus Deutschland ein souveräner Staat wurde, sondern sie überwachen und steuern noch immer unser Vaterland. Das dürfen wir uns nicht gefallen lassen. Daran muss erinnert werden, Jahr für Jahr!

Er freut sich, dass es so viele sind, die seine Überzeugung teilen. Mit seiner Elite-Truppe wird er künftig noch stärker dafür sorgen, dass es immer mehr werden. *Ehre, Treue, Vaterland.* Das sind unumstößliche Werte. Daran glauben sie alle, die ankämpfen gegen die grassierende Volksverdummung, gegen die Lügen und schmählichen Behauptungen von der Schuld unseres Volkes.

Stolz hebt er das Banner hoch, während er weitermarschiert. Kopfschüttelnd denkt er daran, wen man alles hier in einer überdimensionalen Ackerfläche hinter Stacheldraht eingepfercht hatte: Tapfere Soldaten, die bis zum Schluss gekämpft hatten, weil sie von ihrer Sache überzeugt waren, deutsche Frauen, sogar Kinder mussten gleichermaßen die Schikanen der Kriegsgewinnler über sich ergehen lassen. Nicht wenige starben wie die Fliegen. An Unterernährung, an Durchfall, an Typhus und Ruhr. Und nicht zuletzt an Erschöpfung.

Solches Handeln schreit nach Rache, schreit nach Vergeltung!

Dem Dummvolk muss endlich die Augen geöffnet werden. Man muss ihm klarmachen, dass die offiziellen Medien nur Unwahrheiten verbreiten. Es liegt an uns, von dem zu berichten, was nicht in der Lügen-Presse steht. Was absichtlich verschwiegen wird.

Wir werden euch allen zeigen, dass wir uns das Denken nicht verbieten lassen. Aufklärung ist gefragt, heute mehr denn je.

Jetzt passiert die Truppe den Jahntunnel und gelangt zur Goethestraße. Es ist nicht mehr weit bis zum Ziel, wo auf einer Wiese in der Nähe der *Schwarzen Madonna* die Totenehrung mit Kranzniederlegung zelebriert und aufklärerische Reden gehalten werden.

Auch er hat eine Rede vorbereitet. Seine Worte hat er sorgsam gewählt. Keine Angriffsfläche bieten, darauf hat er geachtet, dennoch deutlich das ausdrücken, was gesagt werden muss! Darin ist er schließlich geübt.

Dieser Aufmarsch stellt keinen Blick zurück dar, sondern einen Blick in die Zukunft. Immerhin geht es darum, Anklage gegen diese Republik zu formulieren. Ein Land, dessen gründliche Veränderung unmittelbar bevorsteht.

Er ist zuversichtlich, dass sein Anliegen vielfach gehört

und verstanden werden wird. Dass die Schlafschafe endlich aufwachen, die sich seit Jahrzehnten verblenden lassen. Zwar rechnet er durchaus damit, dass sich ihnen linke Randalierer in den Weg stellen werden. Doch das kümmert ihn wenig. Er hat schließlich zu kämpfen gelernt, mit allen Mitteln.

Er muss lachen, als er sieht, wie sie schön brav am Straßenrand stehen und sich an weißen Bändern festhalten, damit der Abstand gewahrt bleibt. Selbstverständlich tragen sie allesamt Maulbinden. Diese Deppen tun alles, was man ihnen vorschreibt, nur denken können sie nicht. Auch etliche Dunkelhäutige sind dabei. Klar, die Merkel lässt ja alles rein. Und dann wundern sie sich, wenn diese Affen unsere Mädchen und Frauen vergewaltigen und abstechen.

Er ist sich sicher, seine Leute werden sich von niemandem beirren lassen. Und schon gar nicht von denen, die auf Provokationen lauern. Es wird unentwegt weitermarschiert. Im gleichen Schritt und Tritt. Bis zum Ziel.

Seinen Großvater mütterlicherseits hatte man hier eigesperrt, wo er elend krepierte. Und einen Großonkel. Drüben auf dem Ehrenfriedhof in Bad Bodendorf sind beide begraben. Tapfere Wehrmachtssoldaten, aufrichtige Kämpfer, die unabdingbar an den Sieg glaubten und schließlich wie Vieh behandelt wurden. Zusammen mit vielen Tausenden ihrer Kameraden waren sie auf diesem von Stacheldraht umzäunten Acker bewacht worden von patrouillierenden Amis und Engländern, die sich zu Siegern aufgeschwungen hatten. Kein Dach über dem Kopf, kein Zelt, keine Baracke, und nichts zu fressen. Zu Saufen gab es nur ungeklärtes Rheinwasser, wovon man unweigerlich krank wurde. Die Erdlöcher, die sie zu ihrem

Schutz gruben, liefen bei Regen voll. Hunger war ihr ständiger Begleiter. Und wer zu fliehen versuchte, auf den wurde geschossen.

Tatsachen, die vielfach dokumentiert sind. Doch das scheint niemanden mehr zu kümmern. Überall wird die angebliche Schuld der Deutschen breitgetreten, aber dieses Unrecht auf unserem Boden wird verleugnet und beharrlich verschwiegen. Dass diese Schmach niemals vergessen und vergeben wird, daran erinnern er und seinesgleichen alljährlich im November. So lange, bis auch der letzte Depp kapiert hat, was geschehen ist.

Inzwischen ist der Zug auf der Höhe der Fachhochschule angelangt, die sich großspurig RheinAhrCampus nennt. In den Fenstern hängen Porträts. Er schnaubt, als er die Namen unter den Fotos liest – Namen angeblicher Opfer der Nazis, die in angeblichen Vernichtungslagern umgekommen sind. Er muss grinsen, weil die Fotos ihn an die Schießscheiben im Wald erinnern, an denen er fleißig mit seinen Schülern übt.

Vor einer Bühne hat sich eine größere Menschenmenge gebildet. Beim Näherkommen liest er die Botschaften auf den Transparenten der sogenannten Gegendemonstranten. »Kriegsverbrecher, Nazis sind keine Helden«, »Gegen Naziterror und rechte Gewalt«, »Opfermythen ins Wanken bringen«, »Deutsche Täter sind keine Opfer«.

Er schüttelt den Kopf. Dummbeutel allesamt! Die kapieren es nie! Halten sich für die Guten. »Tag der Demokratie« nennen sie neuerdings diesen Tag, der nicht der ihre ist. Die Wahrheit bezeichnen sie als »krude Theorie«. Loben die sogenannten Befreier.

So kann man die Dinge verdrehen.

Diese angebliche Befreiung war nichts anderes als ein Genozid an unserem Volk. Ein geplanter Massenmord. Der alliierte Massenmord. Und diese unfähige Politikerriege, die unser Deutschland regiert, sind lediglich Marionetten der Siegermächte, die sich alles vorschreiben lassen.

Von der dortigen Bühne schallt laute Musik. Einer stellt sich hinters Mikrofon und beginnt mit seinem Sermon. Satzfetzen dringen an sein Ohr.

»Liebe Bürgerinnen und Bürger. Demokratie ist kein Selbstläufer. Dies müssen wir uns immer wieder vor Augen führen. Demokratie muss stets aufs Neue verteidigt werden. So auch an diesem Samstag, an dem wieder einmal Neonazis die Opfer des Nationalsozialismus verhöhnen und geschichtsverfälschende Thesen verbreiten.«

Ja, klar! Quatsch du nur. Diesen Scheiß glaubt sowieso kein Mensch.

Danach ist die rote Madame dran. Lächerlich, wie sie vom »unseligen Nazi-Spuk« spricht. Keine Ahnung haben, aber große Töne spucken! Der muss man mal richtig eine aufs Maul geben. Warte nur, wird nicht mehr lange dauern.

»Wie zerbrechlich freiheitlich demokratische Staatsgebilde sind, wenn Populisten und Autokraten mit ihren Thesen hierfür ganze Bevölkerungsschichten unterwandern, lehrt uns unsere Geschichte: Die Machtübernahme durch die NSDAP, der sich daraus entwickelnde Zweite Weltkrieg mit all seinen Gräueltaten, die Verfolgung und Ermordung von Millionen Menschen sind mahnende Ereignisse, die sich nie wieder wiederholen dürfen.«

Kopfschüttelnd beobachtet er, wie die Schlafschafe das Gesülze beklatschen. Doch Madame ist noch nicht fertig.

»Bei diesen Umtrieben handelt es sich nicht mehr um ein vernachlässigbares Geschehen am Rande. Solche populistischen und ablehnenden Haltungen gegenüber Fremden, anderen Kulturen und Religionen sind auf dem Weg in die Mitte der Gesellschaft! Dem müssen wir durch Geschlossenheit Einhalt gebieten.«

Das kann man ja nicht mehr mit anhören. Aber du wirst auch noch kapieren, wohin die Reise geht. Wart's nur ab.

Sein Blick streift die Polizisten, wie sie reglos da stehen und darauf warten, dass was passiert. Staatsmacht demonstrierend. Diese Vollstrecker in Kampfanzügen lauern doch nur darauf, ihre Knüppel zu schwingen. Sollen sie mal schön das linke Gesocke im Auge behalten.

Schweigend marschieren seine Leute weiter, bis sie ihr Ziel erreicht haben. Auf der Wiese neben der kleinen Kapelle *Schwarze Madonna* stellen sie sich in Position.

Nachdem seine Vorredner eifrig beklatschte Ansprachen gehalten haben, geht er vors Mikrofon. Seine Worte sind wohlgesetzt. Obwohl in seinem Kopf ein Sturm tobt.

Er weiß: Nichts wird sich ändern durch ein Kreuz auf einem Wahlzettel. Es wird sich erst wirklich was ändern, wenn diese Quatschköpfe da drüben ausgeräuchert sind.

Wie hatte der Kollege Frohnmaier so treffend gesagt? »Wir Deutschen machen keine halben Sachen! Wenn wir kommen, dann wird aufgeräumt. Dann wird ausgemistet. Dann wird wieder Politik für das Volk und zwar nur für das Volk gemacht.«

Er ist sich sicher: Dieser Tag ist nicht mehr fern. Bald wird unsere Zeit kommen. Dann holen wir uns unser Deutschland zurück, und dieses Dummvolk da drüben wird sich die Augen reiben.

1. KAPITEL

Remagen
Samstag, 12. Juni 2021

»Danke, dass du dich für mich geopfert hast.«

Rominas Lächeln, ihre gesamte Haltung hatte etwas merkwürdig Verkrampftes.

»Na, hör mal, ich hab' mich doch nicht geopfert!« Clarissa schüttelte in gespielter Empörung den Kopf. »Ich finde es richtig schön, dass wir uns endlich mal wieder unter normalen Umständen treffen können.« Sie hielt das Glas mit Aperol Spritz hoch und prostete ihrer Freundin zu.

»Du meinst wohl: unter relativ normalen Umständen. Noch befinden wir uns in der Warteschleife«, wandte Romina ein.

»Lange kann es nun wirklich nicht mehr dauern mit dieser Kontaktreduzierung. Schließlich sind wir doppelt geimpft. Du doch auch, oder?«

»Schon. Aber ob's wirklich hilft? Ich hab' da meine Zweifel.«

Die beiden jungen Polizistinnen saßen am Caracciolaplatz im Außenbereich eines Restaurants direkt an der Rheinpromenade und genossen die Abendsonne, deren glänzendes Licht sich im nahen Fluss spiegelte. Genau so, wie man sich einen schönen Sommerabend wünschte.

Die Luft war noch warm. Um sie herum brodelte das Leben. Sämtliche Tische waren besetzt. Alles wirkte beinahe wie immer. Als gebe es keine Pandemie. Keinen lebensbedrohlichen Virus, der die ganze Welt in Alarmbereitschaft versetzte.

»Auch wenn niemand in meinem unmittelbaren Umfeld ernsthaft krank wurde, so ganz unversehrt sind wir ja nicht davongekommen.« Romina senkte den Blick und stupste den Strohhalm ins Glas. Die Eiswürfel klirrten. »Das ist übrigens für mich das erste Mal seit Langem, dass ich wieder unter Menschen bin.«

Clarissa riss erstaunt die Augen auf. »Wie? Du hast dich während der ganzen Zeit mit niemandem getroffen? Du bist doch schon ewig daheim.«

Nicht nur Clarissa war aufgefallen, dass sich die Freundin seit dem Vorfall im letzten November sehr verändert hatte. Still und nachdenklich war sie geworden. Um nicht zu sagen, depressiv. Der Grund hierfür war allerdings weniger die Pandemie, wie Clarissa vermutete.

»Ich kenne hier ja noch kaum jemanden.« Das hatte Romina so leise geäußert, dass es kaum hörbar war.

»Ist denn schon klar, wann du wieder arbeiten kannst?«, fragte Clarissa geradeheraus. Um dieses heikle Thema hatten sie bisher beide herumlaviert. Hatten sich stattdessen festgekrallt an unverfänglichem Small Talk.

Rominas Blick war seltsam leer. Manchmal hatte Clarissa regelrecht das Gefühl, als ob die Freundin durch sie hindurchsehe. Das, was sie hinter sich hatte, war ihr noch immer deutlich ins Gesicht geschrieben, so verletzlich wie sie wirkte. Es war ein gutes halbes Jahr her, dass die junge Polizistin während eines Einsatzes von einer unbekannten Person niedergeschlagen worden war, weil es während eines Nazi-Trauermarsches zu tätlichen Auseinandersetzungen kam, wie es verharmlosend im Beamtendeutsch hieß.

Clarissa war erschüttert gewesen, als sie von dem Übergriff hörte, der einen längeren Krankenhausaufenthalt nach sich zog. Rominas äußere Wunden waren zwar verheilt, doch die Freundin befand sich noch immer in psychologischer Behandlung und galt weiterhin als dienstunfähig. Dass sie wegen der Corona-Maßnahmen doppelt isoliert war, das war Clarissa gar nicht zu Bewusstsein gekommen.

»Und was machst du so den lieben langen Tag?«, versuchte sie, einen lockeren Ton in die Unterhaltung zu bringen.

»Ich gehe viel spazieren.« Romina zuckte mit den Schultern. »Schlafen klappt nicht besonders. An manchen Tagen ziehe ich bereits in aller Herrgottsfrühe los. Hast du schon mal einen Sonnenaufgang am Rhein erlebt? Wenn sich Wasser und Himmel langsam rot färben? Ist immer wieder toll.«

Clarissa hob die Augenbrauen. »Das wäre nichts für mich. Wenn ich nicht zur Arbeit raus muss, kriegen mich keine zehn Pferde so früh aus dem Bett.«

»Morgenstund hat Gold im Mund. Da ist schon was dran. Ist ein besonderes Erlebnis, wenn die Welt noch ganz still ist und der Tag gerade beginnt.« Der Enthusiasmus in Rominas Stimme passte nicht zu der Traurigkeit in ihren Augen. »Inzwischen kann ich dir alles über Remagens Geschichte erzählen«, fuhr sie fort. »Ich kenne mich jetzt richtig gut aus.« Sie lachte ein wenig schnaubend. Ein unechtes, verlorenes Lachen. Dabei strich sie in einer hilflosen Geste die langen, dunklen Locken zurück, die ihr offen auf die Schultern fielen.

Clarissa wurde erneut bewusst, was für eine ausgesprochen schöne Frau Romina war, mit ihren ebenmäßigen Gesichtszügen, der leicht olivfarbenen Haut und den rabenschwarzen Augen. Das Einzige, was störte, waren die tiefen Ringe darunter. Romina war bei der Bundespolizei. Ursprünglich kam sie aus Berlin. Sie beide hatten sich während eines Seminars zum Umgang mit Menschen mit Migrationshintergrund kennengelernt und waren sich bei einem späteren Glas Wein näher gekommen. Seitdem waren sie befreundet. Romina wollte unbedingt an den Rhein, und nach einigem Suchen hatte sie im letzten Sommer eine preisgünstige, dabei relativ großzügige Wohnung auf dem Viktoriaberg in Remagen bezogen.

»Ich hab' herausgefunden, dass ganz in der Nähe meiner Wohnung Madame Buchela lebte.« Romina deutete vage in Richtung Stadtmitte. »Das war eine berühmte Seherin.«

»Eine Zigeunerin?«

»Sinteza«, korrigierte Romina. »Jahrzehntelang hat sie mit ihren Vorhersagen für Schlagzeilen gesorgt. Das Häuschen, das sie bewohnte, hatten ihr zwei dankbare Schwestern vermacht.«

»So was gibt's?«, feixte Clarissa. »Dann haben wir offensichtlich den falschen Beruf. Bei uns käme niemand auf die Idee, uns vor lauter Dankbarkeit ein Häuschen zu vermachen.«

»Tja. Ganz davon abgesehen, dass wir so ein Geschenk niemals annehmen dürften.«

Clarissa grinste. »Ja, ja, wir edlen Polizisten widerstehen natürlich jeglichem Bestechungsversuch.«

Romina richtete sich auf und drückte den Rücken gerade. »In dem Häuschen dort – die Remagener nannten es Hexenhäuschen – hielt Madame ihre Audienzen. Ihre Klientel war ziemlich berühmt. Sogar Adenauer soll sich Rat bei ihr geholt haben. Jedenfalls hat sie mit ihren Voraussagen viel Geld verdient, das sie meist großzügig an die Verwandtschaft verteilt hat. Da sieht man mal, wie weit man es als Wahrsagerin bringen kann.«

»Sag ich doch, wir haben den falschen Beruf.« Clarissa zwinkerte ihrer Freundin zu und war im Grunde froh, dass sie zu einer gewissen Leichtigkeit zurückgefunden hatten.

Mit einer fahrigen Bewegung hob Romina ihr Glas mit der orangefarbenen Flüssigkeit, sog an dem schwarzen Plastikstrohhalm und setzte es ab.

»Da drüben liegt Unkel, unterhalb vom Siebengebirge.« Sie wies auf die gegenüberliegende Rheinseite. »Da hat Willy Brandt in seinen letzten Lebensjahren gewohnt. Er soll übrigens auch die Dienste der Buchela in Anspruch genommen haben. Im Ort wurde ein kleines Museum eingerichtet. Das habe ich mir kürzlich angesehen. Sein Arbeitszimmer ist originalgetreu rekonstruiert. Die Brille liegt auf dem Schreibtisch, ganz so, als ob er sie gleich wieder aufsetzen würde.« Es entstand eine kurze Pause. »Wie gesagt, ich hab' meine Zeit genutzt und mich ordentlich gebildet.« Mit dem Zeigefinger malte sie unsichtbare Kreise auf den Tisch. »Manchmal wünsche ich mir, man könnte die Zeit zurückdrehen. Madame Buchela würde noch leben und ich könnte sie um Rat fragen.«

Clarissa zog die Brauen zusammen. »Du glaubst doch nicht wirklich an solch einen Hokuspokus?«

»Das halte ich durchaus nicht für Hokuspokus.« Rominas Stimme klang fest, fast ein wenig ärgerlich. »Ich glaube schon, dass es so was gibt wie eine seherische Gabe.«

»Das meinst du nicht ernst? Also ich für mein Teil nutze lieber meinen Verstand.« Clarissa war leicht verunsichert. »Und wenn mir einer was Schlimmes voraussagen würde, wollte ich das lieber nicht wissen«, fügte sie hinzu.

»Manchmal schadet es nicht, wenn man ein wenig hinter die Dinge blicken kann. Und wie sagte schon Shakespeare: Es gibt mehr Dinge zwischen Himmel und Erde, als unsere Schulweisheit sich träumen lässt.«

»Also ich weiß nicht«, warf Clarissa skeptisch ein. »Vielleicht bin ich viel zu sehr Realistin.«

»Ich bin auch Realistin. Aber ich bin sicher, da gibt es so einiges, was wir nicht rational erklären können. Ich bin nämlich nicht nur viel spazieren gegangen. Ich habe auch viel gelesen.«

Was kam jetzt? Romina lief doch hoffentlich nicht Gefahr, diesen unsäglichen Verschwörungstheorien aufzusitzen, die im Netz zuhauf kursierten und gegen die offenbar sogar intelligente Menschen nicht gefeit waren.

»Es gab zahlreiche Dichter, die klarsichtig die Gefahr des Dritten Reichs vorausgesagt haben. Und nicht wenige sind daran zugrunde gegangen. Tucholsky war einer von ihnen.«

Ach, daher wehte der Wind. Das war nachvollziehbar. Hatte allerdings mit einem wachen Verstand mehr zu tun als mit Hellseherei.

»Oder Kassandra. Ihren Warnungen wollte niemand glauben. Bis aus dem Bauch des Trojanischen Pferdes griechische Kämpfer stiegen. Das Ergebnis war ein jahrelanger sinnloser Krieg.«

»Das ist ein griechischer Mythos«, wandte Clarissa ein. »Dann bist du auch der Überzeugung, dass Maria vom heiligen Geist schwanger wurde?« Ihr Tonfall war belustigt.

Romina legte ärgerlich die Stirn in Falten. »Du glaubst also nicht, dass es Menschen mit einer ausgeprägten Sehergabe gibt? Auch nicht, wenn ich dir sage, dass die hochangesehene Schriftstellerin Christa Wolf den Mythos der Kassandra umgedeutet und in unsere Zeit transferiert hat? Und dass sich dank dieser Umdeutung Frauen jeden Alters in dieser Seherin, der niemand glauben wollte, wiedererkannt haben?«

Clarissa kniff die Augen zusammen. Ein Gedankengang, dem sie nicht mehr recht folgen konnte. Wohin driftete dieses Gespräch?

»Im Grunde hat Hellsehen viel mit psychologischem Wissen und der Summe an Lebenserfahrung zu tun«, fuhr Romina unbeirrt fort. »Die Buchela hatte eine äußerst gute Menschenkenntnis und wusste sofort, wie man Menschen einschätzt. Und wie empfänglich beziehungsweise wie sensibel sie auf bestimmte Zeichen reagieren. Sie war in der Lage, gewisse Schwingungen wahrzunehmen. Vielleicht auch, weil sie ein Gespür dafür hatte, was die Menschen hören wollen.« Romina suchte Clarissas Blick. »Und wie dir bekannt sein dürfte, kann Glaube Berge versetzen. Insofern hat sie mit ihren Vorhersagen sicher manchem was Gutes getan, damit er nicht vollkommen verzweifelt.« Ein merkwürdiges Flackern trat in Rominas Augen.

»Romy?« Clarissa sah die Freundin einigermaßen betroffen an.

»Du weißt, ich reagiere allergisch auf diese Verstümmelung meines Namens.« Das kam ungewohnt heftig. Ihr Gesicht wirkte wie eine verzerrte Maske.

Mit einem Mal kam Romina ihr seltsam fremd vor. Vollkommen verändert. Clarissa hatte die Freundin bisher als eine junge Frau angesehen, die mit beiden Beinen fest verankert in der Realität stand. Ob diese Veränderung etwas mit dem Übergriff zu tun hatte? Schließlich war sie am Kopf verletzt worden. Auf alle Fälle war es höchste Zeit, das Gespräch in eine andere Richtung zu lenken. »Entschuldige. Aber mich würde viel mehr interessieren, wie es dir geht. Wie du dich jetzt fühlst nach allem …«

»Die Buchela glaubte an die Kraft der Familie«, fiel ihr Romina ins Wort. »Selbst hatte sie zwar keine Kinder. Aber sie hat Nichten und Neffen bei sich aufgenommen, die sie wie ihre Kinder behandelte. Ganz schlimm war, dass ihr Lieblingsneffe, der bei ihr im Haus wohnte, ermordet worden ist. Das hat sie nicht verkraftet.« Nachdrücklich nickte Romina mit dem Kopf. Sog geräuschvoll Luft durch die Nase.

Es entstand eine kurze Pause.

Clarissa war inzwischen äußerst unbehaglich zumute. »Romina?«, fragte sie vorsichtig.

Die Angesprochene hob den Kopf, runzelte die Stirn. »Er hat nicht ins Weltbild der Gadje gepasst. Er war nicht nur ein Sinti, sondern auch homosexuell. Ganz schlimm.«

Clarissa irritierte nicht nur der angestrengt spöttische Klang in der Stimme der Freundin.

»Gadje? Was ist denn das?«

»So nennen die Sinti und Roma die anderen. Die sie kriminalisieren, verfolgen, ins KZ steckten. Das dürfte dir doch bekannt sein.« Das klang furchtbar bitter.

»Romina. Was willst du mir eigentlich sagen?«

»Hat sich doch nicht viel geändert seitdem, oder?« Ihre Mundwinkel zuckten. »Alles, was nicht ins Raster passt, wird ausgemerzt. So wie damals. Rechtsextreme sind wieder auf dem Vormarsch. Durchdringen mehr und mehr die staatlichen Behörden. Wir können sie nicht aufhalten. Nicht wir als Gesellschaft. Und nicht wir als Polizei. Du wirst nicht abstreiten können, dass sich überall im Land rechtsextreme Strukturen herausbilden. Wir müssen sogar fürchten, dass die Polizei zu einem großen Teil von diesen Typen unterwandert ist, die vor nichts zurückschrecken. Man stelle sich vor: die eigenen Kollegen. Ich bin fest davon überzeugt, dass wir auf dem besten Weg sind, in eine Zeit zurückzukehren, von der wir glaubten, wir hätten sie überwunden.«

»Nun mach aber mal einen Punkt. Das sind doch alles Einzelfälle«, widersprach Clarissa. Natürlich hatte sie von rechten Chatgruppen innerhalb der Polizei gehört. Auch im Präsidium war darüber vehement diskutiert worden. Und höchstwahrscheinlich war Romina von einem Rechtsextremen niedergeschlagen worden. Was offensichtlich der Grund war, weshalb sie sich so sehr in dieses Thema verbiss.

»Glaubst du, ja? Und warum wurde deiner Meinung nach das gesamte Frankfurter SEK aufgelöst? Weil es sich um Einzelfälle handelt? Mensch, Clarissa, mach doch die Augen auf. Die Rechtsradikalen haben längst alle Strukturen unterwandert. Und niemand gebietet ihnen Einhalt. Die sprechen doch ganz offen darüber, dass sie die Demokratie abschaffen wollen, bereiten in aller Seelenruhe ihren Tag X vor – und alle schauen einfach zu. Sie dürfen sich ungehindert zu Demos zusammenrotten, dürfen Unsägliches von sich geben. Und wir Polizisten müssen auch noch dafür sorgen, dass sie das dürfen. Weil es das Versammlungsgebot eines Rechtsstaates erlaubt und weil unsere Gesellschaft ja so tolerant ist.« Ihre großen schwarzen Augen schossen Blitze. »Die dürfen unmögliche Parolen schreien. Dürfen uns anspucken und beleidigen, dürfen demokratisch gewählten Politikern den Tod wünschen – und nicht nur wünschen.« Sie blinzelte heftig, so sehr redete sie sich in Rage. »Die brechen Tabu um Tabu. Werden immer schamloser. Und man lässt sie einfach gewähren! So lange, bis es zu spät ist. Offenbar hat man nichts aus der Geschichte gelernt. Gar nichts. Alles wird sich wiederholen.«

Clarissa war nicht vorbereitet gewesen auf solch eine anklagende Sturzflut. Auch die Art, wie Romina sich ausdrückte, ihr verzerrtes Gesicht, all das war äußerst verwirrend. Mit Unbehagen bemerkte Clarissa, dass die Freundin ständig ihrem Blick auswich.

»Das kann man doch nicht so absolut sagen«, versuchte sie zu beschwichtigen. »Es sind doch ganz andere Zeiten.« Clarissa schüttelte heftig den Kopf. Suchte die Augen der Freundin, die ihrem Blick nicht standhalten wollten. »Romy … Romina, ich will wirklich wissen, wie es *dir* geht. Wie es in *dir* drin aussieht.«

»Das versuche ich doch gerade zu erklären.« Romina schluckte hart. Ihre steinerne Miene entspannte sich ein wenig. »Ich weiß nicht, ob ich je wieder in meinem

Beruf arbeiten kann. Da passiert gerade zu viel in unserem Land. Und ich hatte einige Zeit zum Nachdenken, wie du weißt. Da ist so vieles, das ich nicht nachvollziehen kann. Das in eine falsche Richtung driftet. Mehr und mehr beschleicht mich das Gefühl, ich passe nicht mehr in diese Welt. Manchmal habe ich echt Angst, paranoid zu werden.« Ihre Unterlippe zitterte. Nun sah sie Clarissa direkt in die Augen. »Weißt du, ich habe immer an Recht und Gesetz geglaubt. An diesen Staat, dem ich dienen wollte. Aber dieser Glaube wurde gewaltig erschüttert. Im letzten November fing es an. Und es hört nicht auf. Es geht immer weiter. Kaum ein Tag vergeht ohne Schreckensmeldungen. Fragst du dich nicht auch, ob unser Staat diese Auswüchse noch im Griff hat? – Ich zeige dir mal was.« Sie zog ihr Handy hervor, tippte auf das Display, rief eine Seite auf und spielte einen Song ab. Es war eines dieser unsäglichen Gröllieder. »*Wo bist du, Bullenschwein? Ich will deine Augen seh'n, Bulle! … Und dann schick ich dich zur Hölle! … Wir sind die Zukunft! … Bullen haben Namen und Adressen, kein Vergeben und kein Vergessen.*«

»Um Himmels willen. Mach das bloß aus.« Clarissa war nicht entgangen, dass bereits einige Gäste zu ihnen herübersahen.

Gehorsam schloss Romina das Display und steckte ihr Handy weg.

»Polizistin war mal mein Traumberuf.« Sie sog hörbar die Luft ein. »Früher, als man uns noch Freunde und Helfer nannte und uns mit Respekt begegnete. Heute sind wir doch nur noch die Deppen der Nation, auf denen man ungehindert herumtrampeln darf.« Eine Träne löste sich und rann ihr die zitternde Wange hinunter, verfing sich in ihrem Mundwinkel. »Wir leben in einem Rechtsstaat, hat man uns beigebracht. Ein Rechtsstaat, in dem jeder frei seine Meinung äußern darf. Das gilt allerdings auch für diejenigen, die auf diesen Staat scheißen. Und alles, was nur ein bisschen anders ist, wird von denen bekämpft. Ausgemerzt. Weggemacht.« Sie kramte nach einem Taschentuch. Tupfte sich über Augen und Wange. »Weil man sich ja so viel besser fühlt, wenn man einen Sündenbock hat, auf den man alles schieben kann. Dann muss man nicht über eigene Fehler nachdenken. Hast du nicht das Gefühl, dass dem Staat die Rechte der Rechten besonders am Herzen liegen? Da ist viel zu viel passiert in dieser Hinsicht in den letzten Jahren. Das muss ich dir doch nicht sagen, oder?«

Clarissa schwieg äußerst irritiert. Ihr waren die Argumente ausgegangen.

Romina putzte sich die Nase. »Entschuldige, ich bin momentan keine angenehme Gesprächspartnerin«, sagte sie nach einer Weile mit bebender Stimme.

»Schon okay.« Clarissa legte ihr die Hand auf den Arm. »Ich bin durchaus eine Freundin, die zuhören kann.«

2. KAPITEL

Trentino

Franca Mazzari stand auf dem Balkon und blickte hinunter ins Tal. Bella Vista, das passte. Das idyllische Hotel mit Panoramablick und hauseigenem Spa bedeutete Luxus pur, den sie sich nicht alle Tage gönnte. Klein und dennoch erhaben fühlte sie sich inmitten des majestätischen Gebirges mit seinen zerklüfteten Felswänden und den üppigen Tannenwäldern.

»*La montanara ohé, si sente cantaro*«, hallte es in ihren Ohren wider, und in ihrem Herzen begann es mächtig zu ziehen. Das hier war deine Heimat, Papa. Jetzt verstehe ich endlich, warum du so leidenschaftlich davon geschwärmt hast. Das Lied hatte er oft mit seiner warmen Stimme gesungen. Die Worte hatte sie nicht alle verstanden, aber das, was sie aussagten, hatte sie tief in ihrem Inneren gespürt: La Montanara, die Berge meiner Heimat, sie grüßen dich.

Wie glücklich war sie gewesen, als sie vor Jahren zufällig auf einem Kaufhaus-Wühltisch eine CD des Trientiner Bergsteigerchors fand – *La Montanara*, gesungen auf Deutsch mit italienischem Refrain. Seitdem hörte sie sich die CD immer mal wieder an und dachte dabei an ihren Vater, dem dieser oberitalienische Landstrich Sehnsuchts- und Heimatort gewesen war.

Eine Reise dorthin hatte er mehrmals aufgeschoben. Und dann war er gestorben, viel zu früh, ohne noch einmal seine Berge wiedergesehen zu haben. Nun war sie an seiner Stelle hier und beobachtete, wie die Sonne die weiß bedeckten Berggipfel mit dem ewigen Schnee aufleuchten ließ. Franca hob den Kopf, sah in den tiefblauen Himmel, wo irgendwo seine Seele da oben schwebte. Vielleicht konnte er sogar sehen, wie sie hier stand. Und statt seiner seinen innigsten Wunsch erfüllte. *Dort, wo in blauen Fernen die Welten entschwinden ... Un cantico d'amor.*

Die Reise hierher war eine Annäherung an die Vergangenheit, das wurde ihr urplötzlich bewusst. Sie sog die würzigen Düfte der Blumen und Kräuter auf den Bergwiesen ein, sie spürte den Wind auf ihrer Haut. Hier gehöre ich her, hierher, wo unten im Tal die Etsch fließt und oben die Bergrücken so nah sind.

Mit einem überwältigenden Gefühl in der Brust dachte sie: Weshalb habe ich diese Reise ins Trentino nicht schon viel früher angetreten? Aber wie hieß es so schön: Es ist nie zu spät ... Und nun war sie angekommen. In dem Bergdorf, in dem ihr Vater aufgewachsen war. Wo sie einige Male als Kind die Ferien verbracht hatte. Damals, als Nonno und Nonna noch lebten. An die beiden alten Leutchen hatte sie jedoch nur sehr vage Erinnerungen. Wahrscheinlich stimmte dieser Spruch, der besagte: Je älter man wurde, umso mehr zog es einen in die Vergangenheit zurück.

Wunderschön war es in diesem Bergdorf unweit von Trient. Eigentlich der ideale Ort, um Urlaub zu machen. Bozen und Meran im Norden waren nicht weit entfernt, und Verona, die Shakespearestadt, lag nur 100 Kilometer weiter südlich. Die Namen der umliegenden Berge hatte sie inzwischen gelernt, der Monte Bondone, die Paganella und der Monte Calisio – zumindest glaubte sie, dass diese Namen die imposanten Erhöhungen ringsum bezeichneten. Und im Hintergrund ragte die mächtige Brenta-Gruppe.

Liebevoll war sie von ihren Verwandten aufgenommen worden, in allen Gesichtern erschien ein freudiges Lächeln, wenn sie auftauchte. Francesca, *la bella Bimba*, so hat dein Vater immer von dir gesprochen, erklärte Michele, ihr Cousin, der kaum nachkam, das Geschnatter zu übersetzen.

Michele hatte sie zum letzten Mal vor einigen Jahren bei der Beerdigung ihrer Mutter gesehen. Damals hatte sie ihm das Versprechen gegeben, die Familie ihres Vaters im Trentino bald zu besuchen. Ihr Cousin war der einzige ihrer italienischen Verwandten, mit dem sie Kontakt pflegte. Ihnen beiden war es bei jeder ihrer seltenen Begegnungen gelungen, nahtlos an damals anzuknüpfen, als sie Kinder waren und zusammen in der freien Natur herumstromerten. Nie hatte Franca eine Fremdheit zwischen sich und ihrem Cousin gespürt, auch jetzt fühlte sie sich ihm und seiner Familie nah, obwohl außer Michele kaum einer von ihnen Deutsch sprach.

Warum habe ich nicht richtig Italienisch gelernt, haderte sie mit sich. Zu Hause in Koblenz hatte man sich auf Deutsch unterhalten, eine Sprache, die ihr Vater nie korrekt beherrschte. Stets durchdrangen italienische Klänge und Ausdrücke seine Sätze, wenn er mit freundlichem Lächeln die Kunden in seinem Feinkostgeschäft im Koblenzer Entenpfuhl bediente. Nicht selten wurde seine falsche Grammatik belächelt, auch von ihr, seiner einzigen Tochter. Aber in seinen Liedern, die er mit einem sehnsüchtigen Ausdruck in den Augen sang, bewahrte er seine Sprache und gab einen Teil davon an seine Tochter weiter. *Ma come balli bene Bella Bimba.* Diesen Kosenamen hatte er Franca gegeben: Bella Bimba. Wie schön, dass die Verwandten sich daran erinnerten.

Du siehst deinem Vater sehr ähnlich, hatte es immer geheißen. Besonders um die Augen. Auch die Fotos in Micheles abgegriffenen Alben bewiesen dies. Darauf sah man ihren Vater, als er jung war, zusammen mit seinem Bruder Enrico, Micheles Vater. *Principalmente in viso, intorno agli occhi.* Gesagt hatte es eine Tante und auf Vaters Gesicht getippt. Oder war es eine Großtante? Oder Großcousine? Im Grunde waren die genauen familiären Verhältnisse nicht von Belang. Franca gehörte zu ihnen, war Teil dieser Familie. Das konnte sie Tag für Tag spüren.

Auch mit den erwachsenen Kindern von Michele fühlte sie sich sofort verbunden, ebenso mit deren Kindern.

Als ihr Cousin damals zur Beerdigung ihrer Mutter nach Koblenz gekommen war, hatte er ihr gestanden, dass er gegen den ausdrücklichen Willen seines Vaters gekommen war. Enrico hatte seinem Bruder Francesco nie verziehen, dass er eine Tedesca geheiratet hatte, eine Deutsche. Die Zeit jedoch relativierte alles. Inzwischen war Enrico verstorben und Micheles Familie, seine Frau und seine beiden Töchter hatten Franca willkommen geheißen und sie nach einer herzlichen Umarmung gleich durch das verwinkelte Lädchen geführt, in dem sie allerlei Erzeugnisse aus Eigenproduktion verkauften. Hauptsächlich verschiedene Honigsorten wie Akazien- und Tannenhonig, aber auch Kosmetik, Salben und Seifen, sogar Energydrinks auf Honigbasis wurden angeboten.

»Honig enthält Stoffe, zum Beispiel Mineralien, die wir mit unserer Ernährung nicht mehr ausreichend bekommen«, hatte Michele erklärt und ihr ein Glas Rhododendronhonig in die Hand gedrückt. »Hast du den schon mal gekostet? Nein? Du wirst staunen. Rhododendron ist im Alpenraum besser als Alpenrose bekannt, eigentlich eine giftige Pflanze, die in großen Höhen wächst.«

»Du willst mich doch nicht etwa vergiften?« Franca hatte gelacht. »Keine Angst. Du weißt doch: Es kommt allein auf die Dosis an. Und dieser Honig ist nicht nur genießbar, er ist eine seltene Spezialität, denn in unseren hochalpinen Gebieten sind nur wenige Bienenvölker unterwegs. Das habe ich mir zunutze gemacht – und was soll ich sagen: Das Geschäft brummt.«

Vor fünf Jahren hatte er mit der Imkerei begonnen. »Damals habe ich noch jeden Bienenstock per Hand mit Blumen bemalt«, erklärte er lachend. »So viel Zeit habe ich nicht mehr. Denn die Leute reißen mir meinen Honig und die Produkte daraus wahrlich aus der Hand.«

Alles war so selbstverständlich. Die Gastfreundschaft, die Großzügigkeit. Die Wärme. Und der liebenswerte Singsang ihrer Sprachmelodie. Wie kein anderes Völkchen verstanden es die Italiener, gestenreich das Gesagte mit den Händen zu unterstreichen, so wie es auch die Art ihres Vaters gewesen war. Ständig wurde sie zu wahren Köstlichkeiten eingeladen. Spaghetti vongole, Saltimbocca, Fettucine mit Pilzen und Sahnesoße. Oder Bollito misto, das Lieblingsgericht ihres Vaters, das ihre Mutter oft auf den Tisch gebracht hatte.

»Wohnen kannst du bei uns«, hatte ihr Michele angeboten. »Du brauchst nicht in dieses teure Hotel zu gehen.«

Aber sie hatte dankend abgelehnt. »Ich will euch keine Umstände machen. Und das Hotel ist toll. Ich werde dort nach allen Regeln der Kunst verwöhnt. Hab' doch schon so lange keinen Urlaub mehr gemacht. Und besuchen kann ich euch ja trotzdem jeden Tag.«

Gern hätte sie Georgina, ihre Tochter, bei dieser Reise dabeigehabt. Doch die war zu sehr in ihr Medizinstudium involviert. »Ich habe so viel wegen Corona versäumt, Mammi, da muss ich jetzt doppelt ranklotzen. Und kann nicht einfach mal so nach Italien fahren.« Vorwurfsvoll hatte das geklungen, als ob man von seiner Mutter mehr Verständnis erwarten könnte. Wie gern hätte sie ihr verständlich gemacht, dass man manchmal zu lange auf bestimmte Gelegenheiten wartete, andererseits bewunderte sie Georginas Ehrgeiz.

Nicht ganz wohl war Franca bei dem Gedanken, dass in ein paar Monaten ihre Pension anstand. Dann würde sich ihr Leben von Grund auf ändern. Noch wusste sie nicht so recht, ob sie sich darüber freuen oder Angst davor haben sollte. Denn eigentlich war sie gerne Polizistin.

Sie ging zurück ins Zimmer, schloss die Balkontür und freute sich auf ein ausgedehntes Frühstück.

3. KAPITEL

Remagen

»Inzwischen hat sich ein unsäglicher Frust bei einigen Menschen aufgebaut, der sich in polizeifeindlichen Ansichten und Aktionen ausdrückt. Der Polizei wird kein Respekt mehr entgegengebracht. Weil diese Leute mit irgendetwas unzufrieden sind, lassen sie ihre Wut an uns Polizeibeamten aus.«

Der junge Polizist, der einem regionalen Fernsehteam ein Interview gab, sprach Romina aus der Seele. So gut konnte sie seine Resignation und auch seine Frustration nachempfinden.

»Sie glauben, sie haben das Recht, sich zu widersetzen. Dann filmen sie diese Übergriffe auch noch, setzen alles ins Internet, prahlen damit und fühlen sich stark dabei. Weil sie es dem Staat und seinen Handlangern so richtig gezeigt haben. ›Bullenklatschen‹ nennen sie ihre Aktionen. Und meinen damit pöbeln, spucken, Kraftausdrücke gebrauchen, provozieren. Und wir sollen bei alldem ruhig bleiben.« Die Miene des jungen Uniformierten drückte eine Mischung aus Ratlosigkeit und Trotz aus. »Das alles ist zu einem massiven gesellschaftlichen Problem geworden. Denn wenn man über viele Jahre hinweg der Polizei einfach nur dabei zuschaut, wie man uns attackiert und beleidigt, muss man sich über nichts mehr wundern.«

»Genau so ist es«, murmelte sie. »Und keiner tut was dagegen.«

Wie an jedem Morgen war Rominas erste Handlung, den Laptop hochzufahren. Noch vor dem Frühstück. Sie hatte die Stichworte »Polizei« und »Übergriffe« in die Browsermaske eingegeben, einiges überflogen, war Links gefolgt, die ergänzende Filmsequenzen zeigten – und war entsetzt über die zahllosen Handyaufnahmen, die nur allzu deutlich bewiesen, wie man mit ihren Kollegen umzugehen pflegte. Genauso, wie sie es selbst erlebt hatte. Unwillkürlich tastete sie nach der Narbe an ihrem Kopf, die von dichtem Haar überdeckt wurde.

Kurz tauchte vor ihrem inneren Auge Clarissas Gesicht auf. Ihr verstrubbelter Hennaschopf. Wenn sie ehrlich war, hatte sie sich mehr von dem Gespräch mit der Freundin erwartet. Gerade von ihr mit ihrem Mut zur Individualität. Sie, die sich schon oft den Mund verbrannt hatte, die ungeniert gegen den Mainstream der offiziellen Polizei-Etikette anging, die Piercings trug und mit frechen Sprüchen auf Statement-T-Shirts wider den Stachel löckte, hatte ihr von Anfang an sehr imponiert. Nach dem Gespräch am vergangenen Samstag hatte sie jedoch den Eindruck, dass Clarissa nicht wirklich nachempfinden konnte, worunter sie, Romina, seit November letzten Jahres litt. Was ihr eigentliches Problem war. Die Freundin lebte in einer anderen, viel unbeschwerteren Welt. Zwar hatten ihr deren Wärme und Lebensfreude richtig gutgetan, auch ihre Herzlichkeit und Zugewandtheit. Dennoch war da eine deutlich spürbare Wand zwischen ihnen gewesen, die sich während des gesamten Abends, den sie miteinander am Rhein verbracht hatten, nicht aufgelöst hatte.

Ihr Ausgangspunkt an diesem Morgen war wieder einmal die gezielte Suche nach Filmsequenzen gewesen, die während des Gedenkmarsches im letzten November aufgenommen worden waren, weil sie endlich begreifen wollte, was damals geschehen war. Sie stieß auf etliche Aufnahmen und Berichte, die einander ähnlich waren. Alle schienen dieselbe Botschaft zu vermitteln: Respekt vor Polizisten gibt es nicht mehr. Es ist schick, Bullen eins draufzugeben. Übrig blieb das, was sie selbst erlebt hatte: Behinderung von Einsätzen, Pöbelei, Verbalattacken, körperliche Angriffe.

Am aufwühlendsten empfand sie die Berichterstattung über einen Andernacher Kollegen, dem im Oktober letzten Jahres während der Schlichtung einer Schlägerei derartig brutal ins Gesicht getreten wurde, dass er lebensgefährliche Knochenbrüche davontrug und noch immer an den Folgeschäden litt.

Verglichen damit, war sie im Grunde glimpflich davongekommen. Ihre körperlichen Wunden nach dem Angriff waren relativ schnell verheilt gewesen. Äußerlich war ihr nichts mehr anzusehen. Aber das andere, das, was in ihr tief drinnen verletzt wurde, war noch sehr deutlich spürbar: Dieses übermächtige Ohnmachtsgefühl, dieses Nichtwissen, wie alles gekommen war. Das Ausgeliefertsein. All das trieb sie vorwärts und ließ sie immer tiefer in eine Welt eintauchen, in eine Parallelgesellschaft voller Menschen, die hassten, hetzten, verletzten, zerstörten – und töteten. Der Entschluss herauszufinden, wer ihr das angetan hatte, verstärkte sich immer mehr, und sie befand sich auf der richtigen Spur, wie sie glaubte.

Tief in ihrem Inneren spürte sie, dass mit dem Übergriff im November etwas ausgelöst worden war, ein Grauen, das sie nicht greifen konnte. Das Ereignis hatte sich in ihr festgefressen, lauerte irgendwo in ihrem Kopf, bereit hervorzubrechen und sie mit Gedanken und Gefühlen zu überfluten, die kaum auszuhalten waren.

Sie wusste, dass die Nerven im Kopf extrem empfindlich waren. Gleichzeitig ahnte sie dumpf, dass durch die Erschütterung etwas längst vergessen Geglaubtes aufgeweckt worden war und schemenhaft Gestalt annahm. Etwas, das ihr immer wieder entglitt, kurz bevor sie es zu fassen bekam. Aber es war in ihr eingeschlossen. Irgendwo in einer Nische ihres Gehirns versteckt. Etwas, das sie von innen her zerfraß. Das in ihr eine Wut weckte, die sie vorher nicht gekannt hatte. Nicht in diesem Ausmaß. Nicht mit dieser Wucht. Sie war fest entschlossen, immer weiter zu forschen, um vielleicht in den verborgenen Tiefen des Internets Antworten zu finden.

Dass dieses ständige Grübeln, dieses Forschen nach dem Wieso und Warum ihr nicht guttat und sie langsam zu zermürben drohte, bemerkte sie selbst, doch sie kam nicht dagegen an. Gesprochen hatte sie außer ihrer Therapeutin noch mit niemandem darüber, was in ihr vorging.

Wie enttäuscht war sie gewesen, als sie deutlich an Clarissas Reaktion ein großes Unverständnis herauslesen konnte. Das Gespräch mit ihr war in dieser Hinsicht keine große Hilfe gewesen, obwohl die Freundin stets darauf pochte, für jedes Problem ein offenes Ohr zu haben. So sehr hätte sie sich einen anderen Verlauf des Abends gewünscht. Doch das Gefühl, auf der Stelle zu treten, hatte bis zuletzt vorgeherrscht.

Sicher, die Gespräche mit der Therapeutin waren wichtig und gut. Aber es waren Sitzungen, in denen ein unbekanntes Gegenüber Fragen stellte und sie hilflos nach Antworten suchte.

Vielleicht musste man gewisse Dinge allein mit sich selbst ausmachen. Obwohl sie im Grunde ein Familienmensch war. Doch ihre Familie wohnte weit weg.

Weihnachten hatte sie im letzten Jahr allein verbracht. Zum ersten Mal in ihrem Leben. Mit dem Zug nach Berlin zu fahren, hatte sie sich wegen der hohen Coronazahlen nicht getraut. Aber auch, weil ihr Krankenhausaufenthalt noch nicht lange vorbei gewesen war. Notgedrungen hatte sie sich auf Telefonate beschränkt und auf knappe *Whats-App*-Nachrichten. Das war natürlich nicht dasselbe wie die alljährlichen Familienzusammenkünfte. Dabei hätte es so viel zu besprechen gegeben.

Das Päckchen ihrer Mutter war bei ihr eingetroffen, als sie aus dem Krankenhaus entlassen worden war. Kein Weihnachtspäckchen, wie sie erst dachte, sondern ein Packen Vergangenheit voller Briefe und Aufzeichnungen, teils unleserlich mit Tintenbleistift geschrieben, manches auch in Schönschrift. Die Sütterlinschrift konnte sie nur mühsam entziffern. Aber die Schrift in dem grünen, abgewetzten Notizbuch stach durch Klarheit hervor.

Dazwischen lagen teils zerknitterte sepiafarbene Fotos mit gezackten Rändern. Eingeschlagen in Seidenpapier waren eine wertvoll aussehende silberne Taschenuhr mit Gravur und ein Füllfederhalter.

Diesem Sammelsurium lagen ein paar handschriftliche Zeilen ihrer Mutter bei.

»Liebe Romina!
Über all diese Dinge konnten wir nie richtig miteinander sprechen. Auch, weil wir zu wenig wussten. Jetzt habe ich beim Aufräumen die beiliegen-

den Unterlagen gefunden, die aus dem Nachlass
von deinem Großvater Remo stammen.
Die Uhr gehörte deinem Urgroßvater Joki. Der
Füllfederhalter war der von deinem Großonkel
Babo, der auch im Lager war. Diese Dinge hatte
man uns vor längerer Zeit zugeschickt. Von einer
Behörde, die sich um Hinterlassenschaften von
KZ-Insassen kümmert. Damals hatten dein Vater
und ich andere Sorgen – du weißt ja, wie krank
er war, deshalb geriet das alles in Vergessenheit.
Das Büchlein habe ich durchgelesen – mehrfach
und immer wieder – und habe viel geweint. Aber
ich habe auch vieles verstanden.
Ich möchte dir diese Dinge übergeben. Damit auch
du jetzt manches besser verstehen wirst.
Es herzt dich deine Mama«

Voller Neugier hatte sie zu lesen begonnen. Besonders die
Aufzeichnungen ihres Großvaters Remo in dem grünen
Büchlein interessierten sie. Das war zwar alles sehr deutlich zu entziffern, doch sehr schwer zu verstehen, gar es
nachzuvollziehen. Doch je mehr sie las, umso mehr bekam
mit einem Mal alles einen Sinn. Sie begriff, warum der
Großvater, der inzwischen verstorben war, oftmals so
ungehalten war. Weshalb er manchmal weglief ins Wirts-
haus und zeternd und polternd und mit stierem Blick
wiederkam. Dann mussten alle Rücksicht nehmen. Kein
falsches Wort durfte fallen. Wenn er seinen Rausch aus-
geschlafen hatte, war er wieder der liebste Mensch der
Welt, der seine Enkelin an sich drückte, sie auf die Wange
küsste und sie »meine Minka« nannte.

Das Stöbern in der Vergangenheit rief Beklemmungen und schmerzliche Stiche hervor. Schon beim anfänglichen Lesen hatte sie gemerkt, dass da Unvorstellbares notiert war. Zunächst hatte sich ihr Verstand geweigert zu glauben, dass diese Aufzeichnungen eigenem Erleben entsprachen. Doch je mehr sie las, umso überzeugter war sie, und dann nahm die Empörung überhand. Bis schließlich Tränen in ihr aufstiegen. Wie konnten Menschen anderen Menschen nur so etwas Schreckliches antun?

Mehrere Male war sie versucht gewesen, das Büchlein wegzulegen. Es vielleicht zu einem späteren Zeitpunkt hervorzuholen. Weil sie merkte, dieses Lesen wühlte sie zu sehr auf und ging ihr an die Substanz.

Du darfst das alles nicht zu nah an dich rankommen lassen, das macht dich kaputt! Wie ein Mantra sagte sie immer wieder diesen Satz. Dennoch konnte sie sich dem Inhalt des Päckchens nicht entziehen. Die Uhr und den Füllfederhalter legte sie neben die schwarze Madonna auf den kleinen Altar, den sie in einer Ecke im Wohnzimmer errichtet hatte. Dieses Püppchen mit den bunten Kleidern, das sie aus Les Saintes Maries de la Mer mitgebracht hatte. Das grüne Büchlein und die einzelnen Zettel nahm sie immer wieder zur Hand und versuchte, auf den zerknickten Fotos die Menschen zu erkennen, die in den Schriften erwähnt wurden. Die meisten waren ihr unbekannt. Weiße Flecken in ihrer Familiengeschichte. Dennoch Menschen, die fehlten. Die Lücken hinterlassen hatten.

So wurde mit der Zeit ein Teil ihrer eigenen Vergangenheit – eine trübdunkle Unwirklichkeit – mit jeder Zeile heller, durchdringlicher. Und zugleich unerträglicher. Wie von einem Magnet angezogen, tauchte sie in die niedergeschriebenen Zeilen ein. Als sie die Worte Auschwitz und Ravensbrück las, war sie in höchster Alarmbereitschaft. Sofort tauchten Bilder vor ihrem inneren Auge auf, Sequenzen eines Films, den sie vor einiger Zeit gesehen hatte und der von solch schlimmen Dingen erzählte, die man im Grunde nicht glauben konnte. Niemand mit Vernunft und Verstand war in der Lage, so etwas zu verantworten, was den Menschen in den Lagern angetan wurde. Weil diese Demütigungen und Verletzungen in Dimensionen abglitten, die jenseits des Begreifens lagen.

Und all diese Gräueltaten hatte man auch ihren Familienangehörigen angetan?

Warum hatte nie jemand darüber gesprochen? Höchstens Andeutungen hatte es gegeben. Oder die oft gehörte ausweichende Antwort in Kindertagen, sie sei zu klein, um zu verstehen. Bis nach und nach Details zur Sprache kamen, doch längst nicht alles, wie sie jetzt wusste.

Es war noch nicht allzu lange her, da war sie mit dem guten Gefühl endlos verfügbarer Zeit nach Remagen gezogen, einem Städtchen am Rhein, in dem sie glaubte, sich wohlfühlen zu können. Sie war jung, eine verheißungsvolle Zukunft und unendliche Möglichkeiten lagen vor ihr. Auch hatte sie nicht vor, für immer und ewig Schutzpolizistin zu bleiben. Da gab es etliche Aufstiegsmöglichkeiten.

Diese Zukunftsgedanken gehörten mittlerweile der Vergangenheit an, weil sich ihr Leben seit jenem verhängnisvollen Samstag auf einer abschüssigen Talfahrt zu befinden schien, dem Tag, als sich mit einem Schlag alles veränderte, als sie hineinschlitterte in ein ungewisses vermintes Terrain, in dem sich sämtliche Schrecken dieser Welt versammelt hatten.

Noch immer waren ihr die genauen Abläufe nicht gegenwärtig. Aber das Geschehen hatte sich tief in ihr Inneres eingebrannt. Seitdem hatte sich ihre Wahrnehmung der Welt verändert.

An jenem Samstag hatte man sie dazu beordert, eine Ansammlung von Holocaust-Leugnern zu beschützen. Es gehörte zu ihrem Beruf, auch dort eingesetzt zu werden, wo man nicht dieselbe Meinung vertrat. Das war gelebte Demokratie, der sie sich verpflichtet fühlte. Auch denjenigen standen demokratische Rechte zu, die leugneten, dass solche Verbrechen, die eindeutig dokumentiert worden sind, jemals geschehen waren. Das war das Wesen des Rechtsstaates.

Zwar hatte sich alles in ihr gesträubt, diejenigen, die solches Gedankengut hegten, abzuschirmen. Jene, die lauthals verkündeten, nicht die Deutschen waren die Verbrecher, sondern die anderen, die Besatzer, die Invasoren, und natürlich alle diese Staatsgefährder, Juden, Flüchtlinge, Zigeuner.

Es ging kein Weg daran vorbei, sie hatte einen Eid geschworen und musste ihre Arbeit tun. Nicht zum ersten Mal. Aber dann war etwas geschehen, wovor sie ihr Vater immer gewarnt hatte. Er, der eine tiefe Abneigung gegen Uniformen hatte, hatte nicht gewollt, dass sie Polizistin werde. Doch sie hatte seine Einwände nicht ernst genommen, aus dem einfachen Grund, weil sie sie nicht verstand. Polizisten waren die Guten. Davon war sie zutiefst überzeugt. Nichts konnte sie davon abhalten, ihren Wunschberuf zu ergreifen.

Dabei war der Tag relativ friedlich verlaufen, Demonstranten wie Gegendemonstranten hatten sich lediglich verbal attackiert. Noch eine letzte Rede sollte gehalten werden, dann wollten sich alle auf den Heimweg machen.

Erleichtert hatte sie den Helm abgenommen und unter den Arm geklemmt. Das verschwitzte Haar gelockert. Die Kopfhaut juckte.

Doch diese letzte Rede hatte es in sich. Gehalten wurde sie von einem der Neonazis auf der Wiese vor der Kapelle der *Schwarzen Madonna*, der sich als ein Mann aus dem Volk gerierte. Seine Worte waren wohlgesetzt, voller rhetorischer Kniffe, doch auf eine subtile Art voller Hetze, die seine Anhänger zum jubelnden Beifallklatschen bewogen, allerdings bei den Gegendemonstranten äußersten Unmut verursachten.

So schnell hatte sie gar nicht reagieren können, als es plötzlich ein Handgemenge gab. Gegnerische Gruppenmitglieder gingen mit hassverzerrten Gesichtern aufeinander los. Manche trugen Masken, manche nicht. Überhaupt war schwer auszumachen, wer zu welchem Lager gehörte. Und sie war plötzlich eingekesselt, mittendrin im Gemenge.

Sie erinnerte sich daran, wie sie dazwischengehen wollte, deeskalieren. Vernünftig mit den Leuten reden. So wie man es ihr in Schulungen beigebracht hatte. Doch niemand war für Vernunft empfänglich. Sie hörte noch, wie jemand rief: »Der Bullenschlampe gehört das ungewaschene Maul eingeschlagen.«

Sie wurde geschubst und erhielt plötzlich einen Schlag auf den Kopf, wurde zu Boden gerissen – und dann war alles dunkel.

Wie lange dieser bewusstlose Zustand andauerte, konnte sie nicht sagen. Aber als sie die Augen wieder aufschlug, sah sie in besorgte Gesichter, spürte den dumpfen Schmerz am Kopf und am ganzen Körper. Fasste in warmes Blut. Fragte irritiert, was los sei. Niemand wollte ihr Antwort geben. Hektisch wurde sie auf eine Trage gehievt und in einen Notarztwagen geschoben, der sie auf direktem Weg ins Krankenhaus brachte.

Man diagnostizierte ein Schädel-Hirn-Trauma. Die Platzwunde am Hinterkopf musste genäht werden. An ihrem Körper stellte sie zusätzlich Prellungen und Abschürfungen fest. Alles nicht so schlimm, wurde sie beruhigt. Nicht lange, und sie würde bald wieder auf dem Damm sein. Das sagte sich so leicht. Zwei volle Wochen hatte sie im Krankenhaus verbracht. Meist im Dämmerzustand, weil sie so starke Medikamente erhielt. Was sie jedoch genoss, war das Gefühl, umsorgt zu werden.

Wieder zu Hause, fühlte sie sich entsetzlich einsam. Sie begann, viel Zeit mit Nachdenken zu verbringen. Zu viel. Sie grübelte und grübelte, versuchte angestrengt, sich an einzelne Gesichter zu erinnern. Doch alles versank wie in einem undurchdringlichen Nebel. Und die Wut auf denjenigen, der ihr dies angetan hatte, der ihr Leben von heute auf morgen aus der gewohnten Bahn geworfen hatte, wuchs stetig. Sie suchte den Schuldigen in den Filmen, die sie täglich auf *YouTube* ansah, und alles verschmolz mit den Worten im grünen Notizbüchlein ihres Großvaters und mit Sequenzen dieser furchtbaren Filmdokumentation über die KZs, die sie kürzlich angesehen hatte.

Dabei wurde ein Gedanke, der in ihrem Kopf klebte, immer drängender: Damals hatte es auch so angefangen. Sollte sich tatsächlich die Geschichte wiederholen?

Dass ihr Angreifer ein Rechtsextremist gewesen sein musste, davon war sie zutiefst überzeugt. Vielleicht sogar einer, den sie kannte oder zumindest schon einmal gesehen hatte. Der Gedanke, diesen Menschen aufzuspüren – wenn es sein musste, auch mit illegalen Mitteln, ließ sie seitdem nicht mehr los. Sie war bis aufs Äußerste entschlossen, alles daran zu setzen, denjenigen ausfindig zu machen und ihn zur Rechenschaft zu ziehen.

*

Notizen Remo Weiss
Berlin, im Sommer 1964

Man hat mich gebeten, über mein Leben zu berichten. Sich schlimme Dinge von der Seele zu schreiben, würde helfen, sagten sie. Aber wie soll man von etwas erzählen, für das es kaum Worte gibt, weil es so unvorstellbar ist?

Nun, ich will es dennoch versuchen und von ganz vorn beginnen.

Geboren bin ich 1929 in Malchow, einem Berliner Außenbezirk. Mein Vater – wir nannten ihn Tatta – hatte als Soldat im Ersten Weltkrieg gekämpft. 14 - 18. Für seine Tapferkeit ist er mehrfach ausgezeichnet worden. Er war bei der Schlacht um Verdun dabei, bei der tausende Soldaten ihr Leben verloren. Er kam mit einer Verwundung davon. Auf das Eiserne Kreuz und seine Tapferkeitsmedaille war er immer stolz gewesen.

Nach dem Krieg heiratete er Gertraud, genannt Traudchen, meine Mutter. Bald nach der Hochzeit wurde mein ältester Bruder geboren, danach kamen die anderen. Bis ich als letztes der Geschwister das Licht der Welt erblickte. Insgesamt waren wir sechs Kinder.

Wir wohnten in einem kleinen Haus mit Stall und Scheune, das uns gehörte. Ich bewunderte meinen Tatta, der sehr stark war und sich vor niemandem fürchtete. Er handelte mit Pferden, und auch ich mochte diese Tiere, auf deren Pflege großen Wert gelegt wurde.

Regelmäßig traf sich unsere große Familie zu Zusammenkünften. Alle waren sehr musikalisch. Manche spielten Gitarre, manche Mundharmonika, manche Akkordeon. Andere konnten wunderbar singen. Musik liegt uns im Blut, hieß es immer. An solchen Sommerabenden, wenn wir ums Lagerfeuer saßen, spielten und sangen und Geschichten erzählten – das war ein wunderbares Gemeinschaftsgefühl. Eine schöne friedliche Zeit. Wir waren zwar nicht reich, aber wir hatten alles Nötige, das man zum Leben braucht. Und wir hatten einander, in einer großen Familie hat man immer Spielkameraden.

Dieses schöne Leben ging so lange gut, bis eines Morgens in aller Herrgottsfrühe Schwarzuniformierte an unsere Tür polterten und uns in herrischem Tonfall aufforderten, sofort mitzukommen. Wir lagen noch in den Betten, zogen uns schnell die Kleider über. Ich fragte Tatta, woher die Leute das Recht hatten, so mit uns umzugehen, aber er erwiderte nichts, sondern tat, was sie befahlen. So wurden wir allesamt auf Lastwagen geladen, die uns wegbrachten. Weg von unserem Zuhause. Das war im Juli 1936, kurz vor den Olympischen Spielen. Ich war sieben Jahre alt, und unser Leben war fortan ein vollkommen anderes.

4. KAPITEL

Remagen

Das war sein gewohnter Weg: Durch die Milchgasse mit den windschiefen Fachwerkhäuschen auf der einen und den Resten der Stadtmauer auf der anderen Seite. Überall blieb der Hund stehen, schnüffelte und markierte sein Revier.

»Komm, Felix. Weiter.« Er ruckte an der Leine, und der Hund trabte los. Im Grunde war er Felix dankbar, denn er sorgte dafür, dass Hinrich Lautenbach in Bewegung blieb. Er beugte sich den Anforderungen des Tieres, auch wenn ihm das Gehen zunehmend schwerer fiel.

Im Grunde hatte er keinen rechten Gefallen mehr an diesem Leben, zumal ihm auch noch die Behörden in den Rücken fielen. Sein Haus wollten sie ihm abluchsen. Man habe einen Platz für ihn in einem Pflegeheim und sein denkmalgeschütztes Haus würde Teil des Weltkulturerbes. Ob ihn das nicht freue?

Dankend hatte er abgelehnt. Er wollte das Haus, in dem er aufgewachsen war und sein ganzes Leben verbracht hatte, nicht vor der Zeit hergeben. Hatten die denn gar kein Gefühl? Konnten die ihm nicht seine letzten Lebensjahre dort gönnen, wo er zu Hause war?

Er bog in den Deichweg ein, der hinunter zum Rhein führte. Linkerhand lag der Apollinariskeller, ehemals ein riesiges Weinlager, das einst dem alten Caracciola gehörte. Der Vater des berühmten Rennfahrers entstammte einer neapolitanischen Adelsfamilie, war als Weinhändler derart erfolgreich gewesen, dass er zusätzlich den Hotelkomplex Fürstenberg unten am Rhein übernehmen konnte. Aber das war lange her.

In der weißen hochherrschaftlichen Villa neben dem Apollinariskeller war dessen Sohn Rudolf geboren, der vor 100 Jahren mit seinem silberfarbenen Rennwagen die Welt eroberte. »Caratsch«, wie ihn alle nannten, hatte mit dem Hotelwesen nichts am Hut, wollte nur Rennen fahren. Und das auch noch, als Hitler sich an dem italienischen Namen des gebürtigen Remageners störte. Unweit der Villa, in der heute Ärzte residierten, hatte man ihm und seinem Silberpfeil ein Denkmal gesetzt. Sogar einen Platz unten an der Rheinpromenade hatte man nach ihm benannt, natürlich erst, nachdem der Hitler-Spuk vorbei war.

In Remagen hielt man den großen Sohn der Stadt in Ehren, und das war gut so. So oft hatte Vater Lautenbach mit glänzenden Augen davon gesprochen, Caracciola sei der größte Rennfahrer aller Zeiten gewesen, mit dem die Jungen überhaupt nicht mithalten könnten, und Hinrich hatte eine Ahnung bekommen von der Faszination, die Geschwindigkeit und unbedingtes Siegenwollen ausübten, verbunden mit dem Kampf und der Gefahr, die von schnellen Autos ausgingen.

Wie so oft in letzter Zeit standen Ereignisse aus der Vergangenheit ganz nah vor ihm, manchmal schien es ihm, als durchlebe er erneut seine Jugendzeit. Früher war er ständiger Gast auf dem Nürburgring gewesen, doch heute verfolgte er Autorennen höchstens im Fernsehen, und das auch nur noch selten.

Vernünftigerweise hatte er seinen Führerschein abgegeben, was er durchaus manchmal bereute, weil ihm das ein Stück seiner Freiheit und Beweglichkeit nahm. Aber es war sicher besser so. Er musste sich eingestehen, dass das Alter immer mehr seinen Tribut forderte. Aber was hatte er nicht alles erlebt! Besonders schlimm war gewesen, als alliierte Panzer Teile der Nürburgring-Rennstrecke plattmachten. Darunter hatte er fast mehr gelitten als unter der Einnahme Remagens durch die Amerikaner und dem Zusammenbrechen der Brücke.

Felix zog unerbittlich an der Leine und mahnte ihn zum schnelleren Gehen. Das Tier kannte seinen Weg hinunter an den Rhein, den Fluss, an dem Hinrich groß geworden war.

Die Promenade hatte sich in den letzten Jahren sehr verändert, was ihm gut gefiel. Besonders die Tatsache, dass der Autoverkehr verlegt worden war und Fußgänger zumindest ein Stück weit ungehindert spazieren konnten. Um diese frühe Morgenstunde war jedoch kaum jemand unterwegs. Das war ihm nur recht. Wie hieß es so schön: Seit ich die Menschen kenne, liebe ich die Tiere. Dies konnte er unterstreichen.

Rechts erhoben sich auf den Relikten eines römischen Kastells die wuchtigen Mauern der Kirche Sankt Peter und Paul und dann war er auf der Rheinpromenade angelangt.

Ein Schlepper mit Namen *Mucki* bahnte sich seinen Weg auf dem Fluss in Richtung Holland und rührte mächtig Wellen auf. Kopfschüttelnd betrachtete er ein überdimensionales Schaubild, das eine neue Rheinpromenade zeigte – ultramoderne Konstruktionen, die sich irgendein verrückter Architekt als Zukunftsvision ausgemalt hatte.

Hässliche Betongebilde, kein Vergleich zu den Jugendstilbauten und den anderen schönen Gebäuden, von denen der Krieg zumindest ein paar übrig gelassen hatte. Verstand das, wer wollte. Da waren ihm die alten Bilder entlang des Ufers, die von Remagens historischer Altstadt zeugten, tausend mal lieber. So hatte er selbst die Stadt teilweise noch kennengelernt. Gleichzeitig ärgerte es ihn ungemein, dass irgendwelche Idioten regelmäßig die Schaubilder mit Farbe beschmierten. So was zeugte von grenzenloser Respektlosigkeit. Respektlosigkeit, das war das Kennzeichen der heutigen Zeit, davon war er immer mehr überzeugt.

Nicht selten dachte er mit Wehmut daran, wie sehr sich alles verändert hatte. Und wie diese vermaledeite Krankheit, an deren Gefährlichkeit er nicht so recht glauben wollte, nun schon über ein Jahr lang das gesamte Leben beherrschte. Er hatte sich impfen lassen, obwohl er das eigentlich gar nicht wollte. Aber nachdem alle auf ihn eingeredet hatten, hatte er nachgegeben. Zur vulnerablen Gruppe gehöre er, sagte man ihm. Als ob er nicht schon genug überstanden hätte in seinem Leben als Kriegskind. Da wollten sie ihm nun weismachen, so ein angeblicher Virus sei lebensbedrohend. Lächerlich. Da hatte er gegen ganz andere Gefahren anzukämpfen gehabt.

Er kam nicht gut klar damit, dass Geschehnisse aus der Vergangenheit mitunter nahe rückten. Es gab so vieles, das er lieber vergessen wollte, weil es zu schmerzhaft war. Aber in seiner Heimatstadt kam man gar nicht umhin, an schmerzlich Vergangenes erinnert zu werden. Die schwarzen Türme unterhalb der Erpeler Ley drüben auf der anderen Rheinseite waren ebensolche Mahnmale wie ihr Pendant auf der Remagener Seite. Dass auf einem der Türme die Amerikaflagge gehisst war, fand er nicht richtig. Schließlich war das deutscher Grund und Boden und der Krieg lange vorbei.

Schon manches Mal hatte er sich ausgemalt, was wohl gewesen wäre, wenn Engländer und Amerikaner damals nicht von der Normandie über die Ardennen an den Rhein vorgerückt wären und die Hälfte der Häuser Remagens zerstört hätten. Eine Zeit lang hatte es so ausgesehen, als wäre der Feind vom Westwall mit seinen Drachenzähnen und Stahlgewinden aufgehalten worden. Als 16-jähriger war er damals mit dem Volkssturm losgeschickt worden. Noch immer hatte er das Dröhnen der Geschwader im Ohr, die zahllosen Einschläge ringsum, noch immer spürte er die Angst und das Zittern. So was vergaß man nie.

Seit ein paar Jahren führte man drüben in Erpel regelmäßig ein Theaterstück im Tunnel auf. Warm anziehen solle man sich bei der Vorstellung, hieß es, weil im Berginneren eine konstant kühle Temperatur herrschte und es natürlich keine Heizung gab. Die letzten Kriegstage spielte man nach, als alles drunter und drüber ging, als Wehrmachtssoldaten die Zivilisten, die in den Tunnel hineinströmten, nicht mehr aufhalten konnten, weil sie sich tief im Innern des Berges sicher fühlten. Wie das genau war, konnten keine Schauspieler begreiflich machen, davon war er überzeugt.

Warum ließ man die Dinge nicht endlich ruhen? Begreifen konnte man das, was geschehen war, sowieso nicht. Was musste man immer wieder an dem Schrecklichen rühren? Zumal sich niemand von den Besserwissern in die damalige Lage der Menschen versetzen konnte.

Unermüdlich zog Felix ihn weiter, sodass er Mühe hatte, mit ihm Schritt zu halten. Torkelnd kam ein Mann auf ihn zu, der ziemlich abgerissen aussah. Hinrich fürchtete, der Mann würde über die Hundeleine stolpern, und zog so fest daran, dass Felix aufjaulte. Kopfschüttelnd sah Hinrich dem Mann nach, der weiterschwankte. Ein Penner wahrscheinlich, der auf einer Bank genächtigt hatte.

Nun kam der klägliche Rest der Brücke in Sicht. Dahinter dieses unsägliche Gebilde. Kunst sollte das sein, das Liebeskraft darstellte. So ein Quatsch! Wer sich so was bloß ausdachte.

Für gewöhnlich endete sein Weg an den Brückentürmen. Dann war es Zeit für ihn umzukehren. Doch Felix lief hechelnd die Stufen hinauf, zerrte wie wild an der Leine und wollte nicht aufhören zu kläffen.

»Bei Fuß!«, rief Hinrich ärgerlich. Aber Felix gehorchte nicht. Zog immer weiter laut bellend vorwärts.

»Herrgott noch mal!« Fast wäre er über die straff gespannte Hundeleine gestolpert. Ihm blieb nichts anderes übrig, als ebenfalls die Stufen zu erklimmen, um zu sehen, warum Felix nicht gehorchen wollte. Als er oben angelangt war, erkannte er, weshalb der Hund sich derart gebärdete. Auf dem Plateau vor der schwarzen Mauer, die die wuchtigen Brückentürme miteinander verband, lag jemand auf dem Rücken. Ein Mann. Er bewegte sich nicht, auch nicht, während Felix ihn aufgeregt kläffend umrundete.

5. KAPITEL

Polizeipräsidium Koblenz

Während der Rechner hochfuhr, fiel Clarissas Blick auf die Postkarte mit blauem See und Bergmassiv. Die Karte war heute Morgen gekommen. Offensichtlich genoss Franca ihren Italien-Urlaub.

Als Erstes nahm sich Clarissa die Umlaufmappe vor. Keine besonderen Vorkommnisse. Schien ein ruhiges Wochenende gewesen zu sein. Danach checkte sie ihre E-Mails. Eine kam von Romina.

Über die Freundin machte sie sich ernsthaft Sorgen. Sie hatte sich so sehr verändert. War trauriger geworden, aber auch härter. Ob das ernst gemeint war, dass sie den Polizeidienst quittieren wollte? Sie hatten noch lange gesprochen bei ihrem Treffen am Wochenende. An die Mail, die nur einen kurzen Gruß enthielt, hatte die Freundin einen Link zu einem Zeitungsartikel gesetzt, zusammen mit der Aufforderung: »Schau dir das mal an.«

Clarissa klickte den Link an.

In dem Artikel ging es um die Weigerung des Innenministers, eine Studie über das Thema Rechtsextremismus in Auftrag zu geben, obwohl die Bevölkerung in höchstem Maße aufgeschreckt war. In Regierungskreisen schien man dieses Problem nicht ernst zu nehmen und herunterzuspielen. Aber die Gegenseite blieb hartnäckig, und nun forderte der Vorsitzende des Zentralrates der Deutschen Sinti und Roma eine genaue Untersuchung der rechtsextremistischen Vorfälle bei der Polizei. »Wir dürfen nicht wie so oft in der Vergangenheit einfach wegschauen, nur damit Deutschland im Ausland keine negative Aufmerksamkeit bekommt«, wurde Romani Rose zitiert.

Clarissa hatte sich schon öfter gefragt, wie weit Rassismus und Antisemitismus in den Reihen der Polizei verbreitet waren. Auch unter ihren Kollegen gab es einige, bei denen sie solche Tendenzen vermutete. Insofern wäre eine genauere Untersuchung wichtig, das war auch ihre Meinung. Dass Romy besonders sensibel auf solche Nachrichten reagierte, war nicht verwunderlich, war sie doch von den Auswüchsen menschenfeindlicher Extremisten direkt betroffen.

Es war eine nicht zu leugnende Tatsache, dass brutale Gewaltausbrüche stark zugenommen hatten, insbesondere gegen Autoritätspersonen, das war der letzten Polizeistatistik überdeutlich zu entnehmen.

In dem Artikel wurden übelste rassistische und antisemitische Aussagen zitiert von einer *WhatsApp*-Gruppe, die sich *Bullentreff* nannte. Was die Kollegen da miteinander austauschten, war alles andere als lustig. Sicher, in manchem hatten sie nicht ganz unrecht. Sie seien diejenigen, die die Drecksarbeit der Gesellschaft erledigten, eine soziale Müllabfuhr sozusagen. Ständig müssten sie Risiken im Arbeitsleben eingehen, würden aufs Übelste herausgefordert. Und das alles für eine miese Bezahlung. Seit Corona seien die Auswüchse schlimmer geworden und mehr Einsätze wurden von ihnen abverlangt.

Bis hierhin konnte Clarissa den Statements folgen, doch nicht, welche Konsequenzen die Kollegen aus ihrer Kritik zogen: Das könne man sich nicht länger gefallen lassen. Dagegen müsse man sich zur Wehr setzen. Denen zeigen, wo es langgehe. Wer mit »denen« gemeint war, war nicht schwer zu erraten. Das »Kroppzeug«, das bei uns gehätschelt wird, hieß es an einer Stelle. Diese Forderung wurde von einschlägigen Bildern und Sprüchen garniert. Unterzeichnet mit Hitlergruß und Hakenkreuz sowie schönen GrüSSen.

Was für Idioten, dachte Clarissa. Polizisten, die ihren Job und ihre Zukunft aufs Spiel setzten, weil sie einer hirnverbrannten Ideologie hinterherrannten.

Das Telefon klingelte. Unwillig hob sie ab.

»Gut, dass du schon da bist.« Herbert von der Leitstelle.

»Bin eben ein fleißiges Mädchen. Morgens die Erste, abends die Letzte, wie es sich für eine ordentliche Beamtin gehört.« Sie kicherte. »Was gibt's denn? Schlimme Nachrichten?« Wenn sich die Leitstelle meldete, bedeutete das in der Regel Arbeit.

»Eine männliche Leiche in Remagen. Auf dem Gelände der Friedensbrücke.«

»Remagen? Da war ich erst am Samstag. Habe mich dort mit einer Freundin getroffen.«

»Franca ist noch nicht zurück, oder?«, fragte Herbert. Clarissa konnte förmlich sehen, wie der Kollege sich am Kopf kratzte.

»Sie ist noch im Urlaub. Italien.«

»Dann musst du mit dem Brock dorthin.«

»Brock?« O Gott, nicht mit dem. Diesem ewigen Quertreiber. Aber es war nun mal Urlaubszeit. Die ohnehin dünne Besetzung war um einiges dünner, zumal man nun nach dem Lockdown wieder in Urlaub fahren durfte.

Roger Brock war schon ewig bei der Koblenzer Polizei und fiel nicht gerade durch übermäßige Sympathiebekundungen auf. Clarissa fand, er war die Verkörperung des Napoleon-Syndroms: Roger Brock maß gerade mal die geforderte Mindestgröße und gebärdete sich wie alle kleinen Männer, die meinten, wenn sie besonders laut kläfften, würden sie sich besseres Gehör verschaffen. Brock und sie waren keine Freunde und würden das wohl auch nicht mehr werden, allerdings gehörte er zum Team, und sie mussten wohl oder übel miteinander auskommen.

»Bin schon unterwegs.«

»Ach, da ist ja das Küken«, wurde sie von dem Kollegen begrüßt, der, eine Zigarette rauchend, an den Kotflügel des Dienstwagens gelehnt, stand. Gemessen an seinen sonstigen Macho-Sprüchen waren das eher harmlose Worte. Sie überging seine Bemerkung und fragte: »Hast du was dagegen, wenn ich fahre?« Es war kein Geheimnis, dass Brock wie eine gesengte Sau fuhr und sich folglich niemand darum riss, sich neben ihn auf den Beifahrersitz zu setzen.

Kurz zog er eine Augenbraue hoch, dann gab er sich überraschend großzügig: »Von mir aus.« Er trat die Kippe aus und öffnete die Wagentür.

Seine grauen Haare kringelten sich über dem Hemdkragen, offenbar war er länger nicht beim Friseur gewesen. Ein paar zusätzliche Pfunde zugelegt hatte er ebenfalls, die Hemdknöpfe über dem Bauch spannten ordentlich.

»Ich fahr über die B9, okay?«

»Nun mach schon.«

Sie startete den Wagen und fuhr los. Verließ das Parkhaus und fädelte sich in den fließenden Verkehr ein.

»Ein Glück, dass dieser Klotz weg ist«, sagte sie, als sie das Gewerbegebiet Mülheim-Kärlich passierten. Das schon seit Jahren stillgelegte AKW, das hässlich und nutzlos die Gegend verschandelt hatte, war vor nicht allzu langer Zeit endlich gesprengt worden, doch der Rückbau war noch immer nicht vollständig vollzogen.

Brock neben ihr brummte irgendwas, das genauso Zustimmung wie Ablehnung bedeuten konnte.

»Weiß gar nicht, wie oft ich schon hier lang gebrettert bin«, ließ er mit einem Mal verlauten. Sie waren bereits hinter Andernach angelangt, rechts lag das metallisch glänzende Wasser des Rheins. Als sie kurz darauf durch Bad Breisig fuhren, fragte Brock: »Erinnerst du dich an Cem Aslan?«

Clarissa nickte. Wie könnte sie diesen Fall vergessen? In einer Silvesternacht waren der Andernacher Kollege und dessen Frau getötet worden. Das war nun auch schon wieder ein paar Jahre her.

»Jedes Mal, wenn ich hier durchkomme, denke ich daran. Dass der von so einem Idioten niedergeknallt wurde. Und seine Frau gleich mit. Ich hatte mal erlebt, wie der von einer Dumpfbacke angepöbelt wurde, von wegen Türke und deutscher Polizist und so. Dabei sprach Cem ohne Akzent. Der konnte besser Deutsch als so manch einer dieser Grenzdebilen.«

Clarissa nickte. »Das war ziemlich schlimm damals.« Cem Aslan war Streifenpolizist gewesen mit türkischen Wurzeln. Aber der Täter hatte nicht aus rassistischen

Gründen gemordet. Oder etwa doch? Wer wusste so genau, was in den Köpfen dieser Killer vor sich ging.

»Die hatten doch einen kleinen Jungen.« Brock sah Clarissa fragend an.

Sie nickte. »Ich war dabei, wie wir den Jungen mit einem Mantrailerhund ausfindig gemacht haben. Im Schnee. Glücklicherweise war er unverletzt.«

Brock sah geradeaus. »Wie es dem heute wohl geht? Über die Opfer denken wir viel zu wenig nach.«

Clarissa war einigermaßen erstaunt. So viel am Stück hatte Brock noch nie geredet. Bisher war er nicht gerade mit allzu großem Mitgefühl aufgefallen.

Nach einer Weile meldete er sich wieder: »Diese Baustelle gibt es schon ewig. Bin mal gespannt, wann die endlich fertig sind.«

»Was wird das denn?« Es interessierte sie nicht wirklich.

»Was schon? Die Straße soll verbreitert werden, denk ich mal. Am besten fährst du gleich hier rein.« Er wies auf die nächste Einfahrt. Sie setzte den Blinker und folgte seinen Anweisungen.

»Fahr vor bis zur Rheinhalle, dann rechts die Straße runter bis zum Rhein.«

Am Samstag war sie eine andere Einfahrt in die Stadt eingebogen, aber das Garten-Restaurant, in dem sie sich mit Romina getroffen hatte, war ein Stück von der Friedensbrücke entfernt, und Brock schien sich gut auszukennen.

Am Rand der schmalen Straße, die zur Rheinfront hinunterführte, parkten etliche Polizeifahrzeuge mit eingeschaltetem Blaulicht. Beide Polizisten stiegen aus und gingen auf die Brücke zu. Um das Areal war ein rot-weißes

Absperrband gezogen. Brock hob es hoch und deutete ihr, darunter hindurchzuschlüpfen. Clarissa wunderte sich immer mehr. Der konnte ja richtig zuvorkommend sein. Hätte sie diesem Miesepeter gar nicht zugetraut.

Sie stiegen die Stufen hoch. Vor den dunklen wuchtigen Brückentürmen wuselten einige Kollegen herum, die vermaßen, fotografierten, filmten.

Frank Stein in seinem unförmigen weißen Schutzanzug sah aus wie ein zu dick geratener Schneemann. Wie üblich fotografierte der lange Norbert. Die beiden waren wie ein altes Ehepaar, das man fast nur gemeinsam antraf. Frankenstein, wie der Leiter des Erkennungsdienstes intern genannt wurde, unterhielt sich gerade mit Küppersbusch, dem Bonner Rechtsmediziner.

Frankenstein war ein beliebter Kollege, doch der schmale Küppersbusch entpuppte sich als aufgeblasener Wichtigtuer, dem man ärgerlicherweise eine gewisse Kompetenz nicht absprechen konnte. Clarissa hatte ihn mal ganz interessant gefunden mit seinem modisch gestutzten Kinnbärtchen und dem auffälligen Spinnennetztattoo am Hals. Einem gewissen nach außen getragenen Individualismus gerade bei honorigen Jobs war sie nicht abgeneigt. Aus diesem Grund färbte sie sich die Haare feuerrot, auch wenn die Kollegen sie gern deswegen neckten und sie hinter ihrem Rücken *Pumuckl* nannten. Ach, sollten sie doch.

Frankenstein nickte ihr zu. »Das ging ja fix«, meinte er.

»Bin eben von der schnellen Truppe. Dass du das noch immer nicht kapiert hast.« Scherzchen wie diese mochte sie gern. Und mit Frankenstein kam sie gut klar.

»Bin mit Brock hier.« Das wiederum kam weniger lustig an, wie sie sofort am Gesichtsausdruck des Kriminaltechnikers erkennen konnte.

»Aha.«

Kein weiterer Kommentar. Man wusste, was man von Brock zu halten hatte, den so mancher Kollege auch Kotzbrocken nannte.

Der drahtig wirkende Küppersbusch stand mit professioneller Neugier über die am Boden liegende männliche Leiche gebeugt. Seine fachlichen Expertisen waren hieb- und stichfest und hatten bis jetzt jeder noch so kniffligen Nachfrage standgehalten. Da gab es nichts zu meckern. Wenn er nur nicht so sehr den Besserwisser herauskehren würde.

Clarissa blickte auf den Hinterkopf des Rechtsmediziners. Sein Haar war sehr kurz geschoren und erinnerte an einen Sträfling. Dann ging sie neben ihm in die Hocke.

Der Tote lag auf dem Rücken und hatte die Augen geschlossen. Er sah aus, als ob er schliefe, wenn man von der Blutlache absah, die sich unter seinem Kopf gebildet hatte. Glatt rasiertes Gesicht. Dunkelblondes, an den Schläfen leicht angegrautes Haar. Schmale Hüften. Die Kleidung eher businesslike denn freizeitlich. Er trug ein schwarzes Hemd, wenn sie nicht alles täuschte, war es aus Seide, die dunklen Jeans wiesen ein bekanntes Designerlabel auf, auch die Sneakers waren nicht billig. Jemand, der auf seine Kleidung achtete. Etwas merkwürdig muteten die Einmalhandschuhe an seinen Händen an.

»Der Täter hat kaum Spuren hinterlassen.« Frankenstein war dabei, eine Farbspraydose sowie den dazugehörigen Deckel einzutüten. »Unser Kandidat hat Graffitis gesprüht und ist wohl gewaltsam daran gehindert worden.«

»Ein ermordeter Graffitisprayer?« Clarissa trat an die schwarze Mauer heran, die die beiden Brückentürme miteinander verband. Dort waren in Augenhöhe unterschiedliche Messingplaketten eingelassen. »To the quick and the brave belong the reward«, las sie auf einem der golden glänzenden Schilder. Auf einer kleineren Plakette war mit roter Farbe »KEIN VER« gesprayt. Der letzte Buchstabe war nicht vervollständigt worden. Könnte ein S oder ein G sein.

»Sind schon Menschen aus nichtigeren Gründen umgebracht worden.« Brock war neben sie getreten. »Die Irren sterben nun mal nicht aus.« Mit einem kurzen Blick auf die Leiche fragte er: »Weiß man schon, wer er ist?«

Frankenstein nickte. »Thorsten Herzog. Wohnhaft in Oberwinter. Also nicht weit von hier.«

Küppersbusch richtete sich auf. »Hat eine Kugel von hinten in den Kopf gekriegt. Kleines Einschussloch. Keine Beschmauchung, keine Pulverauflagerungen oder -einsprengungen, was ich bis jetzt erkennen kann.«

»Also Fernschuss?«

»Na ja, Fernschuss nicht gerade. Eher distanzierter Nahschuss. Der Täter kann nicht allzu weit hinter ihm gestanden haben. Es ist keine Austrittsmarke sichtbar. Wir werden röntgen müssen, um zu sehen, wo das Ding steckt. Tastbar ist es nicht. Vielleicht kriegen wir das mit einem Metalldetektor raus.«

Clarissa wusste nicht, ob er das ernst meinte. Bei Küppersbusch wusste man nie, ob er etwas ernst meinte. Doch in Fachkreisen war er hoch angesehen. Ihr war zu Ohren gekommen, dass er einige Corona-Tote obduziert hatte. Obwohl das RKI anfangs davon abgeraten hatte, setzte er sich durch. Ihm gehe es darum, Fakten herauszufinden, hatte er erklärt. Er wolle verstehen, warum die Menschen gestorben sind, und von den Toten könne man nun mal viel über das Leben lernen. Die Erkenntnisse aus diesen Untersuchungen hatten ihm viel Achtung eingebracht, weshalb er in der Folge öfter in Fernsehsendungen eingeladen wurde.

Clarissa hatte ein Interview mit ihm gesehen. Da fand sie ihn richtig gut. Verkaufen konnte er sich hervorragend. Sein imponierendes Fachwissen durchsetzte er oft mit einem Witzchen, das bei all dem Ernsthaften, das er verkündete, gut ankam. Er habe viele Leichen im Keller, behauptete er gern mit einem Augenzwinkern. Und er sei Arzt aus Leidenschaft. Das war sein Credo, das er mantraartig verlauten ließ.

Jetzt drehte er den Toten auf die Seite, zog ihm Hose und Unterhose herunter und führte das Rektalthermometer ein.

Ein ihr unbekannter älterer Mann trat zu ihnen.

»Ottmar Graf, Kollege aus Remagen«, stellte er sich vor.

»Hier wird öfter gesprayt«, sagte er und deutete auf das beschmierte Messingschild. »Sie glauben gar nicht, wie viele Hakenkreuze wir schon entfernt haben. Das Gelände ist besonders bei Jugendlichen beliebt. Hinter der Brücke tagen sie gern.«

»Der sieht aber nicht gerade jugendlich aus«, meinte Brock.

»Da haben Sie wohl recht.« Der Kollege aus Remagen lachte meckernd. »Ist eher Mittelalter. Aber wie heißt es so schön? Alter schützt vor Torheit nicht. Ich weiß schließlich, wovon ich rede.« Er sah verständnisheischend in die Runde, doch niemand ging auf seine Bemerkung ein.

Clarissa schätzte den Toten auf Ende 40, Anfang 50. »Wer hat ihn gefunden?«, fragte sie.

»Alter Herr. Spaziergänger mit Hund«, antwortete Graf.

»Wo ist er?« Clarissa sah sich suchend um.

»Den haben wir heimgeschickt. War total fertig. Hat uns alles haarklein erzählt. Garniert mit seiner gesamten Lebensgeschichte. Wie alte Leute so sind. Und dann diese kläffende Töle.« Graf rollte mit den Augen. »Konnte uns jedenfalls nichts Ergiebiges mitteilen.«

Clarissa sah an der Mauer hoch. Las die großen weißen Buchstaben »Friedensmuseum«, die quer darüberstanden. Küppersbusch richtete sich auf. »Lange ist der noch nicht tot«, ließ er mit Blick auf das Thermometer verlauten. »Schätze, dass er irgendwann in der Nacht sein Leben ausgehaucht hat.« Er wandte sich an Clarissa. »Wussten Sie, dass der Kopf die häufigste Einschusslokalisation ist? Solche Tötungsdelikte werden am meisten übers Wochenende begangen. Die Täter sind fast ausschließlich männlich und in der Regel zwischen 30 und 40 Jahre alt. Also jünger als das Opfer hier. Die meisten Schuss-Delikte passieren zwischen 18 Uhr abends und 6 Uhr morgens. Interessant, nicht? Was die Statistiken so alles wissen.« Er lachte vor sich hin, als ob er einen Witz gemacht hätte. »Meistens besteht eine Beziehung zwischen Täter und Opfer«, fuhr er fort. »80 Prozent der Tatwaffen befanden sich illegal im Besitz der Täter. Ungefähr die Hälfte war nicht deutscher Nationalität. Was aber auch im Umkehrschluss heißt, dass die Hälfte Deutsche waren. Nicht verwunderlich ist, dass mehr als 60 Prozent aus ungünstigen Familienverhältnissen mit hoher Geschwisterzahl stammen.« Küppersbuschs Stimme klang enthusiastisch, wie immer, wenn er sein Fachwissen ungehemmt ausbreitete.

»Und was heißt das alles im Zusammenhang mit diesem Fall?«, fragte sie einigermaßen genervt.

»Ich zitierte lediglich aussagefähige Untersuchungen. Und wollte Ihnen die Richtung anzeigen, wo Sie suchen müssen.« Er grinste unverschämt. »Aber natürlich ist jeder Fall anders. Wir wissen ja, wie das mit den Statistiken ist.«

Clarissa hätte ihm gern eine passende Antwort gegeben, aber ihr fiel partout keine ein. Worüber sie sich ärgerte. Immer besser konnte sie Franca verstehen, die von Anfang an Vorbehalte gegen den Bonner Rechtsmediziner geäußert hatte. Clarissa dachte daran, dass man sich von Küppersbusch erzählte, er habe eine Nachbildung seines eigenen Totenschädels auf seinem Schreibtisch stehen. Entstanden durch eine Computertomografie, gedruckt mit einem Drei-D-Drucker. Er hatte schon einen merkwürdigen Sinn für Humor, der Herr Doktor.

»Das häufigste Tatmotiv ist übrigens Eifersucht.« Er strich sich über sein Kinnbärtchen.

»Das ist ja sehr hilfreich.« Aus den Augenwinkeln sah sie, wie Frankenstein verstohlen grinste.

»Wo haben Sie denn Ihre Kollegin gelassen?«, wollte Küppersbusch wissen. »Sonst kommen Sie doch immer im Damendoppel.«

»Frau Mazzari ist im Urlaub«, antwortete sie knapp.

»Ach, den hätte ich auch bitter nötig.«

6. KAPITEL

Trentino

Heute war Torbole ihr Ziel, ein malerisches Örtchen am nördlichsten Zipfel des Gardasees, hier Garda Trentino geheißen, weil dieser Teil des Sees zur gleichnamigen Provinz gehörte. Michele hatte ihr viel von der wechselvollen Geschichte des Gardasees erzählt, der seit jeher eine begehrte Region war – nicht nur als Erholungsort, sondern auch wirtschaftlich und militärisch-strategisch von Bedeutung. Nicht selten war deshalb die Region um den Gardasee Zankapfel und zu allen Zeiten hart umkämpft gewesen. Die hohe Dichte an Burgen und Festungsanlagen rundum waren Zeugnisse der Kämpfe zwischen Alemannen und Römern, Ost- und Westgoten, Germanen, Hunnen und Langobarden um die Herrschaft in der Region des größten italienischen Sees. Auch Karl der Große hatte hier seine Hände im Spiel gehabt. Und selbstverständlich Napoleon.

Torbole lag eingezwängt zwischen den Ausläufern der südlichen Alpen und dem glitzernden Wasser, auf dem sich viele Surfer eingefunden hatten. Der starken Winde wegen galt der Ort als das Surfer-Paradies schlechthin.

Beim Schlendern durch die engen Gassen stieß sie auf zahlreiche Hinweise zu Goethe, der den Ort in seiner »Italienischen Reise« ausführlich beschreibt. Gelegen im Land der Zitronen, dem seine Sehnsucht galt. An einem Haus auf der Piazza Goethe wies ein Schild darauf hin, dass der Dichterfürst inkognito unter dem Aliasnamen Johann Philip Möller reiste, im Gasthaus *Alla Rossa* nächtigte, wo er seine Eindrücke nach Tische niederschrieb, wie er stets vermerkte. Sie musste schmunzeln, als sie auf einer ausführlichen Inschrift in verschiedenen Sprachen las, Goethe habe voller Verwunderung notiert, dass physiologische Bedürfnisse auf dem Hof durchgeführt werden mussten, da es keine Toiletten gab.

Allerdings konnte sie gut verstehen, dass der Dichterfürst hingerissen war vom Charme des Dörfchens, dessen Häuser sich malerisch im See spiegelten. Obwohl es sicher im 18. Jahrhundert anders aussah als heute, hatte sich hier doch einiges Ursprüngliches bewahrt. Auch ein wenig das *Dolce far niente*, ein Lebensgefühl, das Goethe als ein »nachlässiges Schlaraffenleben« bezeichnete. Ein bisschen hatte sie das Gefühl, dass die Zeit stehen geblieben war.

Der deutsche Dichter war im September 1786 zu Fuß über die geschichtsträchtige Straße Santa Lucia nach Torbole gegangen, damals die einzige Verbindung zwischen Südtirol und dem Gardasee.

Am kleinen Hafen kam sie am ehemaligen Zollhäuschen vorbei, wo früher die Grenze zwischen Österreich und Italien verlief.

In einem der Restaurants direkt am Ufer gönnte sie sich eine Fischplatte und einen leichten Weißwein mit Blick auf den See und den dahinterliegenden Monte Brione, den die Einheimischen wegen seiner vielfältigen Flora Garten Europas nannten. Aufgrund der Gletscher konnten sich dort Pflanzen erhalten, die es sonst nirgendwo auf der Welt mehr gab.

Kurz überlegte sie, ob sie nach Limone ans Ostufer fahren sollte. Das quirlige Städtchen galt als der nördlichste Punkt, wo Zitronen wuchsen. Dort begann die Lombardei. Der Landstrich, der von dem Coronavirus besonders hart betroffen gewesen war. Nur allzu deutlich erinnerte sich Franca an die Fotos aus Bergamo, als dort das Virus außer Kontrolle geriet. Allabendlich über den Bildschirm flimmernde Berichte zeigten röchelnde Patienten, ausgelaugte Krankenschwestern und zahllose Militärfahrzeuge, die Särge transportierten. Diese Coronakrise war mit nichts vergleichbar, was die Menschheit in diesem Landstrich jemals zuvor erlebt hatte. Die ganze Welt war betroffen, was auch bedeutete, dass ein Großteil der Weltwirtschaft stillgelegt wurde. Und noch immer gab es unverbesserliche Querdenker, die die Existenz des Virus leugneten und Corona als bloße Grippe abtaten, insbesondere, als nach dem verheerenden letzten Frühjahr der Sommer einigermaßen ruhig und entspannt blieb. Doch wie überall wurde auch die Lombardei weder von einer zweiten noch vor einer dritten Welle verschont. Inzwischen hatte sich alles etwas beruhigt, viele Menschen waren geimpft, wie das auch im übrigen Europa der Fall war, und Italien war kein Risikogebiet mehr.

Nach einem Blick auf die Uhr entschied sie sich für einen Kurztrip nach Malcesine, das nur wenige Kilometer von Torbole entfernt lag. Doch bald wusste sie, weshalb man sie gewarnt hatte: Der Ort sei in den Sommermonaten völlig überlaufen. In den engen Gassen würden sich die Menschen nur so drängeln. Außerdem waren Parkplätze rar. Als sie nach mehrmaligem Suchen nicht fündig wurde, beschloss sie resigniert umzukehren.

Wie so oft seit ihrem Aufenthalt im Trentino war sie zum Abendessen bei Michele und dessen Familie eingeladen. Auf der Rückfahrt durch die Berge ging ihr manches durch den Kopf. In jüngeren Jahren hatte sie einiges von der Welt gesehen. Mit ihrem früheren Mann David, der aus Seattle stammte, hatte sie interessante Reisen unternommen. Doch das Reisen hatte sie vernachlässigt, weil ihr Beruf in den Vordergrund rückte und nicht selten etwas dazwischenkam, das ihre Pläne vereitelte. Aber das war vorbei. Die Freiheit lag vor ihr, und in nicht allzu langer Zeit durfte sie ungehindert all die Dinge tun, die sie ein Leben lang vor sich hergeschoben hatte. Sie war sich sicher, dass dies nicht ihr letzter Besuch im Trentino war – und höchstwahrscheinlich würde sie ihren Beruf nicht allzu sehr vermissen.

Schon oft hatte sie darüber nachgedacht, wie merkwürdig ein Menschenleben war und welchen Einflüssen man ausgeliefert war. Manche Entscheidungen konnte man selbst treffen, doch längst nicht alle. Einiges wurde von anderen Mächten entschieden, ob man dies nun Schicksal oder sonst wie nannte. Ein intaktes Familienleben, das sie anstrebte, hatte nur eine bestimmte Zeit lang funktioniert. Weshalb ihre kleine Familie auseinanderbrach, war im Nachhinein schwer zu sagen. Für ihren Beruf hatte sie sich jedenfalls frei entschieden. Ja, sie hatte beides gewollt und beides bekommen, doch oft hatte sie das Gefühl gehabt, weder Beruf noch Familie 100-prozentig gerecht zu werden. Dies war besonders in der Zeit, als Georgina klein war, der Fall gewesen. Nun war ihre Tochter erwachsen, studierte Medizin und sprach ihrerseits von Heirat und Kinderkriegen.

Am Hotel angekommen, stellte sie den Alfa auf dem Parkplatz ab und zog sich zum Abendessen um.

Laura hatte gekocht. »Strangolapreti«, sagte sie, eine Trentiner Spezialität. Michele erklärte, dass dies übersetzt »Priesterwürger« hieß.

»Klingt nicht sehr appetitlich«, meinte Franca schmunzelnd.

»Dann probiere doch einfach mal.«

Und wirklich, die Strangolapreti zergingen ihr auf der Zunge. Es war eine Art Spinatnocken. Den merkwürdigen Namen verdankten sie dem Trentiner Konzil, da hätten die Monsignori, Äbte und Kardinäle diesen Nocken öfter im Übermaß zugesprochen …

»Ach, so genau will ich das gar nicht wissen. Ich finde jedoch, die schmecken sehr gut. Wie alles, was Laura kocht.« Als es zum Nachtisch Panna Cotta mit Himbeersoße gab, kam Franca aus dem Schwärmen nicht heraus. Ausgiebig erzählte sie von ihrer Fahrt an den Gardasee und von der unvergleichlichen Landschaft.

»Dieses Dolce Vita könntest du immer haben«, antwortete Michele lächelnd.

»Wie meinst du das?« Franca sah ihn fragend an.

Das Geschirr war abgeräumt, und Laura schenkte allen einen Grappa ein. Lächelnd legte Michele ein Foto auf den Tisch. Darauf war ein kleines Haus inmitten eines Gartens zu sehen, umrahmt von einer mit leuchtend blauen Glyzinien bewachsenen Mauer.

»Was ist das für ein Haus?«

»Es gehört dem Schwager eines Nachbarn. Es steht zum Verkauf.«

Laura nickte. »*La casa è in vendita.*«

Franca sah von einem zum anderen. »Wie? Ihr meint, ich solle mir hier ein Haus kaufen?« Energisch schüttelte sie den Kopf. »Nein, Michele … das geht nicht. Das ist …«

»Der Verkäufer will es nur in gute Hände abgeben«, fiel er ihr ins Wort. »Er möchte, dass man es in Ehren hält. Der Preis ist äußerst erschwinglich. Schau es dir mal an. Nein sagen kannst du immer noch.«

Nach dem Abendessen machte sie zusammen mit ihrem Cousin einen Spaziergang durch das Dorf. Bald tauchte vor ihnen ein schmales altes Steinhaus auf, das ihr sofort wie ein kleines Paradies vorkam.

»Das ist es. Na, was sagst du?«

Sinnend stand sie davor und erinnerte sich urplötzlich an ein Gespräch, das sie vor Jahren mit ihrem damaligen Kollegen Bernhard Hinterhuber geführt hatte. Sie hatten sich über Zukunftsvisionen unterhalten. Während sie Hubi ihren Traum von einem Häuschen im Trentino verriet, hatte er seinen beruflichen Aufstieg im Sinn. Den er unermüdlich verfolgt hatte. Kontinuierlich war er Stufe um Stufe die Karriereleiter hochgeklettert und inzwischen zum Leiter der Polizeiinspektion Remagen berufen worden. Eine Stelle, die ihm absolut gebührte. Franca war überzeugt davon, dass er ein guter Chef war.

»Komm, wir gehen mal rein.« Michele zog einen Schlüssel hervor und schloss die Tür auf.

Sie musste sich eingestehen, dass sie sich sofort in das Haus verliebte, das sicher mindestens ein Jahrhundert auf dem Buckel hatte. Sie traten durch die Holztür, gingen den winzigen Flur entlang, der direkt in die kleine Küche führte, sowie in das angrenzende Wohnzimmer mit den Holzbalken an der Decke. Eine steile Treppe führte ins Obergeschoss. Auf der einen Seite, über der Küche, lag das Badezimmer und rechts davon zwei kleine Schlafzimmer. Nach oben zum Dachboden führte eine schmale Stiege.

»Den Dachboden könntest du ausbauen, das ergibt ein schönes großes Zimmer mit einem herrlichen Ausblick. Da kann Gina schlafen, wenn sie dich besucht.« Michele pries das Haus, das er *Casa Franca* nannte, in den höchsten Tönen und hielt mit seiner Begeisterung nicht hinterm Berg. »Natürlich müsste einiges gemacht werden, aber du kannst sicher sein, dass wir alle dir helfen werden. Das Haus ist quasi geschenkt. Und der Ausblick, der ist nicht mit Gold zu bezahlen.« Er sah sie eindringlich an. »Es wäre wunderbar, dich in unserer Nähe zu haben.«

Worte, die sie sehr berührten.

Das Haus stand inmitten eines kleinen Gartens. Zum Grundstück gehörte eine blumendurchwucherte Wiese voller Apfelbäume, genau so eine Wiese, wo sie als Kind mit Michele herumgetollt war und er ihr italienische Schimpfworte und Flüche beigebracht hatte.

»*Cazzo di fastidio*!«, rief sie laut.

Michele sah sich erstaunt nach ihr um. Dann lachte er aus vollem Hals.

»Heißt das Ja?«

Sie hob die Schultern, weil ihr Bedenken kamen. Sollte sie einen solchen Schritt wirklich wagen? Sämtliche Brücken in Koblenz abbrechen und nach Italien ziehen? »Du bist doch nicht aus der Welt«, murmelte ein Stimmchen tief in ihrem Hinterkopf. »Und war das nicht immer dein Traum? Erfüll ihn dir doch. Wann, wenn nicht jetzt. Ewig Zeit hast du nicht mehr.«

Erneut sah sie sich um, ließ ihren Blick schweifen über das traumhafte Panorama und über das kleine Steinhaus. Mit einem Mal überkam sie das überwältigende Gefühl, hierher zu gehören. Genau hierher. Ins Trentino, die Heimat ihres Vaters.

Abends im Bett dachte Franca über alles Mögliche nach. Über ihre Vergangenheit, ihre Zukunft. Über die Kapriolen und Volten, die das Leben schlug. Über ihre Erwartungen, ihre Träume und deren Erfüllung. Ihr Vater war in diesem Landstrich geboren und aufgewachsen. Weshalb er fast 1.000 Kilometer weiter nach Norden auswanderte, nach Koblenz, eine Stadt, die ihm völlig fremd war, hatte sie nie herausgefunden. Zufall oder Schicksal? Jedenfalls lernte er dort ihre Mutter kennen und lieben, beide heirateten, und er eröffnete ein Feinkostgeschäft, nachdem er sich einiges Geld zusammengespart hatte. Beide bekamen eine einzige Tochter, sie, Franca. Die es nach so vielen Jahren hierher führte. Zu ihren Wurzeln, wenn man so wollte.

Ihre Berufszeit war bald vorbei, ein neuer Lebensabschnitt würde beginnen. Lächelnd dachte sie an die Anfänge mit Hubi. Bevor sie und Hinterhuber ein richtig gutes Team wurden, hatten sie sich manch handfeste Auseinandersetzung geliefert. Er gehörte jedoch glücklicherweise nicht zu der Spezies Männer, die sich wie kleine Götter aufführten und sich das Recht nahmen zu tun, was ihnen beliebte. Ohne Rücksicht auf Verluste. Solchen Männern war Franca im Laufe ihres Lebens einigen begegnet, Männer, die keinerlei Anstrengung unternahmen, den Macho in sich zu tarnen. Im Beruf und auch privat. Hubi jedoch war einer dieser seltenen Exemplare, auf deren Loyalität sie sich stets 100-prozentig verlassen konnte. Sie hatte gern mit ihm zusammengearbeitet.

All das war jedoch weit weg. Heute war sie bewusst Single, ihr privates Leben verlief in ruhigen Bahnen, das empfand sie als angenehm. Was gleichzeitig bedeutete: Es gab keine nervenaufreibenden Auseinandersetzungen – und alle Entscheidungen, die sie traf, hatte sie selbst zu verantworten.

Nun lag es allein an ihr, ihren Traum von damals Wirklichkeit werden zu lassen. Ein Häuschen im Trentino! In der Heimat ihres Vaters. Wo sie an warmen Sommerabenden bei einem kühlen Pinot Grigio sitzen konnte, mit Verwandten oder allein. Den Tag ausklingen lassen, über ihr Leben sinnieren und ihrem Papa zuprosten. Mit Blick auf die Berge und auf das goldene Licht am Horizont. La Montanara. Und den weiten Himmel darüber.

Franca, willst du das wirklich?, meldete sich eine warnende Stimme. Doch bevor sich unliebsame Gedanken in ihrem Kopf breitmachen konnten, war sie bereits eingeschlafen.

*

Notizen Remo Weiss

Rastplatz Marzahn nannten sie den Berliner Außenbezirk, in dem sie uns abluden. An den Rand hat man uns gedrängt. Weg aus der Gesellschaft, weg aus unserem bisherigen Leben. Wellblechbaracken standen dort sowie unzählige Planwagen, dicht an dicht. Unsere Fami-

lie bekam einen dieser Blechcontainer zugewiesen, wo wir alle auf engstem Raum zusammengepfercht lebten. Doch »lebten« ist eigentlich zu viel gesagt, wir vegetierten dahin. Waren wir doch ein Haus gewohnt mit genügend Platz für uns alle und für unsere Tiere, die wir natürlich nicht mitnehmen durften. Wir sollten zusehen, wie wir zurechtkamen, sagte man uns.

Der Rastplatz lag neben dem Städtischen Friedhof und fürchterlich stinkenden Rieselfeldern. In einem solchen Umfeld zu wohnen, war uns vom Gesetz her verboten, aber das kümmerte niemanden.

»Mit Betteln und Herumlungern ist jetzt Schluss«, sagten uns die Aufpasser und erklärten uns, wir Zigeuner seien von Natur aus »gemeinschädlich« und »asozial«. Geborene Verbrecher. Lügner, Diebe. Deshalb sei es notwendig, dass man uns aussortiert habe.

All das hing mit den Olympischen Spielen zusammen, wie ich viel später erfuhr. Man wollte die Stadt »säubern«.

Es hatte einen Runderlass gegeben, wonach alle »Landfahrer« in Marzahn untergebracht werden sollten. Zwar waren wir keine Landfahrer, wir hatten ja in einem Haus gelebt und unser Tatta war einer geregelten Arbeit nachgegangen, doch das tat nichts zur Sache. Man scherte uns alle über einen Kamm.

Zu essen gab es im Lager nur wenig. Ich hatte ständig Hunger, und die hygienischen Verhältnisse waren katastrophal. Folglich gab es viele Krankheiten. Ärztliche Betreuung? Fehlanzeige. Lula, eine meiner Schwestern, ist in Marzahn gestorben.

Früher war ich in die Volksschule gegangen, mit den anderen Kindern, den Gadje. Doch da durfte ich nicht mehr hin. *Im Lager gab es eine Schulbaracke. In zwei Räumen wurden mehrere Klassen von einem Lehrer unterrichtet. Wie sollte man da was Ordentliches lernen?*

Irgendwann kam das Fräulein Justin zu uns ins Lager. Die fand ich anfangs ganz nett, weil sie uns Bonbons zusteckte und freundlich zu uns war. Außerdem beherrschte sie unsere Sprache, Romanes. Zumindest ein bisschen.

»Du bist ganz schön flink«, hat sie zu mir gesagt. Und ich habe mich wie ein König über dieses Lob gefreut. Ich war ein unbedarftes Kind und konnte nicht einschätzen, wie perfide ihr Plan war. Sie ging im Lager umher und schrieb andauernd etwas in ihre Hefte. Meist zusammen mit Doktor Ritter, der sie begleitete. Beide stellten uns allerhand Fragen. Sie wollten wissen, wo wir herkamen. Wer unsere Verwandten sind, was diese beruflich machen. Solche Dinge.

Heute weiß ich, dass die Dame sich auf infame Weise unser Vertrauen erschlichen hat, aber das habe ich damals nicht verstanden. Wieso nur hatte ich ihren bösen Blick nicht bemerkt? Auch nicht ihr bitterböses Lachen. Ich war einfach nur verblendet, weil ich einem so offenkundig netten Menschen nichts Böses zutraute. Doch ich sollte noch vielen solchen Menschen begegnen, die vordergründig freundlich taten und im Grunde ihres Herzens wahre Teufel waren.

Blut hat uns das Fräulein Justin abgezapft. Mund und Nase vermessen. Die Armlänge. Den Abstand der Ohren. Ständig lief sie mit dem Meterband umher. Und sie fotografierte uns.

Verschiedene Aufgaben hat sie uns gestellt, die wir lösen sollten. Geschicklichkeitsspiele, die mir Spaß machten, weil das eine schöne Abwechslung war und ich mein Können zeigen durfte. Irgendwann ist sie dann enttäuscht weggegangen. Wir würden sowieso nie was lernen, hat sie gesagt. Das habe ich nicht verstanden, weil ich das Gefühl hatte, dass ich meine Sache gut machte.

Natürlich bekamen wir mit, dass einige von uns abgeholt wurden und nie wiederkamen. Über die Ausrottungspläne der Nazis wussten wir nichts. Wir ahnten nur, dass das alles nicht richtig sein konnte, was man mit uns machte. Aber niemand wehrte sich.

Viele Jahre später habe ich herausgefunden, was Eva Justin mit all den Fragen und Tests bezweckte, als ich durch Zufall auf ihre Doktorarbeit gestoßen bin. »Lebensschicksale artfremd erzogener Zigeunerkinder und ihrer Nachkommen« heißt das Machwerk.

Sie und der feine Doktor Ritter waren Mordgehilfen. Ihr Auftraggeber hieß Heinrich Himmler. Wir Kinder waren ihre Untersuchungsobjekte.

Was dort in dieser Dissertation beschrieben ist, ist mir selbst und etlichen Kameraden genauso widerfahren. Im Gegensatz zu vielen anderen Kindern habe ich dies alles überlebt.

7. KAPITEL

Remagen

Mitten aus dem Nichts schossen die Bilder durch ihren Kopf, die sich ineinanderschoben, übereinander schichteten und miteinander verschmolzen. Schattenbilder mit gezackten Rändern und lachenden Personen vermischten sich mit bewegten Bildfetzen, die an Schrecklichkeit nicht zu überbieten waren. Menschen wurden zu Geistern, die das Wort »Porajmos« raunten – ein Wort, dessen Bedeutung sie lange nicht gekannt hatte. Sie sah Gestalten in gestreiften Pyjamas, die sich wie abgezehrte Skelette mit stumpfen Augen an Leichenbergen vorbei schleppten, an den Füßen Lumpen. Dazwischen Aufseher in schwarzen Uniformen mit Schlagstöcken in der Hand, die Kolonne vorwärtstreibend, begleitet vom Gebell geifernder Hunde.

Sie wehrte sich dagegen, wollte das nicht sehen, wälzte sich hin und her. Doch es nützte nichts. Die Bilder blieben. Wurden immer konkreter.

Plötzlich schob sich ein lebendiges Gesicht zwischen all das Grauen. Eine junge Frau mit leuchtend roten Haaren und wunderschönen Augen, die ihr mit gekrümmtem Zeigefinger bedeutete, näher zu kommen.

Rominas Atem ging schnell und flach, sie begann zu zittern, spürte, wie ihr Herz gegen die Rippen hämmerte. Gleichzeitig schmerzte ihr gesamter Körper, als hätte man sie verprügelt. Sie wollte sich dieser Frau nähern, ihr Gesicht streicheln, es liebkosen, doch in dem Moment, in dem sie es berührte, war die Gestalt verschwunden. Verdeckt von den schrecklichen Bildern, die erneut durch ihren Kopf waberten. Begleitet vom Rattern der Güterzüge, ein furchtbares Geräusch, das näher und näher kam und sie zu überrollen drohte. Sie sah Menschen mit weit aufgerissenen Augen hinter Stacheldraht, spürte die Vibrationen, die die Räder auf den Gleisen erzeugten. Roch unerträglichen Gestank.

Ihr Atem brannte wie Feuer in der Brust. Gleich wachst du auf, war sie sich auf merkwürdige Weise sicher und versuchte sich zu vergegenwärtigen, dass das, was sie erlebte, in einem anderen Universum geschah, weit weg von ihrer Wirklichkeit. Im Traumgeschehen konnte sie rational denken und dennoch blieb sie in diesen Bildern gefangen, die so furchtbar real anmuteten.

Mit einem Mal schreckte sie hoch, öffnete die Augen und keuchte wie nach einem Langstreckenlauf. Sie blinzelte ein paar Mal, versuchte, sich zurechtzufinden, sah um sich und begriff schließlich, dass sie in ihrem eigenen Bett lag, dass niemand sie bedrohte. Erleichtert sank sie in ihre Kissen zurück.

Es ist alles in Ordnung, sagte sie sich. Das soeben Geträumte sind nicht meine Erlebnisse. Es hat nichts mit dem Hier und Jetzt zu tun. Dennoch dauerte es eine Weile, bis ihr Atem sich allmählich beruhigte.

Sanftes Dämmerlicht drang ins Schlafzimmer. Ihr Blick wanderte in dem kleinen Raum umher, bis er auf das grüne Notizbüchlein fiel, das auf dem Nachttisch lag. Und weiter auf das Buch darunter. »Bitten der Vögel im Winter« hieß es. Eine Geschichte, in der sie so vieles von dem wiederfand, was in dem grünen Büchlein notiert war.

In dem Roman, der auf Tatsachen beruhte, kam ihr Großvater Remo vor. Nicht mit Namen. Aber er könnte eines der beschriebenen Kinder in Marzahn gewesen sein. Die beiden Personen, die ihr Großvater in seinem Notizbuch nannte, fanden sich nämlich im Roman: Doktor Robert Ritter und seine Gehilfin Eva Justin. »Rassenforscher« nannten sie sich. Er Arzt, sie seine willige Helferin, voller Bewunderung für den Herrn Doktor und eifrig bemüht, ihr gemeinsames Forschungsziel zu erreichen, ein sauberes Volk arischen Blutes, eine reine Rasse ohne Makel.

Körperlicher Schmerz durchfuhr Romina, wenn sie las, wie diese Frau, die sich so liebenswürdig gab, die Kinder anlockte wie die Hexe im Märchen, sie mit Bonbons verführte und mit vorgetäuschter Zuwendung ihr Vertrauen erschlich. Eine Rothaarige mit blasser Haut und äußerst elegant, so hatte sie ihr Großvater beschrieben. Lolitschai haben sie sie genannt: die Rote.

Sie und Doktor Ritter sahen sich bemüßigt, Hitlers Rassenideologie einen wissenschaftlichen Anstrich zu geben, mit deren Argumentationen sie die Mordpläne der Nazis untermauerten. Eva Justins Ziel war es, den Unterschied zwischen Ariern und Zigeunern akribisch zu dokumentieren. Dabei war eine makabre Dissertation entstanden, vollständig im Internet nachzulesen. Romina hatte das Machwerk ausgedruckt und abgeheftet und las immer wieder kopfschüttelnd darin.

Als »primitive Nomaden« wird dort ihr Volk bezeichnet. Justins Vorgesetzter, Doktor Robert Ritter, war damals Leiter der Kriminalbiologischen Institute im Reichsgesundheitsamt. In einem beträchtlichen Aufwand hatte er zusammen mit seiner Gehilfin Stammtafeln und Abstammungsnachweise aller »nichtsnutzen Zigeunermischlinge« erstellt, die im Reichsgebiet lebten. Das betraf alle Personen, in deren Adern man »Zigeunerblut« vermutete, auch deutsche Staatsbürger, die schon seit Generationen sesshaft waren.

Nach dem Ende des braunen Herrschaftsregimes wurden die beiden nicht etwa belangt, was man hätte erwarten können. Nein, Ritter konnte als Obermedizinalrat der Stadt Frankfurt am Main unangefochten seine Karriere fortsetzen. Sowohl er als auch seine Assistentin wurden entnazifiziert und traten in den städtischen Dienst in der Mainmetropole, wo Ritter die Fürsorgestelle für Gemüts- und Nervenkranke sowie die Jugendpsychiatrie der Stadt leitete. Wiederum in Zusammenarbeit mit Eva Justin, die als Kinderpsychologin eingestellt wurde.

Romina konnte es nicht fassen: Beide setzten ungehindert das fort, was sie unter Hitler begonnen hatten. Und das Schlimmste: Niemand intervenierte dagegen, obwohl es entsprechende Dokumente gab.

Noch in den 60er-Jahren wurde Eva Justin beauftragt, für die Stadt Frankfurt im »Zigeunerlager«, einem Wohnwagenstandplatz bei Bonames, Feldforschungen vorzunehmen. Somit war sie weiterhin für Menschen zuständig, die sie aufgrund ihrer Forschungen ins Konzentrationslager geschickt hatte.

Es gab so viel, von dem Romina nichts gewusst hatte und von dem sie erst in den letzten Monaten erfahren hatte, ausgelöst durch die Lektüre des grünen Notizbüchleins ihres Großvaters. Es waren allesamt nachweisbare Tatsachen, die sie in höchstem Maße irritierten, weil sie spürte, wie viel dies alles mit ihr zu tun hatte. Da erzählte man immer von der Vergangenheit, die endgültig vergangen sei. Nichts war vergangen. Gar nichts.

Schon früh hatte sie gespürt, dass ihre Familie anders war. Anders als andere Familien. Aber sie hatte nicht so recht verstanden, warum. Lange hatte sie nicht gewusst, dass sie eine Sinteza war. Sie hatte es vielleicht geahnt und sich dies irgendwie zusammengereimt, weil immer wieder Worte und unverständliche Sätze fielen.

So oft hatte sie als Kind ihre Mutter gefragt, warum man über gewisse Dinge nicht reden durfte. Warum sich der Opa manchmal so merkwürdig benahm und vom *Obengt* sprach. Dass das Wort »Teufel« bedeutete, war ihr geläufig. Doch darunter konnte sie sich nichts Rechtes vorstellen. Auch verstand sie nicht, warum die Oma so oft mit leerem Blick von einer furchtbaren Zeit murmelte und ständig den Satz wiederholte: Niemand kommt unbeschadet durchs Leben. Auch die nicht. Eines Tages werden die bezahlen müssen.

Wer sind die?, wollte sie damals fragen. Doch die Mutter hatte bereits den Zeigefinger auf die Lippen gelegt und »schsch« geflüstert.

Auf ihre Fragen, was denn bei ihnen so anders sei, weshalb sie manche Menschen so merkwürdig ansähen, bekam sie keine richtige Antwort.

»Wir sind Deutsche«, hatte ihr Vater jedes Mal gebetsmühlenartig geantwortet. »Deutsche Christen, die in die katholische Kirche gehen. Jeder, der etwas anderes behauptet, lügt.«

Später, als sie etwas älter war, erklärte er ihr: »Wir wollten euch Kinder nicht mit diesem Erbe belasten. Erzählt nichts davon in der Schule, auch nicht euren Freunden. Die Menschen haben sich nicht geändert. Sie sind noch immer voller Vorurteile. Wir Sinti sind in Deutschland einfach nicht willkommen.« Und noch viel später hatte er sie mit diesem traurigen Gesichtsausdruck angesehen: »Ich verstehe nicht, dass du Polizistin werden willst. Weißt du nicht, was Polizisten damals unserer Familie angetan haben?«

Gerade deswegen wollte sie ja Polizistin werden, weil sie daran glaubte, dass Deutschland sich verändert hatte. Doch erst jetzt nach dieser einschlägigen Lektüre verstand Romina, wie all diese Dinge zusammenhingen. Insbesondere, warum es ihrer gesamten Familie so schwerfiel, über die Vergangenheit zu sprechen. Die meisten ihrer Vorfahren hatte man getötet. Die wenigen Überlebenden waren die Ausnahme.

Sie nahm den Roman zur Hand und schlug ihn auf. Einen Absatz hatte sie dick unterstrichen. Sie brauchte ihn nicht mehr zu lesen, er hatte sich ihr tief ins Herz gebrannt:

»Mit den Zigeunern ist ja schon so vieles versucht worden. Aber sie sind geschichtslos, unfähig zu denken, ja primitiv. Sie sind auf der Kindheitsstufe der Menschheit stehen geblieben … sie werden sich nie entwickeln. Sind unfähig, ein nützliches Leben zu führen …«

Eva Justin hatte dies voller Überzeugung geäußert. Romina musste heftig blinzeln und gegen die Wut und den Zorn ankämpfen, die sich von ganz tief innen Bahn zu brechen versuchten.

8. KAPITEL

Remagen

»Kommen Sie mal mit«, forderte Ottmar Graf Clarissa auf. Er ging um die trutzigen Mauern herum zur Rückseite der Brückentürme. Dahinter lag verwildertes Brachland und ein Rest Brücke, der ins Nichts führte. Steine. Vertrocknetes Gras. Gebüsch. Leere Flaschen. Verpackungsmüll. Wahrlich kein Schmuckstück. Auf jeden freien Platz waren irgendwelche Graffiti gesprüht.

»Manche Leute halten solche Schmierereien für den Ausdruck von Meinungsfreiheit«, sagte sie.

»Junge Leute halt«, entschuldigte Graf. »Die benehmen sich nicht immer ganz fein. Ich gebe ja zu, dass es hier schon ein bisschen wüst aussieht. Aber das wird sich demnächst ändern. Dann werden sich wohl oder übel die Jugendlichen ein anderes Plätzchen für ihre Zusammenkünfte suchen müssen.«

Clarissa konnte nicht nachvollziehen, weshalb man die Umwelt derart verschandeln musste und überall seinen selbst verursachten Unrat fallen ließ. Dass andere den wegräumen mussten, so weit dachten die Feiernden offensichtlich nicht. Nach mir die Sintflut. Eine Haltung, die allerorten überhandzunehmen schien.

»Jetzt holen die nach, was sie während Corona nicht durften. Da kann es schon manchmal etwas wild zugehen.«

»Ach ja?«

»Die Nachbarn haben sich öfter beschwert, zu laute Musik und Gegröle. So mancher vergisst gern, dass er auch mal jung war.« Graf zeigte ausgesprochen viel Verständnis für die Jugendlichen.

»Haben die gestern Nacht hier gefeiert?«

»Sie meinen, die jungen Leute haben was mit dem Toten zu tun? Nee, glaub ich nicht. Die sind alle harmlos.«

»War hier gestern Nacht ein Gelage oder nicht?«, insistierte sie.

Graf kam ins Stottern. »Bis jetzt haben wir keine Anhaltspunkte dafür.«

»Aber Sie wissen es nicht?«

Er schüttelte den Kopf. »Ich werde meine Leute losschicken. Einige Namen von denen sind uns bekannt. Aber die sind friedlich, glauben Sie mir. Stammen alle aus ordentlichen Elternhäusern.«

»So ordentlich, dass sie überall ihren Müll rumliegen lassen und alles vollschmieren«, meinte Clarissa kopfschüttelnd. Sie deutete auf die Graffiti. Es waren keine eindeutig lesbaren Botschaften.

Nun gab sich Graf etwas schuldbewusst. »Sie haben ja recht. Schon schlimm, wie es hier aussieht. Dabei ist bereits einiges getan worden. Hier hat es nämlich mal ganz übel ausgesehen. Die Türme waren total verkommen, überall regnete es rein. Penner nächtigten hier. Niemand hatte Interesse, sich darum zu kümmern. Bis der Bürgermeister Kürten ein Machtwort sprach. Der hat daran erinnert, wie historisch bedeutsam das Gelände um die Brücke ist, und sorgte dafür, dass die Stadt es aufkauft. Das hat der Bahn gehört. War ja eine Eisenbahnbrücke. Zumindest sieht es jetzt von der Rheinseite her ordentlich aus. Und Herr Kürten hat die Initiative für die Einrichtung des Friedensmuseums ergriffen. Momentan ist das aber leider nicht zugänglich. Nicht nur wegen Corona. Es geht um Brandschutz. Aber es macht sicher bald wieder auf. Ein Besuch lohnt sich in jedem Fall. Dort wird sehr anschaulich die Geschichte der Brücke und des hiesigen Kriegsgefangenenlagers erläutert.«

Ottmar Graf schien nicht nur viel von den Remagener Jugendlichen zu halten, sondern auch von den Initiativen des ehemaligen Bürgermeisters, den er in den höchsten Tönen lobte. Überhaupt schien er gern das Positive seiner Mitmenschen betonen zu wollen.

»Hallo, Clarissa«, sagte plötzlich eine bekannte Stimme hinter ihr. Sie fuhr herum.

»Hubi!«, rief sie erfreut aus.

»Lange nicht gesehen.« In einer spontanen Geste hob er die Hand, besann sich sofort und machte eine Ghettofaust, in die sie lachend einschlug. Die obligatorische Goldrandbrille hatte er inzwischen durch eine modische mit dunklem Rand ersetzt. Doch sonst hatte er sich nur wenig verändert. Aber seine dunklen Locken waren mittlerweile vollständig ergraut.

Natürlich hatte es die Runde gemacht, dass ihr ehemaliger Kollege Bernhard Hinterhuber zum Leiter der PI Remagen ernannt worden war, doch das war ihr in diesem Moment völlig entfallen gewesen.

»Obwohl die Umstände ja nicht so schön sind.« Er deutete ein Lächeln an.

Sie hob die Schultern. »Wie das halt so ist in unserem Beruf. Wir kriegen nun mal viel öfter die hässliche Seite der Gesellschaft zu Gesicht.«

»Du bist mit Brock hier?« Er verzog das Gesicht.

Sie nickte. »Franca ist in Urlaub. In ihrem geliebten Trentino.«

»Ja dann. Wie ich sehe, hat Ottmar dich schon mit den Gegebenheiten vertraut gemacht. Auf dieses Brachgelände sind wir nicht unbedingt stolz.«

»Das soll sich bald ändern, sagt dein Kollege.«

Hinterhuber wiegelte ab. »Die Stadt ist schon jahrelang dran mit Sanierungsplänen. Auch, weil ein Antrag zum Weltkulturerbe gestellt wurde.«

»Remagen wird Weltkulturerbe? Ehrlich?«

»Zusammen mit Nordrhein-Westfalen und den Niederlanden. In der Römerzeit stand in Remagen das südlichste Kastell des Niedergermanischen Limes. Das will die Stadt künftig besser präsentieren. Auch rund um die Brücke soll ordentlich was getan werden. Doch bis jetzt ist nicht viel passiert. Längere Zeit war die Rede von einer Begegnungsstätte für Gäste aus aller Welt. *The Bridge* sollte das geplante Luxushotelprojekt heißen, was sich toll anhört. Doch wie immer, wenn es um Zigmillionen geht, gibt's Probleme mit der Finanzierung. Investoren kamen und gingen. Dabei ist das hier wirklich ein Filetstück direkt am Rhein mit seinem historischen Weltkriegsschauplatz. Aus dem man unbedingt was machen sollte. Diesen Ort darf man nicht verkommen lassen. Obwohl, drüben auf der anderen Seite der Brücke in Erpel ist es noch schlimmer.« Er wies vage mit der Hand über den Rhein. »Die dortigen Türme sind extrem sanierungsbedürftig, und es findet sich offensichtlich niemand, der die Sache in die Hand nehmen will. Es fehlt nicht nur an Geld, sondern auch an ernsthafter politischer Unterstützung. Schade eigentlich.

Schließlich ist die Brücke international bekannt und so was wie ein Symbol für das Ende der Naziherrschaft und des Zweiten Weltkrieges. In anderen Ländern würde man kein Denkmal von einer solchen Bedeutung in einem so schäbigen Zustand verkommen lassen.« Er suchte ihren Blick, kratzte sich am Hinterkopf. »Nicht auszudenken, wenn solch ein Bauwerk in falsche Hände geriete.«

9. KAPITEL

Remagen/Oberwinter

Nun lag die unangenehme Aufgabe der Benachrichtigung der Angehörigen vor ihnen. Am liebsten hätte Clarissa dies ohne Brock erledigt, bevor er sich mit seiner polternden Art danebenbenehmen konnte.

Sie passierte den Kreisel. »Mit Kunst haben sie's ja, die Remagener.« Er wies auf das Gebilde aus weißem Gestänge, das offensichtlich die zerstörte Brücke darstellen sollte. »Möcht' nicht wissen, was dieser Quatsch gekostet hat. Für so'n Kram ist Geld da. Unser Steuergeld, wohlgemerkt.«

Ihre Gedanken waren bei dem, was sie gerade erlebt hatte. Sie hatte keine Lust auf ein Gespräch über verschwendete Steuergelder und fädelte sich schweigend auf die B9 Richtung Bonn ein. Weil an der sehr engen Baustelle nur eine Spur befahrbar war, drosselte sie das Tempo.

»Und? Was hältst du von der Sache?«, fragte sie vorsichtig.

»Ist doch klar. Da wollte einer blöde Parolen sprühen. Und ein anderer hat ihm die Kugel gegeben.«

»Du glaubst, es war so einfach?«

»Diese Typen kennen doch keine Grenzen mehr. Schlagen sich gegenseitig die Köpfe ein, weil sie es nicht ertragen können, dass jemand eine andere Meinung hat. Die Spaltung unserer Gesellschaft wird immer offensichtlicher. Brauchst ja nur in die Zeitung zu gucken. Da kannst du jeden Tag lesen, wie einer von diesen Querköppen ausrastet.«

Clarissa musste Brock widerwillig recht geben. Die Fälle von willkürlicher Gewalt, die nicht nachvollziehbar waren, schienen sich zu häufen. Eine allgemeine Tendenz der Verrohung war in vielen Bereichen spürbar. Die Pandemie schien den allgemeinen Frust zu verstärken, und zwar in allen Gesellschaftsbereichen.

»Kannst du dir einen Reim auf das Graffito machen?«

»Keine Ahnung. Waren ja nur ein paar Buchstaben. Wenn's ein Hakenkreuz gewesen wäre, hätten wir eine deutlichere Antwort. Ich meine wirklich, der wurde kaltgemacht, weil er was sprühen wollte, das einem anderen nicht gefiel.«

»Du meinst also, da lauert irgendjemand in der Nacht mit 'ner Knarre in der Hand und wartet nur darauf, dass da einer was sprüht, was ihm gegen den Strich geht?« Sie hielt diesen Gedanken für völlig absurd.

»Hass, Wut, Rachegedanken. Was weiß ich, was in diesen kranken Hirnen vor sich geht. Braucht ja noch nicht mal was mit dieser bestimmten Person zu tun haben.« Brock hob die Schultern. »Kann doch nicht in die Köpfe dieser Debilen schauen. Wenn einer richtig Brass hat, braucht er keinen Grund. Siehste ja auch bei dem Trierer Amokfahrer.«

Es war noch nicht lange her, dass in der Trierer Fußgängerzone ein Mann in voller Absicht fünf ihm völlig unbekannte Menschen zu Tode fuhr. Sogar ein Baby war dabei gewesen.

»Die Leute sind doch alle am Durchdrehen. Und sich eine Waffe zu besorgen, ist ja keine Kunst.«

»Das wohl nicht.«

»Könnte vielleicht was mit den Jugendlichen zu tun haben, die sich da regelmäßig auf dem Gelände versammeln«, meinte er nach einer Weile.

»Graf sagt, das seien alles normale junge Leute, die ein bisschen feiern wollen. Vielleicht hat der Mord was mit der Brücke zu tun.«

»Was meinst du damit?« Das klang argwöhnisch, als ob er sie für nicht ganz dicht hielte.

»Na, weil die Brücke so eine große historische Bedeutung hat. Meint jedenfalls Hinterhuber.«

Brock hob die Schultern. »Ich finde, die machen ein viel zu großes Gedöns um ihre Brücke.«

»Der Graf hat den vorigen Bürgermeister schwer gelobt. Der hat wohl dafür gesorgt, dass es dort einigermaßen ansehnlich ist. Zumindest von vorn. Viele amerikanische

Veteranen kämen, um sich die Reste der Brücke anzusehen.«

Brock brummte irgendwas Unverständliches.

»Offensichtlich planen sie eine neue Brücke. Für Fußgänger. Fändest du das nicht gut, wenn es wieder eine Brücke gäbe? So als Zeichen der Verbindung der beiden Rheinseiten.«

»Kostet doch alles einen Haufen Geld. Die kamen doch all die Jahre ganz gut ohne Brücke aus.«

»Das heißt aber doch nicht, dass alles bleiben muss, wie es mal war.« Clarissa schüttelte den Kopf.

»Ach, Mädchen.« Das klang herablassend.

»Nenn mich nicht Mädchen«, zischte sie.

»Ouh, schon gut, junge Frau. Wollte Sie nicht beleidigen.«

Sie betrachtete ihn von der Seite. Mit eingezogenem Kopf und verkniffenen Lippen sah er geradeaus. Schwieg still. Das war auch besser so.

Doch vor dem kommenden Gespräch war ihr nun noch mehr bange.

Inzwischen waren sie an der angegebenen Adresse in Oberwinter angekommen. Das unauffällige Mehrfamilienhaus befand sich in einer Sackgasse und war von einer sorgfältig gestutzten Thujahecke umgeben. Als sie die Treppe hochgingen, ertönte von oben Baby-Geschrei.

Eine junge Frau mit einem Kleinkind auf dem Arm stand wartend in der geöffneten Tür. Sie wirkte etwas gehetzt. Das blonde Haar, das sie zu einem Pferdeschwanz zusammengebunden trug, zeigte einen deutlichen dunklen Ansatz. Als sie das ihr unbekannte Paar sah, stutzte sie einen kurzen Moment. »Sie wollen sicher zu Thorsten?« Ein argwöhnischer Blick wanderte von einem zum anderen. »Der ist leider nicht da.«

Clarissa nannte ihren und Brocks Namen. »Dürften wir einen Moment reinkommen? Frau Herzog?«

»Marie Lehmann«, sagte sie. »Wir sind nicht verheiratet, noch nicht, besser gesagt.« Sie lief voraus in ein modern eingerichtetes Wohnzimmer, in dem ein weißer, pflegeleichter Fliesenboden glänzte. Der Glastisch vor der Ledercouchgarnitur sah etwas verschmiert aus. Blieb wohl nicht aus bei einem Kleinkind. Einzelne Wäschestücke lagen darauf. Auf dem Boden verstreute Spielsachen.

»Entschuldigung, ich kam noch nicht zum Aufräumen. Der Kleine hält mich ordentlich auf Trab.« Unbeholfen räumte Marie Lehmann das Ledersofa und einen Sessel frei, während sie das Kind auf ihrem Arm behielt und beruhigend auf es einredete. Dabei schob sie ihm immer wieder den Schnuller in den Mund, der ständig herausrutschte.

Die ist höchstens Anfang 20, dachte Clarissa. Und dann schon Witwe. Noch nicht mal das, wenn sie nicht verheiratet waren. Man konnte ihr nur wünschen, dass sie gut abgesichert war. Sie räusperte sich. Es nutzte nichts. Sie musste ihren Spruch aufsagen.

»Es tut uns leid, Frau Lehmann. Wir haben Ihren Lebensgefährten tot aufgefunden.«

Die junge Frau sah auf. Erschrockener Blick. Ungläubiges Lächeln. Dann schüttelte sie vehement den Kopf. »Nee. Das … kann nicht sein.«

»Thorsten Herzog ist doch Ihr Lebensgefährte?«

Es gab keinen Zweifel. An der Wand hingen einige Fotos, die ein lachendes Paar zeigten. Allein und zusammen mit seinem Nachwuchs.

»Thorsten ist unterwegs. Er kommt sicher gleich.« Nervöses Augenklimpern.

Dieses Verhalten kannte Clarissa nur zu gut. Das Nicht-Wahrhaben-Wollen, wenn jemand mit einer Nachricht konfrontiert wurde, die sein bisheriges Leben auf den Kopf stellte. Das Negieren des Unabänderlichen war eine verständliche Taktik des Hirns. Weil es nicht vorstellbar war, dass jemand, der eben noch quicklebendig war, auf einmal tot sein sollte. Das dauerte, bis es ins Bewusstsein eingedrungen war.

»Seit wann ist er denn unterwegs?«

»So genau weiß ich das nicht. Thorsten ist Frühaufsteher. Er geht öfter runter zum Rhein. Beobachtet den Sonnenaufgang.« Sie schaute versonnen vor sich hin. »Thorsten ist ein richtiger Naturmensch. Ich bin immer froh, wenn mich der Kleine etwas länger schlafen lässt, deshalb …« Ihre Mundwinkel zuckten.

»Haben Sie sich nicht gewundert, dass er so lange wegbleibt?«

Ein Blick wie aus einem anderen Universum. Dann wildes Kopfschütteln.

»Frau Lehmann. Sie haben schon verstanden, Ihr Lebensgefährte ist tot. Er ist ermordet worden.«

»Nein, nein. Ich rufe ihn gleich an. Das klärt sich sicher sofort auf.« Sie blinzelte, schüttelte den Kopf. Wieder dieses irre Lächeln. Sie nahm ihr Telefon. Wählte eine Nummer. Lauschte. Als das Kind wieder zu quengeln begann, strich sie ihm abwesend über den Kopf. Wiegte es. Es sah aus, als ob sie sich selbst wiegte.

»Sein Handy ist ausgeschaltet«, sagte sie schließlich. Dann blickte sie hilflos auf. »Sonst hat er es immer an.«

»Musste Ihr Mann nicht zur Arbeit?«, fragte Clarissa weiter.

»Montags hat er erst am Nachmittag Unterricht«, murmelte sie dicht am Köpfchen ihres Kindes.

»Dann ist er Lehrer?« Clarissa wählte bewusst die Gegenwartsform.

Marie Lehmann nickte mechanisch.

»Haben Sie Freunde, Verwandte, die Ihnen beistehen? Sonst können wir gern jemand vorbeischicken. Wir wissen, wie schwer es ist, mit solch einer schlimmen Nachricht klarzukommen.«

»Ich habe gute Freunde«, stieß sie hervor. Es klang fast ein wenig trotzig.

»Wie ich das hasse«, sagte Brock, als die Haustür hinter ihnen zufiel. »Jetzt muss ich erst mal eine rauchen.«

»Wieso? Du hast doch gar nichts gesagt.«

Er fingerte eine Zigarette aus dem Päckchen. »Warum wohl? Alles, was man in so einem Moment sagt, ist falsch. Dieses blutjunge Ding hat doch überhaupt nichts kapiert. Steht jetzt allein da mit ihrem Panz. Das ist doch kaum auszuhalten, so was. Ich wundere mich, dass du das so locker nimmst.« Er steckte die Zigarette in den Mund und zündete sie an.

»Ich nehme das überhaupt nicht locker«, empörte sie sich. »Wie kommst du darauf?«

Einmal mehr war sie über Brocks Reaktion erstaunt.

Das alles schien ihm tatsächlich an die Nieren zu gehen. Dabei hatte sie ihm so etwas wie Mitgefühl gar nicht zugetraut. Was er ihr nun offensichtlich absprach.

»So cool, wie du warst.« Er stieß eine Rauchwolke in den Himmel.

»Ich war doch nicht cool. Höchstens sachlich. Das ist ja auch angebracht in so einem Moment.« So unterschiedlich konnte man also die Dinge wahrnehmen.

Clarissa öffnete die Fahrertür, setzte sich hinters Steuer und lehnte den Kopf einen Moment gegen die Stütze. Brock rauchte schnell fertig und ließ sich dann ächzend neben sie auf den Beifahrersitz fallen.

»Also, ich finde das schon komisch, dass der Mann sich in aller Herrgottsfrühe aufmacht und ewig nicht nach Hause kommt. Der muss doch stundenlang weggewesen sein. Sonnenaufgang beobachten!« Er schüttelte den Kopf.

»Vielleicht wollte er nur dem quengelnden Kind ausweichen.«

»Ich vermute eher was anderes.«

»Dass er 'ne Freundin hatte?«

»Hat der Küppersbusch nicht gesagt, die meisten Morde sind Beziehungstaten?«

Clarissa sah ihn erstaunt an. »Also, wenn ich ein Schäferstündchen mit einer Freundin verbringen will, ziehe ich doch nicht mit einer Sprühdose los.«

»Vielleicht war sie ja eine Gesinnungsgenossin und wollte ihn loswerden.« Brock hob die Schultern und ließ sie wieder fallen. »Jedenfalls braucht dieses junge Ding da drin Hilfe. Die verkraftet das nicht.«

Plötzlich schoss Clarissa ein Gedanke durch den Kopf. Hatte Romina nicht am Samstag davon erzählt, dass sie oft sehr früh aufstand, um den Sonnenaufgang über dem Rhein zu beobachten? Sicher nur ein Zufall, beruhigte sie sich und fuhr los.

»Ich hoffe sehr, dass sie nicht an einen Witwenschüttler gerät. Junge Frau mit Baby eignet sich ja besonders gut für die Emo-Schiene, wie sie gewisse Gazetten mit Vorliebe bedienen.«

Witwenschüttler, so nannte man intern rücksichtslose Reporter, die sich unter Vorgaukelung falscher Tatsachen bei Hinterbliebenen von Menschen, die gerade Leid erfahren hatten, einschlichen und diese ausquetschten, indem sie Mitgefühl heuchelten. Diese Form des Journalismus, bei dem ungeniert in die Privatsphäre von Menschen eingedrungen wurde, verachtete Clarissa zutiefst. Dass sich Brock darum Gedanken machte, wunderte sie einmal mehr.

Im Büro angekommen, setzte sich Clarissa an den Computer und recherchierte, was es mit der Rheinbrücke auf sich hatte. Sie erfuhr, dass die damalige Remagener Eisenbahnbrücke, Ludendorff-Brücke geheißen, sich einst als stählerner Bogen über den Rhein spannte. Während des Zweiten Weltkrieges war dieser Überführung zunächst weder von den Alliierten noch von der Wehrmacht große Bedeutung beigemessen worden, bis sie zu einem der entscheidenden Schauplätze des Kriegsendes wurde. Als die Amerikaner und Briten von der Normandie über die Ardennen näher ins Deutsche Reich vorrückten und schließlich Remagen erreichten, versuchte die Wehrmacht, die Brücke zu sprengen, um dem Feind den Weg abzuschneiden. Die Sprengungen beschädigten zwar die Brücke, aber nicht in einem Maße, dass sie zusammenstürzte, und so waren die Alliierten einigermaßen erstaunt, an dieser Stelle eine relativ intakte Rheinbrücke vorzufinden.

Ein deutschstämmiger Offizier der amerikanischen Streitkräfte war der Erste, der im März 1945 einen Fuß auf die Brücke setzte. Damit war das Ende des Krieges quasi besiegelt. Für die Wehrmacht jedoch bedeutete diese Eroberung eine strategische Katastrophe. Hitler tobte. Umgehend wurden Schuldige gesucht – und auch angeblich gefunden. Ein schnell eingerichtetes »Fliegendes Standgericht West« – alles überzeugte Nationalsozialisten – fällte völlig unbegründete Urteile. Vier deutsche Offiziere wurden im nahe gelegenen Westerwald unverzüglich durch ein Exekutionskommando erschossen. Der Vorwurf: Feigheit vor dem Feind und Versagen, weil sie fahrlässig versäumt hätten, die Rheinbrücke rechtzeitig zu sprengen. Zehn Tage später stürzte die Brücke schließlich ein und begrub 30 US-Amerikaner unter sich. Die Vorschäden waren zu groß gewesen.

Seitdem galten deren Reste, insbesondere die schwarzen Brückenköpfe auf beiden Seiten der Rheinfront, als Friedensbrücke, die am Tag des Triumphes regelmäßig von Veteranen besucht wurde, um die »Tradition des Gedenkens« weiterhin zu pflegen, wie ein Angehöriger der US-Armee zitiert wurde.

Nachdenklich schloss Clarissa die Seite. Was um Himmels willen wollte ein gestandener Lehrer wie Thorsten Herzog dort mit einer solch infantilen Aktion bewirken?

10. KAPITEL

Oberwinter

Valentin schrie und schrie. Dabei war es doch schon eine ganze Weile her, dass sie ihm das Beruhigungsmittel gegeben hatte. Als ob er verstanden hätte, dass etwas ganz Schreckliches passiert war. Am liebsten hätte sie sich die Ohren zugehalten. Sie setzte das schreiende Bündel auf den Boden. Mit dem Telefon in der Hand lief sie hinüber ins Schlafzimmer und zog die Tür fest hinter sich zu. Nun klang das Schreien nur noch dumpf. Mit zittrigen Fingern tippte sie eine Nummer ein. Sofort wurde am anderen Ende abgenommen.

»Dominik, es ist was ganz Schreckliches passiert«, schluchzte sie in den Hörer.

»Marie? Was ist los?«

»Kannst du herkommen? Sofort?«

»Aber was ist denn?«

»Bitte, komm her. Ich dreh sonst durch. Der Kleine schreit und ich …«

»Jetzt mal langsam. Du sagst mir erst, was los ist.«

»Die Polizei war da. Grade eben … und …«

»Die Polizei? Was wollten die?«

»Die sagen … Thorsten ist tot … aber das stimmt nicht. Das kann doch nicht …«

»Was?« Er schrie so laut, dass sie den Hörer ein Stück vom Ohr weghielt. »Sag, dass das nicht wahr ist!«

»Ich will es ja auch nicht glauben.«

»Aber was ist denn ... wie? Und wann?«

»Das weiß ich nicht. Sie sagen, er wurde ermordet. Kannst du dir das vorstellen: Ermordet?« Sie schluchzte laut auf.

»Ermordet? Das gibt's doch gar nicht. Wie ... wo soll das denn gewesen sein?«

Einen Moment herrschte Stille. »Das habe ich ganz vergessen zu fragen. Ich ... ich war so durcheinander. Und der Kleine ist so unruhig. Schreit immerzu, als ob er was ahnt ... Ich habe ihm was gegeben. Zur Beruhigung. Aber er hört einfach nicht auf. Ich habe auch schon eine Tablette genommen, aber die wirkt überhaupt nicht. Bitte komm. Bevor ich hier noch durchdrehe.«

»Bin schon auf dem Weg.«

Kurz darauf öffnete sie Dominik die Tür. Normalerweise ging sie nicht so unter die Leute. Mit total verheultem Gesicht und zerknautschtem T-Shirt, das Baby-Spuckflecken zierte. Sie wusste, dass sie erbärmlich aussah, aber das war ihr egal. Dominik war Thorstens bester Freund. Und in seiner ausgebeulten Jogginghose sah er auch nicht gerade aus wie aus dem Ei gepellt. Sie ließ sich ihm in die Arme fallen und spürte dankbar, wie er sie an sich drückte.

»Mensch, Marie. Es tut mir so leid«, flüsterte er an ihrem Ohr.

Sie klammerte sich an ihn wie eine Ertrinkende. »Was soll ich denn jetzt machen, ohne Thorsten?«, fragte sie. »Ich habe doch niemanden.«

»Du hast mich. Und ich bin ja jetzt da.« Sanft strich er ihr über den Kopf. »Ehrensache, dass ich dir zur Seite stehe.«

»Dominik?« Sie reckte ihr Kinn und sah zu ihm hoch. Das Gesicht schmerzverzerrt.

»Ja?«

»Thorsten war in letzter Zeit so komisch … er war oft unterwegs. Viel öfter als sonst. Er blieb auch schon mal über Nacht weg. Ich habe mir viele Gedanken darüber gemacht. Sag mir ehrlich: War er da bei dir?«

Dominik schüttelte verlegen den Kopf. »Er kam schon mal vorbei, aber nicht öfter als sonst. Über Nacht ist er jedenfalls nie geblieben.«

»Wo könnte er denn da gewesen sein?«

»Keine Ahnung. Was vermutest du?«

Sie senkte den Kopf. »Er hat mir ja nie viel erzählt. Hat immer so geheimnisvoll getan. Als ob ich ein Dummchen wäre, das nichts kapiert.« Sie biss sich auf die Lippen.

»Du bist doch kein Dummchen.« Er strich ihr sanft eine Träne von der Wange. »Thorsten war froh, dass er dich hatte. Das hat er oft betont. Mit dir und dem Kleinen wollte er ein neues Leben aufbauen … Du weißt ja, er hat es nicht immer leicht gehabt.«

»Ich … hatte öfter das Gefühl, dass es eine andere gibt.« Sie schluchzte auf. »Ich habe mich in letzter Zeit so allein gefühlt. Mit dem Kleinen wurde es immer schlimmer. Der ist so schwierig und schreit so viel. Das hat Thorsten doch mitbekommen. Trotzdem hat er mich oft mit dem Kind allein gelassen. Und jetzt …«

»Thorsten hat dich verehrt. Der hatte keine andere«, sagte Dominik bestimmt.

»Wirklich?«, fragte sie unter Tränen.

»Wenn es so gewesen wäre, hätte ich es gewusst. Als sein bester Kumpel.«

»Stimmt auch wieder.« Sie schniefte.

»Thorsten hat mehr für die Gesellschaft getan als jeder andere, du kannst stolz auf ihn sein. Er hat sich unglaublich engagiert. Ist angegangen gegen all die Lügner, die sich momentan überall tummeln und uns was von Toleranz erzählen wollen. All dieses Intrigantentum und diese unsäglichen Gerüchte, die im Umlauf sind. Dagegen hat er gekämpft.«

»Davon verstehe ich nichts. Mit mir hat er nur selten über diese Dinge geredet.«

»Er wollte dich nicht beunruhigen, Marie. Das weiß ich. Ich helfe dir, so gut ich kann. Wenn du willst, bleibe ich heute Nacht bei dir. Ich kann auf der Couch schlafen.«

»Das würdest du tun?«

»Klar. Aber jetzt erzähl mir alles der Reihe nach. Was haben die Polizisten gesagt? Haben die schon einen Verdacht?«

Später saßen sie bei einem Glas Rotwein zusammen. Der Kleine schlief friedlich in seinem Bettchen. Marie hatte sich umgezogen und einigermaßen hergerichtet. Nun sah sie nicht mehr ganz so elend aus. Der Wein machte sie beschwingt und ließ sie ein wenig ihr Unglück vergessen, zumindest wurde es in den Hintergrund gedrängt.

Sie sah Dominik an, der so ganz anders war als Thorsten. Wenn sie ehrlich war, hatte sie sich immer über diese Männerfreundschaft gewundert. Thorsten war für sie ein Mann von Welt, gut aussehend, schick gekleidet, souverän. Er konnte wunderbar reden, sodass ihm seine Zuhörer förmlich an den Lippen hingen. Dominik hingegen war eher klein und kompakt, Brillenträger. Sein Haar hatte sich bereits gewaltig gelichtet, sodass er wesentlich älter aussah, als er war. Und auf gepflegte Kleidung legte er überhaupt keinen Wert. Aber das war nun mal Dominik. Für Thorsten, der oft betont hatte, wie sehr er den Freund schätzte, zählte offenbar etwas anderes als Äußerlichkeiten.

Über Dominiks Liebesleben wusste sie so gut wie nichts. Es war nie darüber gesprochen worden, ob er eine Freundin hatte. Auch hatte sie nie eine Frau in seiner Begleitung gesehen. Aber dass die Freunde etwas sehr Intensives verband, das war ihr immer klar gewesen. So, dass sie sogar manchmal ein wenig eifersüchtig auf Dominik und diese innige Freundschaft war.

Jetzt sah sie ihn liebevoll an. »Erzähl mir von ihm, Dominik. Wie habt ihr euch eigentlich kennengelernt?«

»Beim Bund. Das weißt du doch.«

»Ja, schon. Aber was war das Besondere an eurer Freundschaft, dass sie schon so lange hält?« Sie blinzelte heftig. »Weißt du, ich hätte auch gern eine Freundin fürs Leben. Jemand, der sich so für mich einsetzt wie du für Thorsten. Meine Freundschaften haben nie lang gedauert.«

Dominik ließ seinen Blick auf ihr ruhen. »Tja, was war das Besondere? Für mich war das die Tatsache, dass Thorsten so ein feiner Kerl war und er mich von Anfang an so akzeptierte, wie ich war. Obwohl die anderen mich mieden. In der Schule bin ich immer gemobbt worden. Da kommt der kleine Dicke mit den Backsteingläsern, hieß es immer. Ich wurde als Nichtsnutz angesehen, der nichts auf die Reihe kriegt. Auch bei uns daheim war das so. Da war ich stets das schwarze Schaf. Das hat sich durch mein Leben gezogen. Und war auch beim Bund nicht anders. Bis Thorsten kam. Der war mein Vorgesetzter und hat die anderen in den Senkel gestellt, wenn sie mal wieder auf mir rumhackten. Und er hat mich mitgerissen mit seinen Ideen. Ja, das war eine richtig schöne Männerfreundschaft, um die uns mancher beneidete.«

Marie sah ihn verträumt an. Die aufsteigenden Tränen schluckte sie hinunter. »Das kann ich mir sehr gut vorstellen. Er fehlt mir so sehr. Ich habe das Gefühl, mit ihm ist ein Teil von mir gestorben.«

»Marie, ich schwöre dir«, er hob die Faust, »Thorsten ist nicht umsonst gestorben.«

*

Notizen Remo Weiss

Ich habe lange nichts geschrieben. Einmal, weil es kein wirkliches Vokabular für das gibt, was man uns angetan hat. Und ein andermal, weil es so schwerfällt, sich alles ins Gedächtnis zu rufen, was man am liebsten verdrängen möchte. Im Grunde ist es schier unerträglich, das Geschehene nochmals zu durchleben, wenn auch nur in der Erinnerung.

Doch etwas niederzuschreiben, bedeutet, den Schrecken zu bannen. So sagte man mir. Deshalb will ich es nun weiter versuchen.

Als wir in Marzahn waren, hieß es plötzlich, Tatta müsse an die Front. Genau wie seine Brüder, meine Onkel. Doch nicht lange, da wurde er aus dem Wehrdienst entlassen, musste die Uniform ausziehen und wurde nach Hause geschickt. Wie seine Brüder und etliche andere Männer aus unserer Familie wurde er für wehrunfähig erklärt. Seinen total zerknitterten »Ausschließungsschein« habe ich bei seinen wenigen Hinterlassenschaften gefunden.

Oft saß er nach seiner Rückkehr auf den Stufen unseres Blechcontainers und starrte mit traurigen Augen vor sich hin. Doch ich war einfach nur froh, dass er wieder bei uns war.

Manchmal nahm er seine Gitarre und spielte und sang. Und erzählte uns, dass man dort an der Front seine musikalischen Fähigkeiten geschätzt hatte. Im Grunde konnte er jedes Instrument spielen, das man ihm in die Hand drückte. Und er kannte viele Lieder. Wenn jemand ihn bat, aufzuspielen, kam er nur allzu gern diesem Wunsch nach. Auch als seine Kameraden an der Front ihn dazu aufforderten.

»Heimat deine Sterne«, das wollten sie immer wieder hören. Weil er das so herzzerreißend schön sang. »Heimat deine Sterne, sie strahlen mir auch am fernen Ort.« Da gab es dann kein Halten mehr, und den Kameraden liefen die Tränen. »Ost und West hab ich durchmessen, doch die Heimat nicht vergessen. Hörst du mein Lied in der Ferne.«

Und auch ihm liefen die Tränen die Wangen runter, wenn er uns davon erzählte. Ich sehe ihn noch immer vor mir, wie er da mit seiner Gitarre in der Hand auf den Stufen des Blechcontainers sitzt. Seine Geschichten beschworen unvergessliche Bilder herauf: Soldaten, die fernab von daheim Rotz und Wasser heulen.

Auch ich verdrückte manche Träne, denn auch mir hatte man die Heimat genommen, unser schönes Zuhause in Malchow.

Und hier in Marzahn herrschte die Angst. Ein stetes Nichtwissen vor dem, was kommen würde.

Schon in unserem früheren Zuhause war oft flüsternd über die Polizei gesprochen worden. Wie schwierig alles sei mit den Papieren und den neuen Gesetzen. Öfter war auch die Rede von einem Konzertlager gewesen, in das sie einen stecken würden, wenn man die Gesetze nicht befolgte. Was das wirklich bedeutete, sollten wir bald erfahren.

Ich erinnere mich genau an den frühen Morgen, als sie kamen und an die Tür unseres Blechcontainers hämmerten. Polizei und SA. In barschem Ton befahlen sie: »Alle fertigmachen. Nur das Nötigste mitnehmen.«

»Wo geht es denn hin?«, wollte Tatta wissen.

»Ihr werdet umgesiedelt. Die ganze Familie«, war die Antwort. Keine Erklärung, warum und wieso.

Mama weinte. Tatta versuchte einzulenken. Sagte immer nur: »Wir wollen nicht weg.« Fragte: »Warum?«

»Anweisung von oben«, hieß es. »Ab in den Osten.«

Wir bräuchten nichts mitzunehmen. Dort, wo wir hinkämen, sei alles vorhanden. Ein Stück Land versprachen sie. Ein Häuschen, Tiere. Das klang gut. Auf der Landkarte zeigten sie uns die Ortschaft. Es war ein Gebiet, wo die deutschen Truppen einmarschiert waren und das Land erobert hatten. Das müsse nun neu bewirtschaftet werden. Eine schöne Aufgabe.

Tatta schüttelte ratlos den Kopf. Doch uns blieb nichts anderes übrig als mitzukommen. Wie die Lämmer stiegen wir auf die Ladefläche eines Lastwagens, der uns nach Moabit fuhr. Bei uns waren noch etliche andere aus dem Lager.

»Die verfluchten Hunde, die belügen uns doch nach Strich und Faden und machen uns am Ende alle tot«, murmelte einer. Doch richtig gewehrt hat sich niemand. Was wollten wir tun? Wir mussten gehorchen.

Auf Gleis 69 am Moabiter Bahnhof drängten wir uns mit vielen anderen auf der Rampe. Die Frauen weinten. Die Kinder waren verängstigt. Ich versuchte, ganz nah bei meiner Mutter zu bleiben und mich nicht wegdrängen zu lassen. Wollte stark sein, was mir schwerfiel.

Dann kam der Zug. Es waren Viehwaggons mit Stacheldraht vor den offenen Fenstern, in die wir gezwängt wurden. Tagelang ging es in diesen stinkenden Zügen durch die Lande. Wir erhielten keinerlei Nahrung. Bis wir irgendwo an eine Grenze kamen.

Später erfuhren wir, dass wir in Polen waren und dass der Ort, wo man uns auslud, Auschwitz hieß. Kein Häuschen, kein neu zu besiedelndes Land. Natürlich nicht. Wieso hatten wir das jemals glauben können? Nur Ödnis und ein paar Baracken. Drumherum Stacheldraht. Asche in der Luft. Und ein furchtbar widerlicher Gestank nach verbranntem Fleisch. Hinter hohen Stacheldrahtzäunen überall Wachttürme, in denen Soldaten standen, die ihre Gewehrläufe auf uns richteten. Herrische Stimmen trieben uns auf eine Rampe. Noch immer spüre ich Mamas zitternde Gestalt neben mir, die mich fest an der Hand hielt. Ein SS-Mann zerrte mich von meiner Mutter weg. All mein Schreien und Weinen nützte nichts.

Wir wurden voneinander getrennt. Die einen rechts, die anderen links. Ich sah, wie meine Mutter und meine Schwestern in der Menge verschwanden ...

Nein, ich kann nicht mehr schreiben. Meine Hand zittert. Tränen tropfen auf das Papier. Das, was wir erlebt haben, wünscht man nicht seinem ärgsten Feind. Das ist in meinem Kopf drin, das kriege ich nicht mehr raus. Egal, wie viel Alkohol ich auch trinke.

11. KAPITEL

Remagen

In der Nacht hatte sie wieder einmal schlecht geschlafen und allerlei wirres Zeug geträumt. Von einem Mann mit einem Gewehr in den Händen, von Schüssen, die knallten, von Zügen, die endlos durch die Lande fuhren. Von Baracken, in denen sich zu Skeletten abgemagerte Menschen drängten, und von rauchenden Schornsteinen.

Schweißgebadet mit heftig klopfendem Herzen war sie aufgewacht, der Mund völlig ausgetrocknet und ein Summen im Kopf wie von einem Riesenbienenschwarm. Ihre Brust hob und senkte sich in schnellem Rhythmus. Ein übermächtiges Gefühl der Angst durchdrang sie. Doch dann die plötzliche Erkenntnis und die nachfolgende kurzfristige Erleichterung: Alles nur ein Traum! Allmählich beruhigte sie sich und kehrte aus der anderen schreckensbehafteten Welt zurück.

Romina sah auf die Uhr. 5 Uhr in der Frühe! In letzter Zeit wachte sie jeden Morgen um diese Zeit auf. Danach lag sie wach und konnte nicht mehr einschlafen, weil ihr Gedankenketten durch ihren Kopf huschten, die sich immer wieder ineinander verhakten. Die Angst steckte zu tief und hallte nach. Durchmischte sich mit den unterschiedlichsten Erinnerungen und Ahnungen, die sie durchströmten.

Ihr war durchaus bewusst, dass die Bilder, die sie tagsüber wegdrängte, sie in den Nächten heimsuchten. Sich veränderten, andere Dimensionen annahmen und ihr den Schlaf raubten. Doch je mehr das rationale Bewusstsein in sie eindrang, umso ruhiger wurde sie.

Sie versuchte, sich schöne Ereignisse ihrer Kindheit zu vergegenwärtigen. Da gab es so vieles. Sie waren immer noch eine weit verzweigte Familie, trotzdem so viele von ihnen umgekommen waren. Etliche Onkel und Tanten, Cousins und Cousinen gab es. Nur wenige von ihnen zogen mit Wohnwagen durchs Land, die meisten lebten in festen Wohnungen, wie ihre eigene Familie. Wenn man beim Sippentreffen zusammentraf, versammelte man sich abends ums Lagerfeuer. Da wurde laut gelacht, alle fielen in die Lieder ein, die irgendjemand anstimmte und mit der Gitarre begleitete, Lieder, die von Sehnsucht erzählten, von Freiheit, Ungebundenheit und Abenteuer, vom Herumreisen und von geliebten Menschen, die man vermisste. Aber auch von der starken Gewissheit, dass am Ende alles gut wird. Melodien, die in Rominas Ohren klangen und ein Lächeln auf ihr Gesicht zauberten.

Als die Sonne ins Zimmer drang, stand sie auf und ging zu dem kleinen Altar in der Ecke ihres Wohnzimmers, wo sie wieder einmal die Schwarz-Weiß-Fotos betrachtete, die dort lagen.

Da waren so viele Menschen abgebildet, die sie nicht kannte und von denen sie gern mehr erfahren hätte. Stolz und Würde strahlten sie aus. Angehörige, von denen sie erst seit Kurzem wusste, dass die meisten von ihnen in Auschwitz und in Ravensbrück ermordet wurden, von den Nazis durch die Schornsteine gejagt. Menschen, deren einziges Verbrechen gewesen war, dass sie der Volksgruppe der Sinti angehörten.

Schon schlich sich wieder das Gefühl der Bedrohung an, das sie bis in den Schlaf verfolgte. Und das ihr das Gefühl vermittelte, sie sei in eine andere Zeit versetzt. Mitglied einer artfremden Rasse, wie die Nazis und ihr Gefolge ihre Volksgruppe genannt hatten. Ausgegrenzt. Lebensunwürdig.

Sie suchte ein Foto ihrer Urgroßeltern heraus und betrachtete es eingehend. Die Großmutter ihrer Mutter hatte sie als kleines Kind kennengelernt. Fast 100 Jahre alt war sie geworden, ihre Mima, eine traurige kleine Frau mit zerfurchtem Gesicht. Romina hatte noch das Bild vor sich, wie sie mit ihren faltigen Händen Perle für Perle des Rosenkranzes bewegte und »Gegrüßet seist du, Maria« vor sich hinmurmelte. Wie Romina, hatte auch sie eine kleine Altarnische in ihrer Wohnung gehabt, die ein leidend aussehender Jesus am Kreuz dominierte, an den sie fest glaubte. Auf dem Foto war sie eine junge Frau mit strahlenden Augen, die neben ihrem Mann stand, der besitzergreifend den Arm um sie gelegt hatte und zu dem sie mit unsicherem Lächeln aufsah. Offensichtlich hatte sie sich feingemacht mit ihrem schwarzen Kleid und dem weißen Spitzenkragen.

Romina hatte sie anders im Gedächtnis. Das schüttere Haar weiß, das Gesicht voller Falten, die Augen leer. Uropa Gino wirkte ebenfalls jung, im dunklen Anzug mit der Fliege. Ein mächtiger Schnurrbart zierte seine Lippen. Siegesgewiss blickte er in die Zukunft. Aber er hatte keine schöne Zukunft gehabt. Er war den Heldentod gestorben, wie man damals sagte. Lange vor ihrer Zeit.

Was habt ihr uns Nachgeborenen mitgegeben? Was habe ich von euch? Sie suchte in den Zügen von Mima und Gino nach vertrauten Merkmalen. Die Hautfarbe, die sich in einer winzigen Nuance von der anderer Menschen in ihrem Umfeld unterschied. Die dunklen Augen? Der forsche Blick? Der sich im Nachhinein als so trügerisch erwies. Soldatenbilder gab es keine von ihrem Uropa.

Ob Mima geahnt hatte, was ihrem Mann blühte? Von etlichen Frauen ihrer Familie hatte es geheißen, sie haben seherische Fähigkeiten gehabt. Oft wussten sie im Voraus, wenn Paare sich trennten oder wenn einer starb. Oder auch, wenn einer bald zu Geld kam. Einige hatten gut mit ihren Vorhersagen verdient, bis ihnen zur Nazizeit das Wahrsagen verboten worden wurde, wie so vieles. Aber die Fähigkeiten hatten sie nicht verloren.

Mima hatte ebenfalls einige Ereignisse treffsicher vorausgesagt, daran konnte Romina sich gut erinnern. Auch daran, dass man vor ihr keine Geheimnisse haben konnte. Sie musste einen nur ansehen, schon wusste sie Bescheid, als ob sie einem mitten ins Herz sehen konnte.

Es war ein bestimmter Blick. Wenn der in ihre Augen trat und sie sich das Ohrläppchen rieb, war es wieder so weit. »Jetzt redet sie mit den Engeln«, hieß es dann.

»Kann ich auch mit den Engeln reden?«, hatte Romina in einem solchen Moment gefragt. Mima hatte ihr lächelnd über den Kopf gestrichen. »Jeder kann das. Sie sind stets an unserer Seite. Und es ist sehr tröstlich, wenn ein Engel dir die Hand hält.«

Manchmal glaubte sie tatsächlich, dass Mima ihr diese Fähigkeit vererbt hatte. Doch das hatte sie stets für sich behalten. Offen darüber gesprochen hatte sie nie. Hellsehen, das wurde von den Gadje als Hokuspokus abgetan. Als Scharlatanerie. Als etwas, das man nicht ernst zu nehmen brauchte. Clarissas Reaktion über die seherischen Fähigkeiten der Buchela hatte ihr dies erneut bestätigt.

Seit ihren Erlebnissen im letzten November hatte sie das Gefühl, dass sich langsam ein Vorhang lichtete. Dass es vieles gab, was sie intuitiv geahnt, gespürt hatte. Und nun, da sie definitiv wusste, was man ihren Vorfahren angetan hatte, kam es ihr plötzlich so vor, als habe sie selbst all diese Grausamkeiten erlebt. Als sei sie selbst dem Grauen davongerannt. Aber auch, als habe sie schöne Dinge mit ihren Vorfahren erlebt.

Sie nahm ihre Gitarre zur Hand, spielte eines der Lieder an, die sie früher als Kind gesungen hatte und fühlte sich mit einem Mal ihren einzelnen Familienmitgliedern so nah. Alle saßen in großer Runde am Lagerfeuer, sie selbst mittendrin.

Plötzlich war da ein verstörendes Bild: Sie sah deutlich ihren Großvater Remo vor sich als jungen Mann, wie er einen Igel am offenen Feuer briet. Alle freuten sich darauf, diese Köstlichkeit zu probieren. Gleichzeitig fragte sie sich, wie um alles in der Welt man gebratene Igel als Delikatesse ansehen konnte.

Niemals hatte sie selbst so etwas gegessen, doch sie hatte von diesem Brauch gehört. Auch in dem Buch auf ihrem Nachttisch war davon die Rede. Und dieses Wissen vermischte sich mit allem anderen, das sie bisher erfahren hatte.

Immer deutlicher erkannte sie, dass das Gehirn keinen Befehlen gehorchte. Was es einmal gespeichert hatte, war nicht mehr wegzuätzen. Wie auf einer Festplatte, die nicht gelöscht werden konnte.

Sie sah es als großen Glücksfall an, dass ihr Großvater Remo alles in diesem grünen Notizbüchlein aufgeschrieben hatte, was er erlebt hatte und von dem sie nie erfahren hätte, weil er nicht davon sprach. Er hatte sämtliche Torturen überlebt. Er war stark.

So gern wollte sie daran glauben, dass sie diese Stärke von ihm geerbt hatte und dass irgendwann alles wieder gut war.

12. KAPITEL

Polizeipräsidium Koblenz

Einen ersten Anhaltspunkt hatten sie: die Identität des Toten. Wenn das Opfer einen Namen hatte, war schon viel gewonnen. Doch was war Thorsten Herzog für ein Mensch? Wie kam ein ernst zu nehmender 50-jähriger Lehrer dazu, Graffiti an eine international bekannte Gedenkstätte zu sprayen? Und wen hatte dies derartig gestört, dass er den Sprayer hinterrücks erschoss? Oder hatte sein Mörder die roten Buchstaben selbst gesprüht? Und alles war ganz anders?

Herzog hatte Einmalhandschuhe getragen, die leichte Farbantragungen aufwiesen. Insofern war es wahrscheinlich, dass er das Graffito anbrachte. Aber hatte er den Täter gekannt? Was war seine Botschaft? Seine Überzeugung, die er der Welt mitteilen wollte? Fragen über Fragen gingen Clarissa durch den Kopf.

Als Erstes wollte sie das Umfeld des Ermordeten näher ausleuchten. Bei der Schule, in der er als Lehrer arbeitete, handelte es sich um ein Bonner Gymnasium. Nach einigen vergeblichen Versuchen wurde sie endlich mit einer Kollegin von Herzog verbunden.

Karoline Sutter reagierte äußerst bestürzt, als sie vom Tod ihres Lehrerkollegen erfuhr. »Erschossen? Aber … Moment mal, ich muss erst …« Sie schnäuzte sich in ein Taschentuch. »Entschuldigung. Aber das geht mir wirklich nah.« Sie zog geräuschvoll Luft durch die Nase. »Also, ich kann nur Gutes über ihn sagen. Thorsten war ein ausgesprochen beliebter Lehrer mit tollen pädagogischen Fähigkeiten. Seine Schüler mochten und schätzten ihn, und natürlich auch wir, das Kollegium. Auch die Elternschaft war begeistert von ihm. Die freuten sich, weil ihre Sprösslinge richtig gern zur Schule gingen, was ja nicht so üblich ist, gerade im Pubertätsalter. Sie müssen wissen, wir sind eine freie Schule, da wird auf die Akzeptanz der Elternschaft besonders viel Wert gelegt.«

Die Worte der Lehrerin klangen äußerst enthusiastisch. Scheint ja gerade so, als ob sie in ihn verliebt war, dachte Clarissa.

»Welche Fächer hat er denn unterrichtet?«

»Deutsch und Geschichte. Er war der absolute Lieblingslehrer, da können Sie fragen, wen Sie wollen. Weil er immer auf die Schüler einging. Die Entfaltung der individuellen Persönlichkeit ist eine unserer Leitlinien. Darauf hat Herr Herzog großen Wert gelegt. Bei uns spielt es keine Rolle, ob ein Schüler aus einem armen oder reichen Elternhaus kommt.«

»Moment mal«, fiel Clarissa ihr ins Wort. »Finanziert sich Ihre Schule nicht ausschließlich über die Eltern?«

»Nicht nur. Wir erhalten auch Spendengelder, und für begabte Schüler gibt es Stipendien. Schließlich soll jedes Kind seine Chance bekommen. Diese Einstellung hat Herr Herzog vollkommen unterstützt. Für die Probleme der Kinder hatte er immer ein offenes Ohr. Aber er war kein Speichellecker, falls dieser Eindruck entstehen sollte, nein, er war eine Respektsperson, die man achtete und zu der man Vertrauen hatte.« Sie holte tief Luft, sprach aber sofort weiter. »Er hatte diese seltene Gabe, zugleich Freund und Autoritätsperson zu sein. Alle haben bewundernd zu ihm aufgeschaut.«

»Das hört sich ja wirklich nach einem Superlehrer an«, schlussfolgerte Clarissa. »Gibt es denn überhaupt nichts Negatives über ihn zu berichten? Hatte er Feinde oder gab es Menschen, die es nicht so gut mit ihm meinten?«

»Thorsten Herzog hatte keine Feinde«, äußerte die Lehrerin bestimmt, ohne dass sie überlegen musste. Dann stockte sie einen Moment. »Also, wenn ich irgendetwas Negatives über ihn benennen sollte, dann war das seine Ungeduld. Er wollte immer, dass die Dinge sofort geschehen. Aber deswegen bringt man einen Menschen ja nicht um.«

Clarissa bedankte sich höflich und legte auf. Im Folgenden befragte sie weitere Kolleginnen und Kollegen, doch wen sie auch sprach, alle waren voll des Lobes über Thorsten Herzog.

Ein älterer Lehrer betonte, dass es Herzog besonders gut gelang, die Kinder auf authentische Weise mit der Vergangenheit zu konfrontieren, weil er mit seinen Schülern an geschichtsträchtige Orte fuhr, etwa nach Verdun, nach Dachau. Oder an den nicht allzu weit entfernten Westwall. »Geschichtsunterricht praktisch, nicht im Klassenzimmer, Sie verstehen? Lebensnah. Das halte ich sowieso für die Lehrform der Zukunft. Er praktizierte das schon eine ganze Weile. Was bei den Schülern ausgesprochen gut ankam.«

Mit der Zeit wurde das Bild von Thorsten Herzog immer konkreter. Er war 1970 in Bonn geboren und stammte aus einem konservativen Elternhaus. Seine Großeltern mütterlicherseits, zu denen er ein inniges Verhältnis hatte, waren Vertriebene aus Ostpreußen, die sich im Rheinland niedergelassen hatten. Der Großvater väterlicherseits stammte aus der Eifel und war offensichtlich ein angesehener Kinderarzt gewesen. Das Abitur hatte Herzog mit Bestnoten bestanden. Danach strebte er bei der Bundeswehr die Offizierslaufbahn an, verpflichtete sich für mehrere Jahre und nahm auch an einigen Auslandseinsätzen teil.

Nach zwölf Jahren entschloss er sich, der Bundeswehr den Rücken zu kehren, und begann ein Pädagogikstudium, das er in Marburg an der Lahn absolvierte. Abschluss: Lehramt für Deutsch und Geschichte. Seitdem hatte er an verschiedenen Schulen unterrichtet, bis er die Stelle an der Freien Schule in Bonn antrat. Dort war er seit gut zehn Jahren tätig. Sein besonderes Engagement für junge Menschen, das offenbar weit über den Schulalltag hinausging, wurde von verschiedenen Seiten in den höchsten Tönen gelobt. Die von ihm organisierten Jugendfreizeiten waren äußerst beliebt. Sein Privatleben schien nicht so geradlinig verlaufen zu sein. Mit seiner ersten Ehefrau, von der er sich vor einigen Jahren trennte, hatte er vier Söhne.

»Der wollte noch mal mit einer jungen Frau neu anfangen«, murmelte Clarissa. »Die berühmte Midlife-Crisis. Und dann sucht er sich so eine junge Naive, die ihn verehrt und ihm nicht widerspricht. Und gleich schwanger von ihm wird.«

Sie betrachtete eingehend sein Foto. Eigentlich ein nett aussehender Mann. Seriös wirkend, gut gekleidet. Kultiviert. Volles Haar, moderne Frisur, die Schläfen leicht angegraut. Ein Schwiegermuttertyp, dem man nur allzu gern seine Tochter anvertraute.

Die Tür ging auf. Der junge Durchläufer erschien und legte ihr eine Mappe auf den Tisch. »Unterlagen aus Remagen«, erklärte er knapp und verschwand sofort wieder.

»Danke schön«, rief sie ihm nach. Na, der war ja eifrig. Die Leiterin der IT-Abteilung, Renate Julien, hatte ihn ein schlaues Bürschchen genannt. Karsten Merkel hieß er. »Merkel, wie die Kanzlerin, aber nicht verwandt und nicht verschwägert«, das schien sein Standardspruch zu sein. Er trug eine dieser neumodischen Herrenfrisuren – das lange Haar zu einem Knoten gebunden, der auf dem Kopf thronte.

Clarissa blätterte in den Unterlagen. Hauptsächlich Zeugenaussagen. Die Kollegen aus Remagen waren fleißig gewesen. Dennoch enthielten die Protokolle nichts Wesentliches, was sie in irgendeiner Weise voranbringen würde. Niemand der Anwohner rund um die Brücke hatte Schüsse in der Nacht zum Montag gehört. Und gesehen hatte auch niemand etwas.

Ottmar Graf hatte ebenfalls Wort gehalten und mit seiner Mannschaft die feiernden Jugendlichen ausfindig gemacht und befragt. Eine Clique von pubertären Jungen und Mädchen hatte sich tatsächlich am Sonntagabend bis tief in die Nacht auf dem Brachgelände hinter den Brückentürmen aufgehalten. Sie hatten getrunken und geraucht und Musik gehört. Einige trugen Taschenmesser bei sich, was sie freimütig zugaben. Niemand von ihnen besaß eine Pistole.

Laut ihren Angaben löste sich das Gelage gegen 3 Uhr morgens auf. Alles harmlose Jugendliche aus gutbürgerlichen Häusern, wie Graf wiederholt betonte. »Die halt zusammen feierten, weil sie das endlich wieder dürfen.«

Das Telefon klingelte. Frankenstein. »Wir haben uns rangehalten«, sagte er. »Die ganze Nacht sind wir drangeblieben. Die Ergebnisse können sich durchaus sehen lassen.«

Clarissa schmunzelte. Er wollte gelobt werden. Sie tat ihm den Gefallen. »Und was hast du zu berichten?«

»Erstens: Die Spraydose, die wir bei dem Toten gefunden haben, trägt ausschließlich dessen eigene Fingerabdrücke. Also hat er die angefasst, bevor er sich Handschuhe überstreifte.«

»Dann wollte er vermeiden, dass Farbe an seine Hände kommt.«

»Sehe ich auch so.«

»Weißt du, was ich mich die ganze Zeit frage? Was wollte der Täter in aller Herrgottsfrühe an der Brücke? Ist ja nicht grade üblich, dass man noch vor Sonnenaufgang mit einer Kanone loszieht. Und dass die sich über den Weg gelaufen sind, ist nicht wahrscheinlich. Oder wie siehst du das?«

»Tja.« Frankenstein legte eine kurze Pause ein. »Auch ich bin der Meinung, dass der Täter gewusst haben dürfte, dass Herzog um diese Zeit dort anzutreffen ist. Es wurde nur ein einziger Schuss abgegeben. Und zwar aus dem Hinterhalt.«

»Habt ihr die Tatwaffe gefunden?«

Er holte hörbar Luft. Frankensteins theatralische Ader konnte einem manchmal gehörig auf den Geist gehen.

»Nun sag schon!«

»Ja. Wir haben die Waffe nach einiger Sucherei gefunden. Sie lag auf dem Brachgelände hinter den Brückentürmen im Gebüsch.«

»Das ist doch was!«, rief sie erfreut aus. »Könnt ihr sie zuordnen?«

»Langsam, langsam. Immer der Reihe nach. Du sollst erst mal alle Ergebnisse wissen: Wir haben nämlich Plastikteilchen in der Nähe der Leiche sichergestellt. Mit Schmauchspuren dran. Außerdem Reste von Stahlwolle. Und auch das einzelne Projektil lag da. Ja, meine Leute arbeiten sehr effektiv.« Das klang stolz.

»Und was schließt ihr daraus?«

»Sieht so aus, als ob der Schütze sich 'nen Schalldämpfer selbst gebaut hat. Jeder Depp kann das. Anleitung dazu steht im Internet. Du brauchst nur 'ne PET-Flasche mit Stahlwolle zu füllen und an der Mündung zu befestigen.«

»Deshalb hat niemand einen Schuss gehört.«

»Muss ein verdammt guter Schütze gewesen sein.« Wieder zögerte er einen Moment. »Womöglich war's ja eine Schützin.«

»Was willst du damit sagen?«

»Die Pistole, die wir gefunden haben und aus der eindeutig der Schuss abgefeuert wurde, ist eine Polizeiwaffe.«

»Eine Polizeiwaffe?«, rief sie ungläubig. »Wie kann das sein?«

»Meine liebe Clarissa. Wie dir bekannt sein dürfte, sind sämtliche Polizeiwaffen beschossen und zu Vergleichszwecken in der Datenbank abgelegt. Beim Abgleich haben wir also festgestellt, dass es sich um eine registrierte Dienstpistole handelt.«

»Da wart ihr ja ganz schön schnell.«

Er räusperte sich. »Manchmal geht so was ganz schnell. Ich hab' ja gesagt, dass ich auf meine Leute stolz sein kann. Zumal, wenn die Sachlage derart brisant ist.«

Langsam wurde sie ungeduldig. »Brisant? Wieso? Wem gehört denn die Waffe?«

»Das wird dir nicht gefallen.«

»Wem?« Sie schrie es fast.

Er holte tief Luft. Dann platzte er heraus: »Es besteht kein Zweifel: Die Pistole gehört deiner Freundin Romina Weiss.«

Verwirrende Bilder blitzten durch Clarissas Gehirn. Romy? Das konnte nicht sein. Die brachte doch niemanden um! Dann fiel ihr die rettende Erklärung ein: »Romy ist doch schon seit über einem halben Jahr nicht im Dienst. Seit dieser Sache in Remagen.«

»Ist mir bekannt. Ich hab' das nachgeprüft. Damals nach dieser Keilerei …«

»Das war keine Keilerei, Herrgott noch mal! Das war ein Übergriff! Von einem dieser Krawallmacher«, echauffierte sich Clarissa.

»Weiß ich doch. Merkwürdig ist aber, dass sie nicht sofort angegeben hat, dass ihr die Dienstwaffe abhandengekommen ist. Erst eine Woche später hat sie die Pistole als gestohlen gemeldet. Und noch merkwürdiger ist, dass sie nicht genau sagen konnte, wie das passiert war. Steht so im Bericht.«

Clarissa flackerten Bilder durch den Kopf. »Meine Güte, die Typen haben sie bewusstlos geschlagen, sie musste ins Krankenhaus eingeliefert werden. Klar, dass man da andere Probleme hat, als sofort die Dienstwaffe als gestohlen zu melden.« Clarissa hatte das dringende Gefühl, die Freundin verteidigen zu müssen. »Frank, du kannst nicht im Ernst meiner Freundin Romy diese Tat zutrauen?«

»Hat sie dir denn erzählt, was damals passiert ist?« Frankensteins Stimme klang lauernd.

In der Tat hatte Romy kaum mit Clarissa über Einzelheiten der Attacke gesprochen, wohl aber über die immensen Auswirkungen und die Probleme, die sie seitdem hatte. Dass sie eine Wahnsinnswut auf den Unbekannten hatte, der sie niederschlug, war deutlich geworden. Allerdings: Dass ihr die Waffe abhandengekommen war, hatte sie nie erwähnt. Das war es, was Clarissa am meisten irritierte.

»Da weiß ich genauso viel wie du. Oder so wenig. Sie wurde wohl von hinten angegriffen und war nach dem Schlag auf den Kopf bewusstlos. Wer der Täter war, konnte nicht ermittelt werden.«

Frankenstein zögerte eine Weile zu lang. »Ich habe den Bericht gründlich gelesen. Sie konnte weder sagen, ob es einer von den Linken noch von den Rechten war. Autonome kämen auch in Betracht. Oder jemand aus einer dieser Splittergruppen, die sich immer bei solchen Gelegenheiten tummeln.«

»Frank! Das spielt doch in diesem Zusammenhang überhaupt keine Rolle. Wenn Herzog mit einer gestohlenen Pistole getötet wurde, hat Romy absolut nichts damit zu tun.«

»Bist du dir da so sicher?«

»Wieso sagst du das so komisch? Willst du ihr etwa unterstellen, dass …«

Frankenstein ließ Clarissa nicht ausreden. »Hättest du ihr so was denn zugetraut?«

»Frank! Was soll das? Nein. Natürlich nicht.«

»Sie hatte damals einen ziemlichen Brass auf diese Deppen, die sie krankenhausreif schlugen. Denen hat sie die Pest an den Hals gewünscht. Wenn nicht Schlimmeres. Steht auch im Bericht.«

»Ist das denn nicht nachvollziehbar?«

»Ich wollt's nur gesagt haben. Vielleicht hat sie rausgefunden, wer es war. Ist halt so ein Gedanke. Muss ja nichts dran sein. Aber wir sollten jede Möglichkeit im Auge behalten und nichts von vornherein ausschließen. Also dann, weiterhin frohes Schaffen.« Er legte auf.

Das gab es doch nicht! Frankenstein hielt ihre Freundin für fähig, erst wegen ihrer Dienstpistole gelogen zu haben, dann denjenigen ausfindig gemacht zu haben, der sie niederschlug, um ihn eiskalt zu erschießen! Eine Weile saß Clarissa da wie gelähmt. Dass Romy dieser Übergriff ziemlich mitgenommen hatte, das war bei ihrem gemeinsamen Gespräch letztens deutlich durchgeklungen. Sie war äußerst niedergeschlagen gewesen und wirkte ziemlich depressiv. Dass seit dem Einsatz ihr Leben aus den Fugen geraten war, war klar erkennbar. So sehr, dass sie überlegte, aus dem Polizeidienst auszuscheiden.

Was, wenn an Frankensteins Mutmaßung was dran war? Und Romy hatte tatsächlich denjenigen ausfindig gemacht, der ihr das angetan hatte? Aber sie würde doch niemals so weit gehen, jemanden aus Rache umzubringen! Da war sich Clarissa absolut sicher. Romy war Polizistin, die die Gesetze befolgte und genauestens ihre Grenzen kannte. Oder etwa nicht?

Im Laufe des Nachmittags versuchte Clarissa mehrmals, Romy anzurufen. Doch sie ging nicht ans Telefon, obwohl sie ihr wiederholt auf den Anrufbeantworter sprach und eindringlich bat, sich zu melden.

Clarissa verstand die Welt nicht mehr.

*

Notizen Remo Weiss

Draußen ertönt ein schriller Pfiff – und ich schrecke zusammen. Wieder einmal. Sofort geht der Film im Kopf los. Ich sehe alles genau wie damals vor mir und spüre die Angst, die sich auf meine Brust legt und mir den Atem abdrückt. Das geht nicht mehr aus dem Kopf, auch nicht nach so langer Zeit.

Der Pfiff bedeutete: Du musst zum Appell, schnell, raus, aufstellen, durchzählen. Egal, wie schwach du dich fühlst. Das interessiert die Herren nicht. Du musst raus! Wenn du nicht rechtzeitig am Appellplatz stehst, knallen sie dich ab.

Dort mussten wir uns in Reihen aufstellen. Geradestehen und durften uns nicht bewegen.

In der Luft lag ständig dieser bestialische Gestank, der nicht verschwand. Rauch hing über dem gesamten Lager.

Ascheregen rieselte auf uns, erfüllte die Luft. Setzte sich auf unserer Haut fest.

Das Durchzählen dauerte oft eine halbe Stunde oder länger. Wenn jemand umfiel und nichts mehr sagen konnte, begann die Prozedur von Neuem. Die Toten wurden von den Listen gestrichen und mussten von den Lebenden weggebracht werden. Hinter der Krankenbaracke war ein großer Leichenberg, der ständig wuchs. Dumpf verrichteten wir diese Arbeit. Mit der Zeit verloren wir jegliches Gefühl.

In einer zugigen Holzbaracke, einem ehemaligen Pferdestall, befanden sich unsere Schlafbuchsen. Mein Bett für eine lange Zeit. Dort wimmelte es nur so von Läusen. Auch daran gewöhnten wir uns, wie an alles andere.

Wir gewöhnten uns daran, dass man uns die Haare schor. Daran, dass man uns mit einer Art Füllfederhalter eine Nummer in den linken Unterarm brannte. Den Schmerz musste man aushalten, wie man alles aushalten musste. Die Nummer sieht man noch. Eine vierstellige Ziffer mit einem Z davor. Ich kann sie noch heute auswendig, so oft musste ich sie sagen. Wir hatten keine Namen mehr, wir waren keine Menschen mehr, nur noch Nummern, über die man verfügen konnte.

Essen war Mangelware im Lager. Ständig hatten wir Hunger. Zu den Essensausgaben standen wir in langen Schlangen an Kesseln an, um schließlich eine Kelle wässrige Suppe mit ein paar umherschwimmenden Steckrübenstückchen drin zu bekommen. Mit den Fingern kratzten wir die letzten Tropfen aus den Blechnäpfen. Das nagende Gefühl verschwand nicht. Bis heute kann ich es spüren.

Und dann diese Gänge zum Krematorium. Runde Büchsen mit Zyklon B musste ich tragen. Wir wussten, dass dort die Gasduschen waren. Und Öfen, in denen man die Toten verbrannte. Wir wussten es, obwohl wir es nicht wissen durften.

All diese schlimmen Geschehnisse haben sich tief in mir eingebrannt, sind zu einem Teil von mir geworden. Auch im Schlaf suchen sie mich heim. Im Grunde lassen sich diese Erinnerungen nur mit Alkohol vertreiben. Und das auch nur zeitweise.

Wie alle anderen musste ich hart arbeiten. Sand karren, Steine klopfen, während uns patrouillierende Soldaten mit geifernden Hunden bewachten.

Sobald ich einen Pfiff höre oder irgendwo ein Hund kläfft, ist das ganze Elend wieder da. Von dem ich nicht erklären kann, wie ich das überlebt habe.

Mir ist bewusst, dass von alledem nur noch wenige berichten können. Die meisten sind gestorben. Ich gehöre zu der Minderheit, die diese Hölle überlebt hat. Man sagt mir, ich habe Glück gehabt. Aber was ist das für ein Glück, wenn dieser schlimme Schmerz wiederkommt und nicht schwächer wird? Wie oft habe ich mir schon gewünscht, ich wäre dort geblieben. Wäre eingeschlafen und nie wieder aufgewacht.

Aber ich weiß, so etwas zu denken, ist Sünde.

13. KAPITEL

Trentino

Sie saß im Hotel-Restaurant und genoss das üppige Frühstücksbüffet. Obstsalat, Cornettos, wie die Hörnchen hießen, Eier in vielen Variationen, gebratener Speck, alles war da. Auch eine Flasche des regionalen Ferrari-Sektes stand gut gekühlt neben den Köstlichkeiten. Doch den verkniff sie sich so früh am Morgen. Sie wollte schließlich einen klaren Kopf bewahren.

Warum habe ich mir so etwas nicht schon öfter gegönnt? Solche Erlebnisse waren schließlich unbezahlbar. Franca wollte es nicht ihrer Mutter gleichtun, die ihr Leben in Koblenz verbracht hatte und kaum vor die Tür kam, obwohl sie einen Italiener geheiratet hatte, der ständig seine Sehnsucht nach seiner Heimat äußerte. Mehrmals hatten ihre Eltern eine Reise ins Trentino angedacht, verwirklicht wurde sie jedoch nie. Man konnte schließlich nicht das Geschäft sich selbst überlassen.

Franca sah hinaus auf das smaragdgrüne Wasser des kleinen Sees direkt am Hotel, in die gewaltige Bergwelt mit ihren gezackten und schneebedeckten Kronen, die in zahllosen verschiedenen Blau- und Grüntönen leuchteten. Ebenso viele Unendlichkeiten am Horizont.

In dieser von den Bergen beschützten Gegend konnte man wahrhaft demütig werden. Hier war alles so mächtig, die Sorgen ganz klein. Ein Kraftort, in dem sich vieles relativierte. Und das hast du zeitlebens versäumt, Mama.

So viel gab es zu erkunden. Aber wenn sie tatsächlich das Häuschen erwarb und hierherzog, würde sie reichlich Gelegenheit dazu haben.

Heute stand ein weiterer Ausflug zusammen mit Michele auf dem Programm. Zuerst sollte es nach Bozen gehen und von dort aus zur deutschen Kriegsgräberstätte Pordoi, eine von den Nazis im Dritten Reich geförderte Totenburg hoch oben in den Bergen der Sellagruppe. »Dort kannst du an der Architektur die faschistische Ideologie erkennen«, hatte Michele gesagt. »Lange haben sie an dem Koloss gebaut. 1959 wurde er fertiggestellt. Mit deutschen Geldern. Ihr haltet eure Nationalhelden wahrlich in Ehren.« Das hatte etwas spöttisch geklungen. »Allerdings ist das bei uns nicht anders. Wusstest du, dass es in Italien nie eine Entnazifizierung gab? In der Engelsburg in Rom ist noch heute auf einer Inschrift zu lesen, wie sehr man Mussolini verherrlicht. Die wurde nie entfernt.«

»Sicher findest du auch in Deutschland noch solche Insignien«, erwiderte Franca. »Ich bin mir nicht sicher, ob bei uns die Entnazifizierung so richtig gefruchtet hat. Wenn man liest, welche überzeugten Nazis nach dem Krieg weitermachen konnten wie vorher, kommt man ins Zweifeln.«

Sie wusste zu gut, dass die Sympathien für den Nationalsozialismus nach dem Krieg nicht plötzlich vorbei waren. Und momentan erlebten sie eine wahre Renaissance. Überall auf der Welt. Auch in Italiens Norden gingen die Rechten auf Stimmenfang. Neonazis, die die deutsche Vergangenheit wie ein unwichtiges abgeschlossenes Kapitel in der Weltgeschichte ansahen und gleichzeitig von einem Vierten Reich träumten.

Dass sich viele hochrangige Nazis – darunter zahlreiche gesuchte Kriegsverbrecher – in den Bergen versteckten, um über die so genannte »Rattenlinie«, die über Südtirol bis nach Rom und Genua führte, nach Südamerika zu fliehen, hatte ihr Michele berichtet. »War man erst mal in Italien, konnte man sich relativ sicher fühlen. Im Besitz eines Südtiroler Ausweises galt man als staatenlos. Und staatenlose Flüchtlinge erhielten auf unbürokratische Weise Reisedokumente vom Internationalen Roten Kreuz.«

Das, was Michele ihr darüber erzählte, war Franca vollkommen unbekannt. Neu war ihr ebenfalls, dass die Kriegsverbrecher bei ihrer Flucht von der katholischen Kirche tatkräftig unterstützt wurden. Ihr Cousin hatte ihr einige bekannte Namen genannt: Adolf Eichmann, der Organisator des Holocaust, versteckte sich unter dem Falschnamen Richard Klement auf einem Südtiroler Bauernhof, bis ihm die Flucht über die grüne Grenze gelang. Danach lebte er einige Jahre unbehelligt in Argentinien, bis er schließlich vom israelischen Geheimdienst aufgespürt und vor Gericht gestellt wurde. Auch der sadistische KZ-Arzt von Auschwitz Josef Mengele hatte eine falsche Südtiroler Identität bekommen und schlug sich unter verschiedenen Aliasnamen ebenfalls bis nach Argentinien durch, wo er bis zu seinem natürlichen Tod ein angenehmes Leben führte.

»In den Kriegen wurde zwischen den Felsen hart gekämpft. Viele sind dort gestorben. Du weißt ja, mein Vater war bei den Partisanen, auch er hat sein Leben aufs Spiel gesetzt. Weil er von seiner Sache überzeugt war. Wenn man durch die Berge wandert, findest du buchstäblich auf Schritt und Tritt Kriegsrelikte. Überreste alter Kriegswege, Granatsplitter oder verrosteten Stacheldraht.«

Auch der Pordoi-Pass war ein Schauplatz erbitterter Kämpfe gewesen, wo etliche 1.000 Gefallene des Ersten Weltkriegs begraben wurden. Nach dem Zweiten Weltkrieg hat man an dieser Stelle noch mal ein paar 100 gefallene Soldaten beigesetzt. Das war die Zeit, als durch das Trentino die Grenze zwischen k. u. k. Österreich und Italien verlief.

»Willst du wirklich dorthin?«, hatte Michele gefragt.

»Es ist eine Gedenkstätte«, antwortete Franca. »Und je mehr wir uns erinnern, umso eher kann vielleicht verhindert werden, dass so etwas wieder geschieht.«

Hauptsächlich das nahe gelegene Museum interessierte sie, wo Fundstücke und Fotografien der Soldaten ausgestellt waren. Uniformen, Waffen oder auch schlichte Gegenstände des täglichen Lebens.

So viele gegensätzliche Bilder gingen ihr durch den Kopf. Und wieder dachte sie daran, wie sie als Kind einige Ferienwochen hier im Dorf verbrachte und wie herzlich man sie damals aufnahm. Keiner der Verwandten hatte sie spüren lassen, dass sie eine Tedesca, eine Deutsche, war. Nicht einmal Onkel Enrico, Micheles Vater. Inzwischen hatte sie erfahren, dass das Verhältnis der Trentiner zu den Deutschen hochkompliziert war, was eben mit ihrer verzwickten Geschichte zu tun hatte.

Unten im Tal floss die Etsch, der zweitlängste Fluss Italiens. Ein symbolhafter Fluss. »Von der Etsch bis an den Belt« hatten die Nazis in ihrem Siegeswahn gegrölt. »Deutschland, Deutschland über alles in der Welt.« Und die Unverbesserlichen grölten dies noch immer. Die Strophen waren ein Teil des Deutschlandliedes, die zwar nicht mehr offiziell gesungen wurden, aber verstärkt in gewissen Kreisen zu hören waren.

Das waren Momente, in denen sie sich schämte, Angehörige eines Volkes zu sein, das so viel Elend über die Welt gebracht hatte. Schon zu oft hatte sie sich voller Entsetzen und Verständnislosigkeit die aufgebrachte Propagandarede dieses rhetorisch geschickten Rattenfängers in dem bis zum Bersten gefüllten Berliner Sportpalast angesehen. Wie er mit sich überschlagender Stimme bellte: »Wollt ihr den totalen Krieg?« – Und alle aufsprangen, jubelnd »Ja!« schrien und Beifall klatschten. Der Jubel wurde noch lauter bei der nachfolgenden Frage: »Wollt ihr ihn, wenn nötig totaler und radikaler, als wir ihn uns überhaupt erst vorstellen können?«

Hatte sich wirklich niemand vorstellen können, was mit solchen Worten gemeint war, die auf schreckliche Weise in Erfüllung gingen?

Die Deutschen hatten bekommen, was sie so lauthals forderten: den totalen Krieg. Das hat von ihnen viele Entbehrungen abverlangt. Dennoch haben die Menschen, nachdem der Krieg verloren war und alle erfahren mussten, was ihre Regierung Schlimmes verbrochen hatte, einfach weitergemacht. Mit der Entschuldigung, von alldem nichts gewusst zu haben. Das Leben musste ja weitergehen, so wie es immer weiterging.

Franca war Michele in gewisser Hinsicht dankbar, dass er ihr so vieles über einen Teil ihrer gemeinsamen Geschichte berichtete, der ihr lange Zeit verborgen gewesen war. Ihr Vater hatte nie darüber gesprochen. Zumindest nicht mit ihr. Auch von den Aktivitäten seines Bruders Enrico hatte sie erst nach dem Tod des Vaters erfahren.

»Die Trentiner hatten genug von Faschismus und Wehrmacht, SS und Deportationen und wollten ihre Zukunft selbst in die Hand nehmen. Das bedeutete auch Widerstand gegen den Diktator Mussolini«, hatte Michele ihr erklärt. Bei einem der Einsätze war sein Vater nur knapp dem Tod entronnen. Die Narben seiner Schussverletzungen hatten ihn ein Leben lang an seinen Widerstandskampf erinnert. »Er war ein sehr temperamentvoller Mann, der für seine Überzeugungen mit ganzer Kraft eintrat.« Dass Francas Onkel zeitlebens Vorurteile gegen alle Deutschen hegte, war insofern verständlich. Als sein Bruder eine Deutsche heiratete, hatte dies zu einem Zerwürfnis zwischen den Brüdern geführt. Allerdings konnte Franca sich nur an einen lieben Onkel erinnern, der ihr Schokolade und ihr Lieblingskonfekt Baci schenkte.

Da noch Zeit zum Treffen mit Michele blieb, wollte Franca einen kleinen Spaziergang machen. Sie atmete tief ein, fühlte sich einmal aufs Neue in eine andere, friedliche Welt versetzt, in der es keinen Lärm gab, keine Hektik, keine verstopften Straßen und frische Luft im Übermaß. Wieder einmal fiel ihr auf, wie sauber und aufgeräumt die pittoresken Gässchen des Ortes waren. Überall blühten Blumen. Und es roch so gut.

Sie war ein gutes Stück bis hinter den Ortsausgang gelaufen, als ihr Handy klingelte. Es war Clarissa.

»Na, wie geht's im schönen Trentino?«

»Super. Ich werde auf jede nur erdenkliche Art und Weise verwöhnt«, schwärmte sie. »Hast du meine Karte nicht bekommen?«

»Doch. Danke. Du bist wirklich zu beneiden.«

»Aber du rufst nicht an, weil du wissen willst, wie es mir im Urlaub geht?«, fragte sie argwöhnisch.

Clarissa lachte verhalten. »Dir kann man aber auch nichts vormachen. Wir schlagen uns momentan mit einem merkwürdigen Fall herum: Ein Mann ist hinterrücks durch Kopfschuss getötet worden. Ich musste mit Brock zum Tatort.«

»Mit dem Kotzbrocken? Glückwunsch!«

»Na ja, der macht das eigentlich ganz gut. Jedenfalls besser, als ich dachte. Aber der Küppersbusch war wieder mal unmöglich. Schwafelte was von Statistiken, wonach Eifersucht das meiste Mordmotiv ist.«

»Hat er nicht recht?« Franca lachte. »Und wieso unmöglich? Darf ich dich erinnern: Du fandest den mal total süß!«

»Das wirst du mir wohl bis ans Ende meiner Tage vorhalten.«

»Und? Stimmt's oder stimmt's nicht?«

»Ich geb's ja zu. Inzwischen denke ich aber anders über ihn.«

»Aha. Man ist also lernfähig.« Franca musste grinsen. »Wo ist denn der Tatort?«, erkundigte sie sich.

»Remagen.«

»Remagen? Dort ist doch jetzt Hubi der Chef!«

»Den hab' ich auch schon gesprochen. Der Tote lag vor den Türmen der ehemaligen Brücke. Neben ihm eine Farbsprühdose mit seinen Fingerabdrücken. Spricht klar für Eifersucht.« Sie schnaubte.

»Ein Graffiti-Sprayer? Die sind doch in der Regel harmlos. Wieso knallt man so jemanden ab?«

»Tja, über die Hintergründe wissen wir so gut wie nichts. Du kennst die Brücke von Remagen?«

»Wer kennt die nicht?«, antwortete Franca.

»Ich musste mich erst schlaumachen, warum die so berühmt ist. Also, da sind die Amerikaner drüber, und dann war der Krieg zu Ende. Im März 45 war das. Ich habe immer geglaubt, die Amis haben die Brücke zerstört. War aber nicht so. Gesprengt haben die unsere eigenen Leute. Also deutsche Soldaten.«

Als Franca schwieg, fügte sie hinzu: »Du weißt auch nicht so genau, was es mit der Brücke auf sich hat, oder?«

»Ist das jetzt eine Geschichtsstunde?«

»Quatsch! Was ich eigentlich sagen will: Der Mann ist mit einer Polizeiwaffe getötet worden. Die ist Romy geklaut worden ...«

»Deiner Freundin Romy Weiss?«

»Ja. Sie wohnt in Remagen. Ist seit November dienstunfähig, weil sie während einer Demo niedergeschlagen wurde. Hatte ich dir erzählt.«

»Ich erinnere mich dunkel. Und wo ist das Problem?«

»Es gibt die Vermutung, sie könnte was mit der Sache zu tun haben.«

»Wieso das? Wenn ihr doch die Waffe geklaut wurde?«

»Es ist komisch. Mit mir hat sie nie darüber gesprochen, dass ihre Waffe weg ist. Von Frankenstein weiß ich, dass sie das ordnungsgemäß gemeldet hatte. Damals. Und jetzt habe ich ein ungutes Gefühl. Letztens habe ich mich mit ihr getroffen. Da wirkte sie ... niedergeschlagen. Ich weiß auch nicht, wie ich das sagen soll, jedenfalls anders als sonst.« Clarissa schluckte hörbar. »Franca, ich habe Angst, dass sie tatsächlich was mit der Sache zu tun haben könnte. Frankenstein hat so eine komische Andeutung gemacht.«

»Er meint, sie hätte nur vorgegeben, die Waffe sei ihr gestohlen worden?«

»So hörte sich das an. Aber die würde doch nie einem Menschen auflauern und ihn umbringen! Das ist alles so undurchsichtig. Sie konnte offenbar nicht genau angeben, wie und von wem ihr die Waffe weggenommen wurde.«

»Warum fragst du sie nicht danach?«

»Das ist es ja: Sie reagiert nicht auf meine Anrufe. Als ob sie was zu verbergen hätte. Ich weiß wirklich nicht, was ich von all dem halten soll.«

»Du willst also, dass ich komme«, resümierte Franca nach einer Weile.

»Das wäre schön. Du weißt doch immer, was zu tun ist.«

»Tssh«, Franca stieß so etwas wie ein Lachen aus. Sofort war Widerstand in ihr erwacht. Nein, sie hatte absolut nicht vor, ihren Urlaub vorzeitig abzubrechen. Auf diesen Urlaub hatte sie viel zu lange warten müssen. Und nun wollte sie ihn auch bis zum Ende auskosten.

»Nee, Clarissa, das schlag dir aus dem Kopf. Ich will meinen Resturlaub genießen wie jeder andere normale Mensch.«

»Seit wann sind Polizisten normale Menschen?« Das sollte lustig klingen, doch Clarissa war es nicht gelungen, den Vorwurf aus ihrer Stimme herauszuhalten. »Ich glaube, Romy braucht dringend unsere Unterstützung.«

»Weißt du, Clarissa, genau das habe ich die ganze Zeit befürchtet. Dass es so kommt.«

»Ja, ich weiß. Aber …«

»Aber ihr müsst demnächst sowieso ohne mich auskommen, wenn ich in Pension gehe.«

»Das wage ich überhaupt nicht, mir vorzustellen.«

»Ach, Clarissa. Irgendwann ist es genug. Wirklich. Im Übrigen brauche ich die Zeit, um meinen Hauskauf vorzubereiten.«

»Hauskauf? Willst du etwa für immer nach Italien ziehen?«

»Du kannst dir nicht vorstellen, wie schön es hier ist. Die Natur. Die friedliche Umgebung. Hier muss ich mich nicht mit irgendwelchen Typen abgeben, die andere hinterrücks abknallen.« Sie biss sich auf die Lippen. »Entschuldige. Das habe ich so nicht gemeint. Das weißt du.«

Eine Weile herrschte Stille. Schließlich fragte Clarissa kleinlaut: »Du kommst also nicht?«

»Nein. Tut mir leid. Nicht jetzt. Ich komme dann, wenn mein Urlaub zu Ende ist. Und dann stehe ich dir zur Seite, das versprech ich dir. Erst mal wünsch ich dir viel Erfolg bei der weiteren Ermittlung. Und deiner Freundin alles Gute. Sicher klärt sich das bestimmt bald auf.« Damit drückte sie auf den roten Knopf.

14. KAPITEL

Oberwinter

Er beobachtete, wie Marie herzhaft in ihr Brötchen biss. Immerhin hatte sie ihren Appetit beibehalten. Am frühen Morgen war Dominik zum Bäcker gegangen und hatte Brötchen geholt. Derweil hatte Marie den Tisch mit allerlei Köstlichkeiten nett gedeckt. Sogar frisch gepressten Orangensaft gab es. Wenn er da an seine freudlosen Morgenlagen mit Zigaretten und Kaffee dachte ... Auch der Kleine war versorgt und krähte vergnügt. Daran könnte man sich fast gewöhnen, dachte er. An das Zusammenleben mit einer Frau wie Marie. Eine, die nicht viel fragte, die die Dinge nahm, wie sie waren. Die seine Hilfe schätzte. Und zudem sehr ansehnlich war. Thorsten hatte schon immer Geschmack bewiesen, das musste man ihm lassen.

Draußen schien die Sonne, es versprach, ein herrlicher Tag zu werden. Wäre da nicht dieses Unglück gewesen, hätte man denken können, die Welt sei vollkommen in Ordnung.

»Hast du was dagegen, wenn ich runter in den Keller gehe? Ich würde mich da gern mal umsehen«, meinte er nach dem Frühstück.

Marie war mit dem Kleinen beschäftigt. Es war ein friedliches Bild, wie sie da auf dem Sofa saß, ihm sein Fläschchen gab und er daran nuckelte. Lächelnd sah sie zu Dominik auf. Ach, Marie mit dem Madonnenblick.

»Mach nur.«

In einem Kellerzimmer hatte sich Thorsten sein eigenes Reich eingerichtet. Mit allem, was sein Weltbild widerspiegelte. Durch ein hohes Kellerfenster fiel nicht allzu viel Tageslicht, aber es war alles vorhanden, was man benötigte. Und was man besser an einem versteckten Ort lagerte, der nicht für jeden zugänglich war.

Dominiks Blick glitt über die Regale, auf denen sich Bücher, Aktenordner, Broschüren und Kästen mit CDs stapelten. Auf dem Boden stand eine Holzkiste voller Spraydosen. An der Wand hingen Poster, die seine Ansichten verdeutlichten. Einiges sollte besser verschwinden, bevor die Polizei auf die Idee kam, hier aufzutauchen und alles durchzuwühlen. Früher oder später würden sie mit einem Wisch ankommen und alles auf den Kopf stellen. Das kannte er schon.

Er nahm einige Akten aus dem Regal und blätterte darin. Den Schnellhefter mit den Listen, der gut sichtbar auf dem Schreibtisch lag, ließ er liegen. Die sollten ruhig wissen, was ihnen bevorstand.

Dann stellte er den Laptop an und klickte sich durch unterschiedliche Dateien. Hmm, da war einiges drauf, was nicht unbedingt in Polizeihände fallen sollte. Besser, er nahm das Ding mit nach Hause. Dort konnte er in aller Ruhe sortieren. Zu gegebener Zeit würde er ihn zurückbringen.

Noch einmal sah er sich um. Plötzlich musste er lachen. Insbesondere über die Poster und Fahnen an der Wand. Thorsten war ein richtiger Fanatiker. Immer gewesen. Ganz oder gar nicht, das war sein Motto. Das war, was ihm, Dominik, so an Thorsten imponiert hatte. Die Bullen würden ganz schön zu tun haben, wenn sie diesen

Raum entdeckten. Falls sie ihn überhaupt entdeckten. Man brauchte es ihnen ja nicht allzu leicht zu machen.

Nach einer Weile ging er nach oben. Marie stand an der Spüle und war mit dem Abwasch beschäftigt. Der Kleine lag friedlich in seinem Bettchen.

»Hör zu, Marie. Die Polizei wird früher oder später die Wohnung durchsuchen wollen. Das ist okay. Besser, du erzählst nichts von dem Kellerzimmer, hörst du?«

»Wieso nicht?«, fragte sie arglos.

»Mach einfach, was ich dir sage.«

»Ich geh da sowieso nie rein. Hat mir Thorsten verboten.«

»Du warst nie da unten?«, fragte er argwöhnisch.

Sie schüttelte den Kopf.

Das war ja nicht zu glauben. Dominik betrachtete sie misstrauisch. »Wolltest du denn nicht wissen, was er dort macht?«

Sie hob die Schultern. »Hatte ja so viel mit dem Kleinen um die Ohren. Und jeder Mann braucht doch seinen Rückzugsraum, oder?« Sie lächelte unschuldig.

»Er hat wirklich nie mit dir darüber gesprochen?« Wie naiv konnte man denn sein?

»Ach weißt du, mit seinem Lehrerkram hatte ich nie viel am Hut. Ich war froh, als ich die Schule hinter mir hatte.« Sie lächelte schräg.

Er wollte ihr mal glauben. Andererseits war es gut, dass sie nichts wusste. Da konnte sie sich auch nicht verplappern.

»Lehrerkram ist gut.« Er lachte in sich hinein. »Ich werde jedenfalls die nächsten Tage da unten gründlich Ordnung machen. Vorher lässt du niemanden rein. Und auch du geh bitte nicht runter.«

Sie sah ihn fragend an. »Was hat das denn zu bedeuten?«

»Glaub mir, es ist besser so.«

»Gibt es da Hinweise auf Thorstens Mörder?«

»Vielleicht. Das muss ich noch rausfinden.«

»Aber dann müssen wir das unbedingt der Polizei sagen.«

»Glaubst du im Ernst, die Polizei ist an Thorstens Mörder interessiert? Hat er jemals den Bullen vertraut?«

»Aber … Ich verstehe nicht …« Sie trat einen Schritt zurück. »Du machst mir Angst.«

»Wir leben in einer gefährlichen Zeit, Marie. Und was alles geschehen kann, siehst du ja daran, was mit Thorsten passiert ist.«

15. KAPITEL

Polizeipräsidium Koblenz

Clarissa legte den Hörer auf. Wieso ging Romy nicht ans Telefon? Da stimmte doch etwas nicht. Ob vielleicht doch an den Vermutungen von Frankenstein was dran war? Dieser Gedanke, den sie eigentlich nicht zulassen wollte, breitete sich aus und nahm weiter konkrete Gestalt an.

Aber mit wem sollte sie sich darüber bloß austauschen? Brock war sicher nicht der richtige Ansprechpartner. Auch wenn er in letzter Zeit zugänglicher war als sonst.

So sehr hatte sie darauf gehofft, dass Franca vielleicht doch vorzeitig ihren Urlaub abbrach, aber natürlich konnte sie die Kollegin verstehen. Es war ihr erster wirklicher Urlaub seit Langem. Aber, verdammt noch mal, ihr müsste doch auch daran gelegen sein, dass eine zu Unrecht verdächtigte Kollegin so schnell wie möglich entlastet wurde. Denn wenn Franca eines hasste, dann waren es ungerechtfertigte Beschuldigungen. Clarissa seufzte laut auf. Die Tatsache, dass Franca erwog, dauerhaft nach Italien zu ziehen, machte ihr zusätzlich zu schaffen.

Die Tür sprang auf. Brock stürmte regelrecht in den Raum und hielt triumphierend den Obduktionsbericht in der Hand. Na endlich. Sie war Brock dankbar, dass er ihr die lästige Begleitung in die Rechtsmedizin erspart hatte. Auch, weil sie absolut keine Lust hatte, auf Küppersbusch zu treffen.

Dass Brock in letzter Zeit sich derart ins Zeug legte, ihr vieles Unangenehme abnahm, verwunderte sie. Der konnte richtig nett sein. Und kollegial. Doch sie traute dem Frieden nicht so recht – schon so mancher Wolf hatte einen Schafspelz übergezogen, um dann im geeigneten Moment zuzubeißen.

»Interessante Ergebnisse«, rief er aus. »Obwohl es gedauert hat, bis ich das Medizin-Kauderwelsch dechiffrieren konnte.«

»Erzähl.«

»War wohl nicht ganz einfach, das Geschoss herauszupräparieren.« Es verhielt sich, wie Küppersbusch vermutet hatte. Der Schuss war aus kurzer Distanz abgegeben worden. Direkt in den Hinterkopf. Ein Steckschuss, der lebenswichtige Hirnzentren zerstörte und eine sofortige Handlungsunfähigkeit durch Funktionsausfall des Hirnstamms zur Folge hatte, was bedeutete: Ausfall des Atem- und Kreislaufzentrums, des Kleinhirns sowie wichtiger motorischer Zentren.

»Das heißt, er war sofort tot?«

»So wie es hier steht«, bestätigte Brock. »Der Schuss muss ihn völlig unerwartet getroffen haben, er hatte keinerlei Abwehrverletzungen. Küppersbusch sagt, bei einem solchen Überraschungseffekt sei die Wirkung besonders groß.« Brock blies die Wangen auf. »Da ist noch was Interessantes: Herzog hatte eine Wolfsangel auf dem einen Unterschenkel tätowiert. Darunter die Zahl 444. Relativ klein, aber gut lesbar. Und auf dem anderen Unterschenkel ein stilisierter Totenkopf. Darunter die Zahl 88.«

Sie sah ihn irritiert an. Die Zahlen waren Chiffren, wie sie Neonazis verwendeten: Die 18 war der bekannteste Code der Neonazis und setzte sich zusammen aus dem ersten und achten Buchstaben des Alphabets: Adolf Hitler. Die 88 stand infolgedessen für ›Heil Hitler‹.

»Das lässt ja doch wohl nur einen Schluss zu.«

Brock nickte bedächtig. »Die Wolfsangel hat sich die ›Junge Front‹ zum Symbol erkoren. In Anlehnung an Hitlers Partisanenorganisation der Werwölfe«, erklärte er.

»Und was bedeutet die 444?«

»Eine weitere Kampfansage. Die 444 steht für ›Deutschland den Deutschen‹. Tja, unser Kamerad war ganz klar Rechtsextremist. Das hat er sich im wahrsten Sinn auf den Leib geschrieben.«

»Das ist ja nicht zu fassen!«, rief sie aus. »Die haben den doch alle in den höchsten Tönen gelobt. Und so einer war Geschichtslehrer! Und total beliebt an seiner Schule. Niemand hat auch nur eine Andeutung gemacht, dass der aus der rechten Ecke kam!«

»Offensichtlich konnte er sich sehr gut verstellen und hat allen was vorgemacht. Oder«, Brock sah sie listig an, »die Schule hatte nichts gegen eine solche Einstellung.«

»Das meinst du nicht ernst.«

»Ach, Clarissa!« Das klang ziemlich herablassend. »Du müsstest doch wissen, dass es nichts gibt, was es nicht gibt.« Brock warf einen schnellen Blick auf die Uhr. »Auf geht's.«

Roger Brock leitete die Besprechung, die im kleinen Kreis stattfand. Der eifrige junge Durchläufer mit dem lustigen Haarknoten auf dem Kopf war ebenfalls anwesend. Aus Remagen war lediglich Ottmar Graf gekommen.

»Wollte Hinterhuber nicht auch dabei sein?«, fragte Clarissa.

»Kommt wahrscheinlich etwas später«, lautete Grafs Antwort.

Alle bisher zusammengetragenen Fakten kamen auf den Tisch. Man war sich einig, dass Raubmord ausgeschlossen werden konnte, da Herzog sein Portemonnaie mit Inhalt und Ausweis bei sich getragen hatte. Die Art der Tatausübung sprach dafür, dass der Täter genau wusste, was er tat, nämlich, sein Opfer mit einem einzigen Schuss niederzustrecken. Mit Bedauern wurde konstatiert, dass weder Fremd-DNA noch irgendwelches Fasermaterial gesichert werden konnte. Auch wies der Tote keinerlei Abwehrspuren auf.

Am meisten irritierte die Tatsache, dass Herzog mit der in Tatortnähe aufgefundenen Polizeipistole erschossen worden war, die nachweislich der Schutzpolizistin Romina Weiss gehört hatte. Wie die Waffe in den Besitz des Täters kommen konnte, darüber wurde heftig spekuliert. Während der Diskussion beobachtete Clarissa Frankenstein sehr genau. Sie hatte den Eindruck, er wich ihrem Blick aus. Sie selbst hielt den Gedanken, dass Romina etwas mit dem Mord zu tun haben könnte, nach wie vor für absurd.

»Die Tötung kann man gut und gern als Hinrichtung bezeichnen«, meinte Brock und legte die Ergebnisse des Obduktionsberichts sowie Fotos vor. »Die Tattoos auf seinen Unterschenkeln sprechen eine eindeutige Sprache: Herzog war Rechtsextremist.« Er hob den Kopf und sah in die Runde. »Dass er Lehrer für Deutsch und Geschichte war, lässt tief blicken. Clarissa.« Er nickte ihr auffordernd zu.

Sie räusperte sich. »Ja, es stimmt. Thorsten Herzog hat an einer freien Bonner Schule unterrichtet. Ich habe mit verschiedenen seiner Kollegen gesprochen. Alle sind voll des Lobes, bezeichnen ihn als äußerst beliebten Lehrer, der gut mit den Schülern konnte, öfter Zeltfreizeiten organisierte und Klassenfahrten unternahm. Bevorzugte Ziele waren so geschichtsträchtige Orte wie der Westwall, Verdun oder Dachau. Was jetzt eine ganz andere Gewichtung hat.«

»Habe ich das richtig verstanden, der war rechts und Geschichtslehrer?« Renate Julien schüttelte verständnislos den Kopf. »Hat dem denn keiner Einhalt geboten?«

»Du weißt wohl nicht, was an manchen deutschen Schulen so los ist«, murmelte Brock.

»Es sieht tatsächlich so aus, als ob niemand vermutete, dass er den Schülern ein ganz anderes Weltbild vermitteln könnte als das gewünschte«, sagte Clarissa.

Allgemeines Unmutsgemurmel war die Folge.

»Wäre interessant, hierzu ein paar Schülermeinungen zu hören, vielleicht waren die ja doch nicht so unbedarft«, warf jemand ein.

»Noch haben wir sein Umfeld nicht durchleuchtet«, sagte Clarissa. »Von seiner ersten Frau, mit der er vier Söhne hatte, ist er geschieden. Das fünfte Kind hatte er zusammen mit seiner sehr jungen Lebensgefährtin. Mit ihr habe ich gesprochen. Die scheint mir reichlich naiv zu sein.« Sofort stand Clarissa das Bild der jungen, völlig überfordert wirkenden Mutter vor Augen, die nun allein mit einem anstrengenden Kleinkind klarkommen musste. Andererseits, wer sich mit dem Teufel einließ … Möglich war aber auch, dass sie darüber nicht im Bilde war, wen sie sich da als Vater ihres Kindes auserwählt hatte.

»Vielleicht sollte man die Geschiedene mal befragen, wie er das mit dem Leuteeinwickeln so gemacht hat«, warf der Durchläufer ein.

Clarissa machte sich eine Notiz.

»Keine schlechte Idee. Aber mit so was muss man vorsichtig sein. Die Ehemaligen denunzieren gern.« Brock.

»Hast wohl Erfahrung damit«, murmelte jemand.

Brock hob ruckartig den Kopf, zog die Augenbrauen zusammen, erwiderte aber nichts.

»Trug er ein Handy bei sich?«, war die nächste Frage, die gestellt wurde.

Frankenstein schüttelte bedauernd den Kopf. »Wir haben keines gefunden. Auch nicht nach gründlicher Absuche.«

»Laut Auskunft seiner Lebensgefährtin hat er sein Handy immer bei sich getragen. Weil er für seine Familie stets erreichbar sein wollte«, bemerkte Clarissa.

»Das legt die Vermutung nahe, dass der Täter es an sich genommen haben könnte. Habt ihr es nicht orten können?«

»Ausgeschaltet«, antwortete Frankenstein. »Wir bleiben dran.«

»Wurde denn schon die Wohnung durchsucht?«

»Dazu gab es bis jetzt keine Veranlassung. Schließlich war die Wohnung nicht der Tatort. Dass er der rechtsradikalen Szene zuzuordnen ist, wissen wir erst seit dem Obduktionsergebnis.«

Die Tür ging auf. Hinterhuber trat ein und setzte sich neben Clarissa. Er grüßte in die Runde und entschuldigte sich für seine Verspätung.

»Welch Glanz in unserer Hütte«, verkündete Brock genüsslich. »Der Inspektionsleiter persönlich.« Er fasste kurz die bisherigen Ergebnisse der Besprechung zusammen.

»Eine Wolfsangel?«, fragte Hinterhuber. »Das ist das Erkennungszeichen der Werwölfe. Hitlers Jungvolk, das er kurz vor Kriegsende noch auf die Alliierten gehetzt hat.«

»Ist bekannt.« Brock nickte vielsagend.

»Die Jugendlichen hat man also einem Rattenfänger überlassen«, konstatierte Hinterhuber. »Vielleicht hat Herzog schon seit Jahren Einfluss auf seine Schüler genommen.«

»Da hat man sich offensichtlich an Nazi-Methoden orientiert: Ködert die Jungen, weil die noch so wunderbar beeinflussbar sind. Denen man schöne Märchen von Ruhm und Ehre erzählen kann.«

»Und von Blut und Boden.« Ottmar Graf nickte. »Zelt-freizeiten sind äußerst beliebt. Und wenn man denen dann eintrichtert, sie seien eine Elite, um Deutschland zu retten, klappt das umso besser. Insbesondere, wenn da am Lager-feuer mit der Gitarre geklampft wird, das weckt Verbun-denheitsgefühle wie eh und je.«

»Da wo man singt, da lass dich ruhig nieder«, spöttelte Brock. »Nur stimmt der Spruch nicht. Böse Menschen haben Lieder. Und was für welche. Ihre Bands heißen *Böhse Onkelz* oder *Landser* oder *Stahlgewitter*. So was gehört zum Repertoire der Neonazis.« Er tippte auf sei-nem Handy. Eine angenehme Stimme intonierte: »*Verbie-tet nur ... wo immer sich ein Hauch von Freiheit regt ...*«

Anfangs klang es wie ein zum Kampf aufrufendes Arbeiterlied. Bis die Stelle kam: »*Verbietet Volk und Vaterland.*« Und als folgte: »*Deutschlands Stimme, das sind wir*« wusste man, woher der Wind wehte.

Clarissa beobachtete, wie der Durchläufer verstohlen den Takt mitklopfte. Sein Kopf mit dem Knötchen oben-auf wackelte im Rhythmus.

»Das hört sich doch ganz gut an. Da hätte ich auch mit-gesungen«, sagte er.

»Hast du nicht gehört, was die da singen?«, fragte Cla-rissa entgeistert.

Er schaute irritiert. »*Wir bleiben stark und ungebeugt* – das kann sich ja nun jeder, der ein bisschen nachdenkt, auf die Fahnen schreiben.«

Meinte der das etwa ernst? Wie naiv war der denn?

»*Deutschlands Stimme, das sind wir.* Und wer mit ›wir‹ gemeint ist, ist ja wohl sonnenklar.«

Brock nickte ihr anerkennend zu. »Die Band heißt

Funkenflug, so wie die Zeitschrift der *Heimattreuen Deutschen Jugend*, kurz *HDJ*. Glücklicherweise ist die Geschichte. Aber Lieder wie dieses sind deren Erbe. Verstehen sich selbst als patriotische Liedermacher. Und sind für die Rechtsextremisten Legitimation. Kann man sich alles im Internet anhören.«

»Nun, es ist kein Geheimnis, dass wir in Remagen ein Problem mit Rechtsextremisten haben«, wandte Hinterhuber ein. »Einmal im Jahr kommen sie aus den Löchern gekrochen und überschwemmen die Stadt mit ihren Lügenmärchen. Im letzten November ging es bei einem solchen angeblichen Trauermarsch wieder mal ziemlich hoch her. Da sind auch einige Schutzpolizisten verletzt worden.«

»Eine davon ist meine Freundin Romina Weiss. Der man die Dienstpistole geklaut hat. Sie ist übrigens noch immer dienstunfähig«, warf Clarissa dazwischen.

»Die Rheinwiesenlager sind eben ein besonderer Anziehungspunkt für diese Klientel«, sagte Brock mit grimmigem Blick. »Dort, wo der arme unschuldige Opa so furchtbar leiden musste.«

»Diese Rechten haben ein völlig abstruses Geschichtsbild«, bestätigte Hinterhuber. »Aber nicht nur das. Was sie besonders gefährlich macht, ist die Tatsache, dass sie einen ordentlichen Aufwand betreiben, um Hass zu schüren und durch Hetze ihre Ideologie zu verbreiten.« Er machte eine kurze Pause.

»In Remagen haben sie glücklicherweise wenig Erfolg damit. Die wollen die braune Brut nicht haben und wehren sich heftig dagegen. Aber Tatsache ist auch: Eben weil es diese starke Gegenbewegung gibt, haben wir jedes Mal alle Hände voll zu tun.« Wieder hielt er einen Moment inne und rückte seine Brille zurecht. »Man muss es ganz deutlich sagen: Es sind nicht nur die Rechten, die gewaltbereit sind. Auch die Linken mischen da gut mit. Ganz zu schweigen von den Autonomen oder den Identitären oder wie sie sich nennen, die Spaß an der Randale haben oder einfach nur hetzen und Zwietracht säen wollen. Insgesamt ist das eine brandgefährliche Mischung, die da alljährlich aufeinandertrifft.«

»Jeder pocht halt in diesem Land auf das Recht, seine Meinung zu sagen, und wenn sie noch so hirnverbrannt ist. Das ist das Wesen der Demokratie.« Brock süffisant. »Wenn man das Vierte Reich im Auge hat, darf man schließlich nicht zimperlich sein. Da werden alle Mittel eingesetzt. Ordentlich Unmut säen. Die Bevölkerung spalten. Egal, mit welchen Mitteln.«

Die Diskussion wurde hitziger.

»Viele verstehen Demokratie auch so, dass sie überall was hinschmieren dürfen, wo es ihnen gerade passt.« Nun meldete sich Ottmar Graf zu Wort. »Der Vandalismus hat in ungeheurem Maß zugenommen. Wir sind ständig damit beschäftigt, Hakenkreuze an exponierten Stellen wegzumachen. Nützt aber nicht viel. Am nächsten Tag wird wieder was an eine andere Stelle geschmiert. Das ist frustrierend.«

»Das ist nicht nur bei euch so«, bestätigte Frankenstein.

»Denen ist aber auch gar nichts heilig«, fuhr Graf fort. »Im Mai wurde unsere Kapelle *Schwarze Madonna* beschmiert, ihr wisst schon, das Mahnmal auf den Rheinwiesenlagern. Die Rechten sehen das allerdings als *ihr* Mahnmal an. Was sie auch jedes Mal bei ihren Trauermärschen lauthals propagieren. Jedenfalls wurde dort ein

erheblicher Schaden angerichtet. Ich zeig euch das mal.«
Auf der Leinwand erschien das Pagodendach der Kapelle,
das mit roter Farbe beschmiert war. Das nächste Bild zeigte
die Bodenplatte darunter. Über die Inschrift, die an den
Frieden gemahnte, war deutlich lesbar mit roter Farbe der
Satz »Deutsche sind TÄTER keine Opfer« angebracht.

»Das sieht aber jetzt nicht gerade nach rechter Schmie-
rerei aus«, bemerkte Brock.

»Habe ich ja auch nicht gesagt. Es klingt eher nach der
Gegenseite aus dem linken Lager.« Ottmar Graf hob die
Schultern. »Warum ich euch das zeige: Es ist überall dieselbe rote Farbe. Genau so eine wie die Farbsprühdose,
die Herzog dabei hatte.«

»Puh, wer soll da noch durchblicken?«

16. KAPITEL

Remagen

Schon wieder klingelte das Telefon. Clarissa, wie sie auf
dem Display sah. Die Freundin hatte bereits mehrere
Nachrichten hinterlassen, doch noch immer fand Romina

nicht die Kraft zurückzurufen. Zu vieles ging ihr durch den Kopf, das sie erst einmal für sich sortieren musste. So ließ sie es auch diesmal klingeln, so lange, bis der Anrufbeantworter ansprang.

»Romy, warum meldest du dich denn nicht? Ich mache mir ehrlich Sorgen, bitte ruf zurück«, hörte sie die flehende Stimme der Freundin. »Es ist wirklich wichtig. Wir müssen unbedingt was klären.«

Was klären, so. Warum kapierte Clarissa nicht, dass sie nicht bei diesem verstümmelten Namen genannt werden wollte? Obwohl sie ihr das schon so oft versucht hatte, verständlich zu machen. Doch Clarissa lebte in einer anderen Welt. Mit anderen Wertvorstellungen und Regeln, das war ihr besonders nach ihrem letzten Gespräch klar geworden.

Mit einem Ziehen in der Brust sah sie Clarissa vor sich. Ihren leuchtend roten Schopf, der immer etwas verstrubbelt aussah. Die spitzbübische Miene. Das bisweilen ziemlich freche Mundwerk, das Romina im Grunde so gut gefiel. Doch momentan fühlte sie sich nicht in der Lage, sich mit der Freundin auseinanderzusetzen. Sie war schrecklich müde.

Wieder einmal hatte sie schlecht geschlafen. Wie so oft in letzter Zeit. Wieder waren die schlimmen Träume übermächtig gewesen. Verzerrte Bilder, die aus der Tiefe ihrer Erinnerungen hochstiegen, hatten sich vermischt mit Filmsequenzen. Ein unentwirrbares Zerrbild hatte sie überflutet, das sie noch lange nach dem Aufwachen mit einem diffusen Gefühl von Angst und Schrecken zurückließ.

So viele Stimmen hatte sie im Traum gehört. Geschundene Menschen gesehen, denen man ihr Leben gestohlen hatte. Eine Frauenstimme war laut geworden, die sagte: »Ich würde die Zeit in den Lagern so gern vergessen. Die Angst, die Schläge und den Hunger. Aber es geht nicht. Weil es hier dringeblieben ist.« Dabei hatte sie die Hand auf ihr Herz gelegt. Eine andere bestätigte: »Ich dachte, dass ich irgendwann Ruhe finde. Aber es lässt einen nicht mehr los. Nicht in diesem Leben.«

Das einzige Vergehen dieser Menschen: Sie gehörten einer Volksgruppe an, die das Herrschervolk als minderwertig ansah, als eine Plage, die man vernichten musste. Schädlinge, die man gnadenlos aus der Volksgemeinschaft ausschloss.

All dies hinterließ ein Gefühl in ihr, das sie nicht wirklich benennen konnte. Gleichzeitig wusste sie, dass es etwas mit ihr zu tun hatte. Mit ihrer Familie. Mit ihren Wurzeln.

Immer wieder versuchte sie, sich in diese Menschen, ihre Vorfahren, hineinzuversetzen und ihre Seelennot nachzuvollziehen. Was auch bedeutete: So viel, was verschwiegen worden war, musste neu eingeordnet und interpretiert werden. Je mehr sie las und je mehr sie nachdachte, umso anders waren die Bilder, die sich neu daraus formierten. Wie ein Kaleidoskop, dessen Elemente stets gleichblieben, aber das ständig sein Muster veränderte. Je mehr sie dem Verdrängten auf die Spur kam, umso deutlicher erkannte sie, wie viel dies alles mit ihrer Gegenwart zu tun hatte und auf unheilvolle Weise miteinander zusammenzuhängen schien.

Inzwischen war es 8 Uhr. Die Kaffeetasse stand unberührt auf dem Tisch. Daneben lag die angebissene Brotscheibe. Sie hatte keinen Hunger und begann, die Zeitung durchzublättern. Bei den Regionalnachrichten blieb sie hängen.

»Ermordeter Lehrer ein verdeckter Nazi?« Die Schlagzeile sprang ihr ins Gesicht. Der Untertitel lautete: »Ein Geschichtslehrer, der die Geschichte verfälschte?«

Thorsten H., der Mann, der erschossen vor den Türmen der Friedensbrücke aufgefunden worden war, sei ein mutmaßlicher Rechtsextremist gewesen, hatte man herausgefunden.

Mutmaßlich! Sie schnaubte. Immer diese *political correctness*, darin waren die Deutschen spitze. Vordergründig alles anprangern. Keine Zigeunerschnitzel mehr bestellen oder Mohrenköpfe essen. Aber schön an den alten Vorurteilen kleben bleiben. Und immer korrekt den Pressekodex wahren.

Diejenigen, die nichts aus der Vergangenheit gelernt hatten, waren nun mal Nazis. Was gab es daran zu deuten? Sie nannten sich ja selbst so. Kürzlich hatte sich einer von denen als das freundliche Gesicht des NS bezeichnet. Als ob der NS jemals ein freundliches Gesicht gehabt hätte! Ständig las man davon, dass die größte Bedrohung für die Sicherheit in Deutschland nach wie vor von Rechtsextremismus und Antisemitismus ausgehe. Antiziganismus nannte man in diesem Zusammenhang nicht. Und was tat man dagegen? Deutschland schlief schön weiter seinen Dornröschenschlaf.

Ihr Vater kam ihr in den Sinn, wie er in seinem Sessel saß und kopfschüttelnd die Zeitung las. Sein Gemurmel klang ihr im Ohr: »Es hört nicht auf. Die braunen Schergen werden uns wieder zum Verhängnis. Es hört nicht auf.«

Das könnte sie jetzt auch murmeln. Die Menschheit wurde nicht gescheiter, machte immer dieselben Fehler.

Während sie die Zeitung zusammenfaltete, kroch sie erneut in die Vergangenheit hinein. War wieder Kind. War dort, daheim in Berlin. In ihrer Neubauwohnung in Neukölln. Versuchte einmal mehr, diesem Unausgesprochenen, Nichtgesagten, Nichterzählten auf die Spur zu kommen, indem sie sich durch einen undurchdringlichen Gedankennebel lavierte, aus dem sich zögerlich konkrete Bilder herausschälten.

Sie erinnerte sich genau an die abgewandten, erschrockenen Gesichter, wenn sie bestimmte Fragen stellte. Was es mit der Nummer auf den Unterarmen von Opa und Oma auf sich hatte, wollte sie wissen. Noch immer spürte sie den Schmerz, der in der Luft lag, als die beiden zu Besuch kamen und sie vollkommen unbedarft diese Frage stellte. An die nachfolgende Stille konnte sie sich ebenfalls erinnern und daran, dass niemand die Frage des Kindes beantwortete. Je älter sie wurde, umso mehr bekam sie eine dumpfe Ahnung, dass das Schweigen etwas mit den Nazis zu tun hatte. Und mit ihrer Familienzugehörigkeit. Aber was es genau war, das war ihr lange Zeit verborgen geblieben.

»Ach, Mädchen«, das war oft der einzige Kommentar, gleichwohl von der Mutter und dem Vater. Dabei war sie ein wissbegieriges Kind, das die Welt um sich herum verstehen wollte, aber ab einem bestimmten Zeitpunkt war es, als ob sie an einem geheimen Zimmer vor einer verschlossenen Tür stehen würde, an der ein Schild hing: Eintritt verboten!

Manchmal, ganz selten, erzählte Großvater von seiner

frühen Kindheit, von den Zusammenkünften der Familie, die einmal sehr groß gewesen war. Oder vom gemeinsamen Musizieren. Und sie konnte die Freude heraushören, die sich für sie unverständlich von einer auf die andere Sekunde in Schmerz verwandelte.

Nun, da ihre Mutter das Päckchen mit all den Fotos und Briefen und dem Notizbuch geschickt hatte, konnte sie die Dinge besser einordnen. Jedes Bild, das sie vor sich sah, hing an einem nächsten, aufgereiht wie an Fäden. Es waren sehr verstörende Bilder, doch dazwischen tauchten auch schöne Momentaufnahmen auf. Liebevolle Blicke wurden getauscht. Hände hielten sich gegenseitig fest. Menschen umarmten sich herzlich. Gemeinsam sang man Lieder am Lagerfeuer. Oder man erzählte sich Geschichten.

Dazwischen schoben sich verstörende Szenerien, die sie in Filmdokumentationen gesehen hatte. Bilder, die sie niemals mit ihrer Familie in Verbindung gebracht hätte. Das, was dort gezeigt wurde, das Schreckliche, war anderen passiert, aber doch nicht ihren Angehörigen.

Nichts hatte sie wirklich gewusst, so lange Zeit. Doch inzwischen begann sie zu verstehen. Warum in ihrer Familie über so vieles geschwiegen wurde, warum das Unaussprechliche niemals gesagt wurde. Weil es dafür keine Worte gab. Das Schlimme drückte sich in ihrem Schweigen, in ihren traurigen Blicken, in ihrer Sprachlosigkeit aus.

Immer dann, wenn Opa und Oma nach Hause gegangen waren, war es, als ob ihr Vater und ihre Mutter auf eine bestimmte Art erleichtert waren. Da kehrte wieder Fröhlichkeit ein. Da wurde gelacht. Ihr Vater holte die Gitarre hervor, und man sang gemeinsam die Hava Nagila.

Und abends stand Romina am Fenster ihres Kinderzimmers, sah hinaus auf die funkelnden Lichter der Leuchtreklamen und träumte sich in eine Zukunft voller Glück und schöner Überraschungen.

17. KAPITEL

Trentino

Ein letztes Mal ließ Franca den Blick schweifen über das atemberaubende Panorama, das sich ihr bot, und spürte ein melancholisches Ziehen im Herzen. Die norditalienische Provinz mit ihren gezackten Berglinien, den grünen, bewaldeten Hängen, den Almen und Bergwiesen schien ihr inzwischen sehr vertraut.

»Arrivederci, Trentino«, sagte sie laut und stieg in den vollbepackten Alfa. Michele und seine Frau hatten ihr jede Menge eigener Produkte mitgegeben, die sie in ihrem Lädchen vertrieben. Damit sie sich an den Geschmack des Trentino erinnere, wie sie lächelnd sagten. Michele drückte ihr eine Großpackung Baci in die Hand mit der Bemerkung »auf viele schöne Glücksmomente«. Darüber freute sie sich ganz besonders, auch, weil jede einzelne der Schoko-Nusspralinen eine zusätzliche Glücksbotschaft auf einem Zettelchen enthielt, mit der sie umwickelt war.

»Ich komme wieder. Bald. Versprochen.«

Nun hatte sie sich doch entschlossen, ein paar Tage früher als geplant zurückzufahren. Clarissas Anruf ging ihr nicht mehr aus dem Kopf und ließ ihr keine Ruhe. Vielleicht war der Tote vor der Rheinbrücke ihr letzter Fall, den sie aufklären konnte. Oder zumindest dazu beitragen. Auf dem Weg zur Autobahn hielt sie an einer Tankstelle und tankte den Wagen voll. Als sie rausfuhr aus dem Schmetterling, entschloss sie sich, ein Stück Weg durch die Berge zu nehmen, um ein letztes Mal die schöne Umgebung zu genießen. Farfalle, so nannten die Trentiner liebevoll ihren Landstrich, weil er den Umrissen eines Falters glich.

Die wechselvolle Geschichte Trentinos ließ sie nicht unbeeindruckt. Inzwischen hatte sie einiges über die Hintergründe dieser Region erfahren, aus der ihr Vater stammte. Dass hier so viele Kämpfe stattgefunden hatten und noch immer ein beträchtlicher Nationalitätenkonflikt schwelte, hatte sie einigermaßen verwundert. Die Mehrzahl ihrer Verwandten betrachtete sich als Trentini, als italienisch Gesinnte im Gegensatz zu ihren Nachbarn, den österreichisch orientierten Südtirolern. Früher sei das alles viel schlimmer gewesen, hatte ihr Michele erklärt, die Südtiroler hätten sie als »Walsche« beschimpft, ein böses Wort für Italiener. Sie hingegen nannten die Südtiroler »Crucchi«, Brotfresser.

Im Grunde ist es hier wie überall auf der Welt, dachte Franca. Jeder ist überzeugt, er habe die richtige Gesinnung, und will sie dem anderen aufdrücken. Wenn nötig, mit Gewalt. So war der Mensch offensichtlich gepolt.

Früher hatte sie fest daran geglaubt, dass man die Menschen ändern konnte, wenn man ihnen mit überzeugenden Argumenten kam. Doch die Lebenserfahrung hatte sie etwas anderes gelehrt. Nur wenige waren bereit, sich tatsächlich zu ändern oder andere Gedankengänge zuzulassen als die, die sich in ihren Köpfen verfestigt hatten. Äußerst erschreckend war, in wie vielen, insbesondere in Fanatikern, ein Hass wohnte, der nur einen Funken brauchte, um auszubrechen und Verheerendes anzurichten. Wie wieder kürzlich im nicht enden wollenden Nahost-Konflikt.

Das Ideal einer ethnischen Homogenität war äußerst wünschenswert, aber offenbar utopisch. Wie oft hatte sie allerdings auch erlebt, dass muslimische Migranten sich an ihre heimatlichen Bräuche klammerten, wahrscheinlich deswegen, weil ihnen das eine gewisse Sicherheit gab in einem fremden Land. Sie sprachen weiterhin ihre Sprache, hielten an ihrer Kultur und einmal gewonnenen Überzeugungen fest, trugen Kopftücher und Kleider, die den gesamten Körper bedeckten, was bei manchem Deutschen Befremden hervorrief und das Misstrauen keineswegs verringerte. Wie in vielen westlichen Städten hatte es auch in Koblenz einen so genannten Ehrenmord gegeben, weil ein patriarchalischer Vater nicht ertragen konnte, dass seine Tochter ein selbstbestimmtes Leben mit ihrem deutschen Freund führen wollte. Glücklicherweise gab es aber auch die anderen, die sich anpassten an die Gebräuche des Landes, das sie aufgenommen hatte, und dies als Geschenk ansahen. So wie es ihr eigener

Vater stets geschätzt hatte, dass Deutschland ihm eine neue Heimat bot.

Es erfüllte sie mit Genugtuung, dass die beiden Wissenschaftler, die als Erste einen bahnbrechenden Corona-Impfstoff entwickelten, Migranten aus der Türkei waren, Gastarbeiterkinder, ein Ehepaar, das in Deutschland studiert hatte und für die Wissenschaft lebte, bescheiden und zurückhaltend. Aufgrund ihrer hervorragenden Arbeit waren sie zum deutschen Aushängeschild geworden und wurden auf der ganzen Welt gefeiert.

Franca konnte sich vorstellen, dass dies den Migrationshassern nicht gefiel. Auch sie war inzwischen zwei Mal mit *Biontech* geimpft. Seitdem hatte das Leben fast eine gewisse Normalität angenommen.

Sie hatte das Radio angestellt und das Fenster heruntergekurbelt. Über eine Klimaanlage verfügte dieses Oldtimergefährt nicht. Milvas Stimme erklang: »*Freiheit in meiner Sprache heißt Libertad.*« Gänsehaut pur.

Milva, die große Sängerin mit dem umfangreichen Repertoire hörte sie ausgesprochen gern. Mit ihrem unvergleichlichen Akzent konnte sie alles singen, vom Chanson über den Schlager bis hin zu Balladen von Brecht und Weill. Unvergessen war ihre Seeräuberjenny auf Deutsch. Nicht nur die Italiener trauerten um »La Rossa«, die vor Kurzem gestorben war. Ihr Tod bedeutete einen wahren Verlust. »La Rossa«, so hieß sie wegen ihrer roten Mähne, aber auch wegen ihrer politischen Einstellung. Sie war überzeugte Sozialistin gewesen und stand für das antifaschistische Italien. Dass sie sich kritisch über die Missstände in ihrem Heimatland äußerte, hatte nicht jeder hören wollen.

Mit Italien ginge es schon seit vielen Jahren bergab, hatte sie einmal erklärt. Dabei habe das Land den größten Reichtum an Kultur im Verhältnis zu seiner Größe. Alle anderen Länder hätten daraus etwas Großartiges gemacht. Doch in Italien sei das nicht möglich. Dennoch hatte sie ihr Land geliebt. Wie man ein bockiges Kind liebt.

Franca fuhr weiter in Richtung Brennerpass. Noch ein paar Kehren, dann würde sie Meran erreichen, wo sie kurz Station machen wollte, bevor es auf der Autobahn weiterging.

Mit einem Mal wurde sie von einem rasselnden Geräusch aufgeschreckt. Nein, dachte sie. Jetzt nicht. Bitte. Der Motor ruckelte unsanft. Sie nahm den Fuß vom Gas. Was, wenn der Alfa hier schlappmachte, mitten in der wunderschönen Natur, doch ohne menschliche Hilfe? Ihr hochbetagtes Auto. Schon oft hatte sie darüber nachgedacht, sich einen anderen Wagen zuzulegen, doch sie brachte es nicht übers Herz, ihn gegen ein neueres Modell einzutauschen. Auch deshalb, weil der Alfa das unerreichte Traumauto ihres Vaters gewesen war. Hoffentlich ließ er sie nicht ausgerechnet hier mitten in den Bergen im Stich.

18. KAPITEL

Polizeipräsidium Koblenz

Brock klopfte an die Tür, trat ein und wedelte mit dem Durchsuchungsbeschluss. »Kommst du? Wollen doch mal sehen, was der feine Herr Herzog so alles gehortet hat.«

»Klar.«

»Lässt du mich diesmal ans Steuer?«, fragte er, als sie im Parkhaus ankamen. »Ich verspreche auch, manierlich zu fahren.« Er grinste. »Das kann ich nämlich, wenn ich will.«

Ohne ein Wort nahm sie etwas widerwillig auf dem Beifahrersitz Platz. Sein Fahrstil war flott, aber tatsächlich ordentlich. Der Mann konnte, wenn er wollte, ein ausgesprochen netter Kollege sein, dennoch wurde Clarissa aus ihm nicht schlau.

»*Es war in Oberwinter, nicht davor und nicht dahinter*«, begann Brock plötzlich zu trällern.

Clarissa grinste. »Was ist denn mit dir los?«

»Lass mich doch ein bisschen fröhlich sein.«

Er schien ausgesprochen guter Laune. Ihr war zu Ohren gekommen, er habe eine neue Freundin. Vielleicht hatte die ja Wunder bewirkt und einen richtigen Menschen aus ihm gemacht.

»Weißt du, dass der Beikircher die Gegend hier ›Cote d'Azur vom Rheinland‹ genannt hat?«, fragte er breit grinsend.

»Der Satiriker? Nun ja«, gab sie zu. »Mit ein bisschen Fantasie ist sie das wirklich.«

Diesmal schien die junge Witwe wesentlich gefasster. Sie hatte sich hübsch zurechtgemacht. Auch das Haar war frisch gefärbt, der dunkle Ansatz war verschwunden.

»Kommen Sie rein«, sagte sie freundlich. Das Kind krabbelte auf dem Boden, vor sich eine Batterie Spielsachen. Als die Polizisten eintraten, hob es neugierig den Kopf und starrte sie an.

»Wir würden uns gern ein wenig in Ihrer Wohnung umsehen.« Clarissa gab sich freundlich.

»Wir haben natürlich einen entsprechenden Beschluss«, fügte Brock hinzu.

»Durchsuchungsbefehl«, sagte Marie Lehmann wissend. »Das habe ich mir schon gedacht.« Sie ging zu ihrem Kind, hob es hoch, drückte es an sich. »Sieht man immer im Fernsehen. Schauen Sie sich nur um. Wir wollen ja alle, dass Thorstens Mörder bald gefunden wird.«

Brocks Blick blieb an dem Schreibtisch vor dem Fenster hängen. »Hatte Ihr Mann ein Arbeitszimmer?«, fragte er.

»Die Wohnung ist nicht so groß.« Marie Lehmann schüttelte den Kopf. »Für gewöhnlich hat er hier an seinem Schreibtisch alles erledigt.«

»Kein Arbeitszimmer?«, wunderte sich Clarissa. Die Wohnung war recht übersichtlich, und ein Kleinkind sorgte schließlich ständig für Unruhe. »Wo hat er sich denn für den Unterricht vorbereitet?«

»Na hier.«

Der Schreibtisch war ordentlich aufgeräumt. An der Seite stapelten sich Schulunterlagen. Lehrbücher, Papiere. Nichts Auffälliges.

»Wo ist sein Rechner?«

»Thorsten war da ein wenig altmodisch«, meinte sie entschuldigend.

»Wie? Er hatte keinen Computer? Aber ist denn ein Computer nicht zwingend notwendig als Lehrer?«

»Natürlich hat er einen Laptop. Soweit ich weiß, ist der in der Schule. Dort hat er gearbeitet, wenn es ihm zu Hause zu unruhig war.«

Brock runzelte die Stirn. »Gehören noch andere Räume zu der Wohnung?«, fragte er.

Sie schüttelte heftig den Kopf. »Nein.«

So sehr sie auch suchten, es fand sich kein einziges Anzeichen, das auf Rechtsextremismus hindeutete. Eine nette, gutbürgerliche Wohnung wie tausend andere. Doch so leicht gaben sie nicht auf.

»Sie haben doch sicher eine Garage?«, erkundigte sich Brock.

Herzogs Lebensgefährtin schüttelte den Kopf. »Wir haben keine Parkprobleme. Das Auto steht an der Straße.«

»Wie sieht es denn mit einem Kellerraum aus? Oder einem Dachboden?« Brock konnte hartnäckig sein.

Sie zierte sich. »Ja, es gibt einen Kellerraum. Aber dort drin ist alles voller Gerümpel.«

Ihr Blick wurde unruhig. Sie wich aus. Da stimmte was nicht.

»Bitte zeigen Sie uns den Kellerraum.«

»Ich glaube nicht, dass Sie da was finden. Wie gesagt …«

»Der Durchsuchungsbeschluss betrifft alle Räumlichkeiten, die zu Ihrer Wohnung gehören«, sagte Brock bestimmt.

Nach einigem Zögern ging sie schließlich gehorsam voraus in das Treppenhaus. »Ich weiß wirklich nicht, was da alles drin ist. Bitte schön.« Unten schloss sie eine der Türen auf. »Ich lass Sie allein. Muss nach dem Kleinen schauen.«

»Ach, du Schande.« Clarissa staunte nicht schlecht, als sie den Raum betraten. Von wegen Gerümpel. Das war ein vollständig eingerichtetes Büro, in der Mitte ein Schreibtisch. Und an den Wänden einschlägige Fahnen und Poster.

»Hier ist also seine Nazihöhle.« Brock ging die Regale ab. »Saubere Bibliothek. Schau mal: alles da. ›*Manipulieren – aber richtig*‹ und ›*Die Kunst der skrupellosen Rhetorik*‹. Jetzt wissen wir, wieso der so gut im Leute-Einwickeln war.« Er schnaubte. »Oder hier: ›*Der Giftpilz. Ein antisemitisches Kinderbuch*‹. Da steht auch noch ›wissenschaftlicher Quellentext‹ drüber. Auch ›*Der Untermensch*‹ darf natürlich nicht fehlen, herausgegeben von der SS. Und ›*Mein Kampf. Unveränderter Nachdruck*‹.«

»Meine Güte, was der alles gehortet hat«, entfuhr es Clarissa.

»Solchen Dreck kannst du frei Haus kaufen. Ich wundere mich immer wieder, wie viele Naziversandhändler es gibt.«

In den Regalen fanden sich zusammengerollte Banner, mehrere Reichsflaggen, Schlagstöcke. Sogar einige Waffen und die dazugehörige Munition lagen offen darin.

»Das reinste Kriegsarsenal.«

»Sieh mal an«, Clarissa zeigte auf eine Kiste mit Sprühfarbe. »Der war wohl öfter Graffiti sprayen.«

Brock zog Schreibtischschubladen auf. Schaute hinter Bücher. Klopfte die Wände ab. An einer Stelle klang es hohl. Offensichtlich ein Geheimversteck.

»Schau'n wir doch mal, was dahinter ist.« Die Paneele ließ sich leicht lösen. Dort fand sich ein Holzkästchen mit Speichermedien.

Ein abgestoßenes Fotoalbum erregte Clarissas Aufmerksamkeit. Sie schlug es auf. Offensichtlich Kriegserinnerungen. Männer in strammen Uniformen, die sich lächelnd die Hände schüttelten.

In einem Schuhkarton lag ein Paar schwarzer Lederhandschuhe. Clarissa nahm sie heraus. Wie erwartet, fühlten sie sich schwer an. Sie kannte solche Handschuhe, die am Handrücken und im Knöchelbereich mit feinem Sand gefüllt waren, was die Wirkung eines Faustschlags erheblich erhöhte. Solche Handschuhe waren unter Neonazi-Schlägern äußerst beliebt. Ein Hieb, und der Gegner geht sofort k.o., hatte ihr ein Kollege mal erklärt, der solche Handschuhe bei einem Türsteher sichergestellt hatte. Der Kollege hatte überlegt, sich selbst ein solches Paar zuzulegen, da sie sich kaum von normalen Handschuhen unterschieden. Reine Selbstverteidigung, bevor mir einer dumm kommt, wie er sagte.

Sie betrachtete die Handschuhe genauer. An einer Stelle wiesen sie verdächtige Flecken auf. Sie schob die Handschuhe in einen Asservatenbeutel.

»Ich denke, hier sollte Frankenstein mit seinen Leuten alles gründlich durchsuchen«, sagte Brock.

Sie nickte nachdenklich und ließ den Blick durch den Raum wandern. »Aber auch hier weder Computer noch Laptop.«

Brock hob den Asservatenbeutel hoch. »Aber USB-Sticks und eine externe Festplatte. Bin gespannt, was drauf ist.«

»Ach, schau mal hier.« Clarissa war auf einen Schnellhefter aufmerksam geworden, der auf dem Schreibtisch lag, und blätterte ihn durch. Er enthielt unterschiedliche

Listen. Dort waren Adressen von Kirchen, Synagogen und Moscheen aufgelistet, auf einer anderen Namen von Journalisten und Politikern. Samt Telefonnummern und Privatadressen. »Das ist ja nicht zu glauben!«, entfuhr es ihr.

Brock stieß einen lauten Pfiff aus. »Ich sag nur: Hashtag *Wir kriegen euch alle*. Solche Listen wurden öffentlich publiziert und kursieren im Internet. Ja, da fühlt sich Klein-Hitler ganz groß.«

»Meine Güte. Da willst du doch kein Politiker mehr sein oder sonst wie in der Öffentlichkeit stehen.« Clarissa packte die Listen in vorbereitete Asservatenbeutel, um sie mitzunehmen.

Brock versiegelte den Raum, beide gingen nach oben.

»Frau Lehmann. Ihr Mann hortet da unten allerlei verbotenes Material. Vorläufig darf niemand den Raum betreten, so lange, bis unsere Kollegen da waren.«

Sie sah Brock mit großen Augen an. »Verbotenes Material? Was denn?«

»Ach, Frau Lehmann, Sie wissen doch genau, was sich im Keller befindet.«

»Nein, weiß ich nicht.« Das klang trotzig. »Ich habe mich nie darum gekümmert. Hier oben, das ist mein Reich.«

»Aber auch da unten ist kein Rechner. Obwohl wir USB-Sticks und eine externe Festplatte gesichert haben. Wo ist sein Laptop?«

Sie klimperte mit den Augen. »Ich weiß nicht.«

Sie war eine schlechte Lügnerin. Das war ihr deutlich im Gesicht anzusehen.

*

Notizen Remo Weiss

Wir waren gezwungen, in einer Mordstätte zu leben. Alles, was man uns versprochen hatte, waren Lügen. Auch der Spruch über dem Tor war eine Lüge: »Arbeit macht frei«. Niemanden hat diese Arbeit frei gemacht, wie viel und hart wir auch schufteten.

Wie oft habe ich beobachtet, dass ständig neue Transporte in Güterzügen ankamen. Die Wachmannschaften öffneten die Türen und trieben die verstörten Menschen zur Eile an, die nach der langen Fahrt Mühe beim Aussteigen hatten und sich erst orientieren mussten. Und die noch nicht wussten, was da alles auf sie zukommen würde.

An der Rampe warteten Uniformierte mit geifernden Hunden und Schlagstöcken in den Händen. Mittendrin ein Arzt im weißen Kittel mit weißen Handschuhen. Doktor Josef Mengele war das, der Lagerarzt. Oft spazierte er fröhlich pfeifend herum. Jedes Mal, wenn ein neuer Transport kam, führte er an der Rampe Selektionen durch. Er musterte die Neuankömmlinge, während sie an ihm vorbeimarschierten. Dann hob er die Gerte, die er immer bei sich trug, tippte die Menschen an und deutete stumm nach rechts oder nach links. Nach rechts kamen die Arbeitsfähigen, nach links die zum Tode Verurteilten, die mit einem Stück Seife in der Hand zum Duschen geschickt wurden. Doktor Mengele hatte ein freundliches Gesicht, doch seine Augen waren kalt und stier. Schon oft hatte ich beobachtet, dass viele in die Duschräume hineingingen, aber nie wieder jemand herauskam. Kurz darauf begannen die Schornsteine heftig zu rauchen. Und der unerträgliche Geruch nach verbranntem Fleisch überlagerte alles.

Überall im Lager gab es hohe Leichenberge. Nackte Menschen waren dort gestapelt wie Holzstücke. Tagtäglich gingen wir daran vorbei. Sie waren einfach da und nicht zu übersehen. Woran sie gestorben waren? Todesursachen gab es unzählige. Jeder war froh, dass er noch am Leben war und nicht auf dem Berg endete.

Das Unvorstellbare war für uns Normalität geworden. Jahrelang habe ich mich auf das Sterben vorbereitet. Jeden neuen Tag erwachte ich mit diesem furchtbar nagenden Hungergefühl, das nie gestillt werden konnte. Gleichzeitig konnte ich nicht glauben, dass ich immer noch da war. Am Leben.

Im Lager sahen und hörten wir viele Dinge, die man unter normalen Umständen nicht glauben kann. Aber unsere Umstände waren alles andere als normal. Wir waren völlig abgestumpft, ausgehungert, haben alles mit uns machen lassen. Ohne Widerspruch.

Wenn ich heute darüber nachdenke, kann ich nicht glauben, dass es Menschen waren, die uns das angetan haben. Als Menschen haben wir uns schon lange nicht mehr gefühlt.

19. KAPITEL

Remagen

Im Internet konnte man vieles erfahren, wenn man die richtigen Stichworte eingab. Und man wurde stets weitergeleitet. Immer weiter. Immer tiefer. Nicht selten las Romina dort Dinge, die man eigentlich nicht glauben konnte. Die in diesem hochzivilisierten Land möglich waren. Die an früheres anknüpften, das ihr ebenfalls unmöglich schien und doch möglich gewesen war.

»Extremisten rüsten auch im Lockdown auf«, hieß es in einem Online-Artikel, der sich auf den Jahresbericht des Bundesamtes für Verfassungsschutz bezog. Extremismus habe sich im Schatten der Pandemie weiter entwickelt, was eine massive Bedrohung der Demokratie in Deutschland bedeute. Die Zahl politisch motivierter Straf- und Gewalttaten sei erheblich gestiegen, wobei rechtsextreme Straftaten deutlich überwogen. Man berief sich auf den Bundesinnenminister.

Schön, dass das die hohen Herren auch endlich bemerkt haben, dachte sie. Dabei war diese Gefahrenlage schon lange bekannt, doch passiert war nichts. Und jetzt war man plötzlich wach geworden. Man sprach gar von »Alarmzustand« und einer sehr, sehr ernsten Bedrohungslage.

Der Tote vor den Brückentürmen war ein Rechtsextremist und Scharfmacher. Einer, der wissentlich historische Fakten umgedeutet hatte. So viel hatte sie inzwischen erfahren. Und noch einiges mehr.

Wie oft schon hatte sie sich gefragt, wie weit dieser Staat gekommen war, in dem der ehemals oberste Verfassungsschützer ungehindert antisemitische Botschaften äußern und rechtsradikale Hetze kleinreden durfte, wie sie gerade erst in einem seriösen Bericht gelesen hatte. Nicht zu vergessen das Wüten des so genannten Nationalsozialistischen Untergrunds. Ein Trio, das jahrelang Menschen mit Migrationshintergrund umbrachte. Taten, die man despektierlich als »Döner-Morde« bezeichnete, bis schließlich während eines jahrelang andauernden Prozesses Unsägliches zutage trat. Nur allzu bereitwillig war man alten Vorurteilen gefolgt, hatte jahrelang in eine falsche Richtung ermittelt, weil man die Täter im eigenen Umfeld vermutete. *Pack schlägt sich, Pack verträgt sich.* Kannte man ja. Das rechtsextremistische Trio hatte neun Migranten und eine Polizistin ermordet. In diesem Fall – der immer noch nicht vollständig aufgeklärt war – gerieten Sinti und Roma unter Verdacht und wurden öffentlich gebrandmarkt, obwohl nichts bewiesen war. Nicht nur die Zeitung mit den großen Buchstaben, sondern auch seriöse Blätter spekulierten damals über Verbindungen zu einem »Clan der Sinti« oder einer »Roma-Sippe«. Auf eine Entschuldigung warteten die ehemals Verdächtigten bis heute.

Seit Romina so viel Zeit im Internet verbrachte, war sie auf weitere Ungeheuerlichkeiten gestoßen, die kaum zu glauben waren. Immer öfter las man vom Phänomen des *Cophunting*, der regelrechten Jagd auf Polizisten. Da wurden nicht nur Hass und Hetze verbreitet, sondern konkrete Anleitungen erteilt, wie man Polizisten in Hinterhalte locken konnte, um sie dann zu erschießen.

Mit einem merkwürdigen Gefühl dachte sie daran, mit welchem Enthusiasmus sie einst ihren Beruf ergriffen hatte. Stark hatte sie sich gefühlt, voller Zuversicht, weil sie mit dazu beitragen wollte, für die Sicherheit der Menschen einzutreten. Und zwar für die aller Menschen, gleich, welcher Ethnie oder Religion sie angehörten, oder ob sie arm oder reich waren. Es tat gut, sich aufgehoben und gebraucht zu fühlen. Und sie wähnte sich auf der richtigen Seite. Der Seite der Guten, Gerechten, die ihre Aufgabe darin sahen, diesen Staat zu schützen.

Beruflich diskriminiert hatte sie sich nie gefühlt, vielleicht auch, weil sie ihre Zugehörigkeit zu den Sinti nie öffentlich erklärt hatte.

Doch je mehr sie recherchierte und je mehr Zusammenhänge sie erfuhr, umso unsicherer wurde sie, ob die Polizei bei den vielen dokumentierten rassistischen Verhaltensweisen tatsächlich auf der richtigen Seite stand. Manchmal beschlich sie sogar der leise Verdacht, ob vielleicht ein Kollege sie damals im November niedergeschlagen haben könnte. Ein Gedanke, der in ihrem Kopf klebte und sich nicht vertreiben ließ.

Es war nicht von der Hand zu weisen: Immer wieder hatten Polizei und Staatsmacht die Hände im Spiel, wenn es um die Verfolgung von Minderheiten ging. Das war heute nicht anders als damals, als sich die Reichskriminalpolizei als eine Verbrecherorganisation entpuppte, geleitet von einem überzeugten Nazi und SS-Mann. Die Gestapo war eine kriminalpolizeiliche Behörde, die über weitreichende Machtbefugnisse verfügte und mit der SS kooperierte. Eine kriminelle Bande, die viele ihrer Verwandten auf dem Gewissen hatte. Es gab genügend Beispiele dafür, dass sich nach dem Krieg, nach der angeblichen Stunde Null kaum etwas verändert hatte. Das Entnazifizierungsprogramm erwies sich als vollkommen unzulänglich. Gestandene Nazis stuften sich selbst als unbelastet ein, indem sie falsche Angaben machten, was ihre Aktivitäten betraf, und befanden sich wundersamerweise wieder auf hohen Posten. Man konnte davon ausgehen, dass diese vom NS-Gedankengut geprägten Herren ihre Grundüberzeugungen keineswegs abgelegt hatten und nahtlos an Althergebrachtes anknüpfen konnten.

Bis weit in die 8oer-Jahre war der Massenmord an den Sinti und Roma nicht als Völkermord anerkannt. Der Ausgrenzung, Diskriminierung und Ungerechtigkeit ihnen gegenüber setzte die Polizei wenig entgegen. Immer wieder wurde dokumentiert, wie oft Ablehnung gegenüber dieser Volksgruppe in Gewalt umschlug – nicht selten blieben Anschläge ungeklärt.

Und heute? Ein ehemaliger Polizeidirektor mit drei goldenen Sternen auf der Schulterklappe war Stadtverordneter der AfD in Brandenburg, wo er ungestraft gegen Flüchtlinge hetzte. Es gab vielfache Belege dafür, dass *Racial Profiling* an der Tagesordnung war. Man musste nur ein wenig anders aussehen, schon wurde man ohne Anlass gefilzt. Das hatte sie selbst oft genug erlebt. Mit Abscheu hatte sie davon gelesen, wie in Gruppenchats gestandene Polizisten fremdenfeindliche und gewaltverherrlichende Inhalte verbreiteten. Obwohl es zahlreiche Belege dafür gab, dass eindeutig gegen Dienstvorschriften verstoßen wurde, wurden sie nicht dafür belangt. Nicht selten faselte man von »kriminellem Migrationsmob«, dem man zeigen müsse, wo es langgehe. Verstörende und indiskutable Bilder und Videos, die im Netz kursierten, taten das Übrige.

All dies wurde von Vorgesetzten und Prüfungskommissionen als Einzelfälle abgetan. Doch kontinuierlich reihte sich Einzelfall an Einzelfall. Je mehr sie googelte, umso häufiger stieß sie auf weitere solcher Beispiele. Allerorten schienen Polizisten ihre Macht zu missbrauchen, dennoch wurden kaum Konsequenzen gezogen. Weil in den Reihen der Polizei ein Korpsgeist herrschte, der Whistleblower als Kameradenschweine abstrafte. Eine falsch verstandene Solidarität war an der Tagesordnung. Keiner verriet den anderen. Ihre Zweifel wurden von Tag zu Tag stärker, und sie fragte sich immer öfter, ob sie wirklich weiterhin einem solchen Verein dienen wollte.

Voller düsterer Gedanken und mit hängenden Schultern schlurfte sie in die Küche, öffnete den Kühlschrank und nahm die angebrochene Flasche Wein heraus.

20. KAPITEL

Polizeipräsidium Koblenz

Frankenstein staunte nicht schlecht, als ihm Clarissa ihre Ausbeute aus Herzogs Wohnung vorlegte. Um die verdächtigen Lederhandschuhe wolle er sich baldmöglichst kümmern, hatte er versprochen.

Sie begann mit der Durchsicht eines der Speichersticks, den sie behalten hatte, während die übrigen Datenträger Brock in die IT-Abteilung brachte.

Wollen doch mal sehen, was ein Nazi so alles hortet.

Sie öffnete den Inhalt des Sticks. Verschiedene Dateien waren darauf, die offensichtlich zu einer einzigen Person gehörten. Einem Kinderarzt namens Peter Herzog, wie die Approbationsurkunde offenlegte. Das war der Großvater des Getöteten. Sie klickte weitere der gesammelten Schriftstücke an und überflog deren Inhalt. Alle trugen Reichsadler und Hakenkreuz. Ein ungeordnetes Sammelsurium aus Briefen, Urkunden, Zeugnissen und Fotos.

Peter Herzog war ein strammer Nazi, Ehrenmitglied im Nationalsozialistischen Ärztebund, der sich um die Kinderheilkunde in besonderer Weise verdient machte, wie in einem der Schriftstücke lobend erwähnt wurde. Unter den Dateien befand sich eine SS-Personalakte. Das Foto zeigte einen älteren Herrn im weißen Kittel mit grauem Haarkranz und Hornbrille, der sie mit überheblichem Blick anschaute.

Es war derselbe Herr, der auf vielen der Bilder in dem abgestoßenen Fotoalbum zu sehen war. Sie googelte den Namen im Internet. Dort erfuhr sie, dass Peter Herzog Lagerarzt in mehreren KZs war. 1963 wurde ein Prozess gegen ihn angestrengt, doch da man ihm nichts Konkretes nachweisen konnte und er sich erfolgreich herausredete, kam er straffrei davon.

Bevor sie sich in unschöne Einzelheiten vertiefte, brauchte sie einen Kaffee. Sie füllte Pulver in den Filter und stellte die Kaffeemaschine an, die sofort zu brodeln begann. Ein angenehmes Aroma durchströmte das Büro. Als der Kaffee durchgelaufen war, füllte sie eine Tasse und ging zurück zum Computer.

Mit einem Mal war lautes Stimmengewirr auf dem Flur zu hören. Die Tür zu ihrem Büro ging auf. Eine nur allzu bekannte Silhouette erschien im Türrahmen.

»Franca!«

»Na, das ist ja ein Freudenschrei.« Franca verzog den Mund zu einem breiten Lächeln. »Ich wäre ja schon früher hier. Hatte unterwegs eine Autopanne. Und musste leider einen Tag dranhängen. Bin erst gestern spät heimgekommen. Wahrscheinlich sollte ich ernsthaft darüber nachdenken, mir ein neues Auto zuzulegen.«

»Jetzt bist du ja hier. Und das ist so schön.« Clarissa strahlte. »Gut siehst du aus. So richtig erholt.«

Francas Mundwinkel zuckten. »Ja, ich hab's mir gut gehen lassen. Aber da die Arbeit nicht abreißt ...« Sie hob schnuppernd die Nase. »Kriege ich auch einen Kaffee?«

»Klar doch. Frisch gebrüht.« Clarissa ging zur Maschine und schenkte Franca eine Tasse ein.

»Du denkst wirklich darüber nach, ins Trentino zu ziehen? Oder war das ein Scherz?«, fragte sie, als sie die Kaffeetasse vor Franca hinstellte.

»Danke. Nein, mit so was mache ich keine Scherze.« Sie legte eine blaue mit silbernen Sternen bedruckte Schachtel neben den Computer. »Passt gut zum Kaffee. Hat mir mein Cousin mitgegeben.«

»Baci.« Clarissa lächelte und nahm sofort eine der in Silberpapier eingewickelten Nusspralinen heraus. »Woll'n doch mal sehen, wie mein Orakel geht.« Sie faltete das kleine Pergamentpapier mit dem Glücksspruch unter dem Silberpapier auf und strich es glatt.

»Italienisch. Das musst du mir übersetzen.«

»Zeig her.«

Franca überlegte nicht lange. »Sei mutig. Wenn du gewinnst, bist du glücklich. Wenn du verlierst, bist du weiser.«

Clarissa zog die Augenbrauen zusammen. »Das steht da wirklich?«

Franca lächelte. »Und wenn nicht? Ist doch ein guter Spruch, oder? Passt für viele Lebenslagen. Und trifft auch auf mich zu. – Ja, ich habe ein Häuschen im Trentino gefunden. In dem Dorf, aus dem mein Vater stammt. Ein kleines Paradies, sag ich dir. Da werde ich den Rest meines Lebens verbringen. Kannst mich ja besuchen kommen.«

Clarissa schaute sie an mit schräg gelegtem Kopf. »Ich gönne dir das ja von Herzen. Ehrlich. Aber ich denke auch mit Schrecken dran, wenn du nicht mehr bei uns bist.«

»Nun übertreib mal nicht. Ihr werdet's überleben. Jeder Mensch ist schließlich ersetzbar.«

»Einige nicht.« Clarissa verzog den Mund. »Zumindest wird für uns alle deine Abwesenheit sehr stark spürbar sein.«

Franca hob belustigt die Augenbrauen, setzte sich Clarissa gegenüber an den Schreibtisch und sah sich anerkennend um. »Ist ja richtig ordentlich hier.«

Clarissa grinste. »War ja keiner da, der Durcheinander machte.«

»Du meinst wohl: kreatives Chaos. Ich finde immer sofort, wonach ich suche. Und du bist im Team mit Brock? Unserem Wadenbeißer.«

»Du, der kann richtig nett sein. Manchmal jedenfalls.«

»Wer? Dieser Kotzbrocken und nett? Du machst Witze.« Franca lehnte sich im Bürostuhl zurück. Nahm einen Schluck Kaffee.

»Du wirst es nicht glauben: Der ist wie verwandelt. Es heißt, er hat eine Freundin, die ihm offensichtlich Manieren beibringt. Zumindest scheint sie es zu versuchen.«

»Na, mal sehen, wie lange das anhält.« Franca wurde ernst. »Bring mich mal auf den neusten Stand. Wie weit seid ihr?«

»Wir haben einen Toten in Remagen. Thorsten Herzog. 51 Jahre alt. Lehrer für Deutsch und Geschichte an einer freien Schule in Bonn.« Sie sah Franca vielsagend an. »Eindeutig Rechtsextremist«, fügte sie gedehnt hinzu.

»Wie bitte? Lehrer und Rechtsextremist?«

»Er konnte seine Gesinnung offenbar gut verbergen. Jedenfalls haben ihn seine Kollegen und auch die Schüler in den höchsten Tönen gelobt. Und ich will nicht glauben, dass diese gesamte Schule rechtsextremistisch unterwandert ist.« Clarissa referierte kurz, was sie herausgefunden hatten. »Momentan werten wir USB-Sticks aus, die wir in einem Versteck in einem Kellerraum seiner Wohnung gefunden haben. Das reinste Nazilager, sag ich dir.«

»Und was ist auf den Sticks?«

»Auf dem, den ich gerade bearbeite, ist der Werdegang von Herzogs Großvater drauf. Einschließlich SS-Personalakte.«

»Oha. Interessant.«

»Morgen früh bei der Besprechung kannst du dir selbst ein umfassendes Bild machen. Hubi ist vielleicht auch dabei. Wenn er es schafft, sich aus seinem Remagen loszueisen.«

»Der Hubi!« Franca lächelte. »Dann arbeiten wir also doch noch mal zusammen, wie schön.« Sie nahm einen weiteren Schluck Kaffee. »Und was ist mit deiner Freundin Romy? Hat sich da inzwischen was geklärt? Du klangst reichlich besorgt am Telefon.«

»Tja, das ist wirklich komisch.« Clarissas Gesicht verdunkelte sich. »Ich habe sie immer noch nicht erreicht. Langsam mache ich mir echt Sorgen. Ich habe das Gefühl, sie weicht mir aus. Ich weiß nicht, was ich davon halten soll. Na ja, besonders redselig war sie noch nie. Ist eben eine eher Ruhige. Passt insofern gut zu mir. Gegensätze ziehen sich ja an.« Sie lachte laut. Allerdings klang es reichlich künstlich.

Franca fixierte sie. »Hm. Das ist wirklich ziemlich merkwürdig. Könntest du dir denn vorstellen, dass sie was mit der Sache zu tun hat?«

»Nein!« Das kam sehr schnell und sehr empört. Clarissa schüttelte energisch den Kopf. »Ganz sicher nicht. Aber ich weiß langsam nicht mehr, was ich denken soll.« Sie fuhr sich durch die rote Mähne. »Ich kenne Romy schon eine ganze Weile. Sie war immer eine engagierte und äußerst korrekte Polizistin.«

»Mit der Betonung auf war? Vielleicht hat die Kopfverletzung eine tiefgreifende Veränderung bewirkt?«

»Das meinst du nicht ernst, oder?«

In diesem Moment klingelte das Telefon. Clarissa nahm ab.

Hinterhuber war dran. »Ich schaff's leider nicht zu der Besprechung morgen. Tut mir leid. Aber immerhin habe ich einige Neuigkeiten.«

»Dann geb ich dich gleich mal weiter. Franca ist nämlich im Moment zur Tür hereingekommen.« Sie stellte den Lautsprecher an und übergab Franca den Telefonhörer.

»Hallo, Hubi! Wie schön, dich zu hören. Wie ist es so in Remagen?«

»Ganz okay«, sagte er. »Du bist im Bilde?«

»Clarissa hat mich stante pede informiert.«

»Dann weißt du ja, was für ein Kaliber dieser Herzog war. Wolf im Schafspelz. Bei uns haben sich bereits einige besorgte Eltern gemeldet, nachdem sie aus der Zeitung von dessen Gesinnung erfahren haben. Ein Vater hat im Zimmer seines Juniors Dinge gefunden, die unseren Verdacht, dass er die Jugendlichen indoktriniert hat, mehr als bestätigen.«

»Erzähl.«

»Herzog hat einschlägige CDs kopiert und offenbar großzügig verschenkt, darunter eine von einer Band namens *Oithanasie*. Die Band gibt's zwar schon lange nicht mehr. Aber ihre CDs sind noch im Umlauf.«

»Wie bitte? Der ist offen mit seiner Nazi-Ideologie hausieren gegangen?«

»Das hat er wohl clever angestellt. Gab sich als der verständnisvolle Vertrauenslehrer, der immer ein offenes Ohr für die Sorgen und Nöte der Jugendlichen hatte. Und sie zur Verschwiegenheit anhielt. So viel haben wir inzwischen von mehreren Seiten erfahren können. Dieser besorgte Vater war auch deshalb empört, weil sein Sohn an Zeltfreizeiten teilgenommen hatte, die Herzog organisierte. Die waren heiß begehrt, alle haben davon geschwärmt. Ja, man kann davon ausgehen, dass dieser Nazi die Kinder geködert hat. Und die Eltern waren im guten Glauben, es handele sich um gewöhnliche Freizeiten mit Geländespielen und so. Pustekuchen. Die haben im Wald sogar Schießübungen gemacht und am Lagerfeuer die Reichsfahnen geschwungen und Nazilieder gegrölt. Tatsächlich haben alle dichtgehalten. Niemand hat davon zu Hause erzählt. Erst jetzt nach Herzogs Tod sind die Eltern hellhörig geworden und haben ihre Kinder entsprechend ausgequetscht.«

»Nicht zu fassen. Und das an einer deutschen Schule.«

»Mit bestem Ruf. Du sagst es. Na ja, im Grunde wissen wir ja, dass die Rechten schon länger an einer Gegenkultur arbeiten, die für den Nachwuchs attraktiv ist. Ich sage dir, das ist eine Parallelwelt, die sich da auftut. Herzog hatte offenbar ein besonderes Gespür dafür, wer für seine Ideologie empfänglich ist und wem er vertrauen konnte. Sonst hätte der nicht so lange sein fieses Spiel treiben können.«

»Puh. Harter Tobak«, entfuhr es Franca.

»Wir bleiben weiter dran.«

Er verabschiedete sich. Franca legte auf. Clarissa hatte aufmerksam zugehört.

»Hast du das gewusst? Dass der Jugendfreizeiten organisierte?«

Clarissa hob die Schultern. »Wahrscheinlich kommt noch mehr ans Tageslicht.«

»Sag mal.« Francas Stimme klang nachdenklich. »Ist dir in irgendeiner Weise bekannt, dass Romy was gegen Nazis hatte?«

»Natürlich hatte sie was gegen Nazis. Wie wir alle.« Clarissa riss misstrauisch die Augen auf.

»Könnte es sein, dass sie Herzog gekannt hat?«

»Was willst du damit sagen?«

»Ist nur so ein Gedanke.«

»Ein völlig blödsinniger Gedanke.«

»Clarissa, ich brauche nicht zu betonen, dass wir jeder erdenklichen Spur nachgehen müssen. Auch wenn uns die nicht gefällt. Und dass wir persönliche Emotionen außen vor lassen müssen, brauche ich hoffentlich nicht zu betonen.«

»Aber es kann doch nicht sein, dass du eine Polizistin verdächtigst, einen Nazi erschossen zu haben!« Clarissa war empört.

»Ich verdächtige nicht, ich ziehe in Erwägung. Es ist doch richtig, dass Herzog mit Romys Waffe erschossen wurde? Die Frage ist, wie kam der Täter an genau diese Waffe.«

Clarissa sah ihre Kollegin schweigend an.

»Weiß man, wie das bei dieser Demo genau abgelaufen ist?«, forschte Franca weiter.

»Ich hatte sie danach gefragt.« Das kam ziemlich kleinlaut.

»Und?«

»Sie kann sich an nichts erinnern, sagt sie. Nur, dass sie
von hinten einen Schlag auf den Kopf gekriegt hat. Und
dann eine Zeit lang bewusstlos war.«

»Und die Umstehenden? Oder die Kollegen? Hat das
niemand beobachtet?«

»Das weiß ich nicht.« Clarissa hob die Schultern.
»Romys Erinnerung ist sehr verschwommen. Erst im
Krankenhaus hat sie gemerkt, dass die Waffe weg war.«

»Sagt sie.«

»So steht es im Bericht.«

Franca runzelte die Stirn. Dann stand sie auf. »Ich gehe
mal rund. Man soll schließlich wissen, dass ich wieder da
bin.«

21. KAPITEL

Polizeipräsidium Koblenz

Sie ging über den Flur hinüber zur IT-Abteilung und klopfte an die Tür von Renate Juliens Büro. Franca schwor auf die phänomenale Kombinationsgabe von Renate-Granate, wie die IT-Spezialistin genannt wurde. Tag für Tag kämpfte sie sich unermüdlich durch einen schier undurchdringlichen Datendschungel, hatte schon einige beachtliche Erfolge errungen und war doch immer offen für die kleinen und größeren Probleme der Kollegen.

Renate saß hinter dem Bildschirm und sah kurz auf, als Franca das Büro betrat. Ein Lächeln erschien auf ihrem Gesicht. »Hallo! Die Urlauberin ist wieder da. Herzlich willkommen zurück.«

»Die Arbeit ruht nicht.« Franca verzog die Lippen. »Ich muss mich langsam wieder einarbeiten. Lotterleben ade.«

»War's wenigstens schön?«

Franca seufzte. »Ich wäre am liebsten in Italien geblieben.«

»Das kann ich mir vorstellen. Ist ja auch nicht sonderlich appetitlich, womit wir uns rumschlagen müssen.«

»Du sagst es. Das ist auch der Grund, weshalb ich gleich bei dir reinplatze. Es geht um Romina Weiss. Die Schutzpolizistin, die während der letzten Trauermarsch-Demo in Remagen attackiert wurde.«

»Und womit kann ich dienen?«, fragte Renate unumwunden.

»Der Tote in Remagen wurde mit ihrer Dienstwaffe erschossen, das ist dir bekannt?«

»Hat sich rumgesprochen«, bestätigte Renate.

»Es gibt doch sicher Filmaufnahmen von dieser Demo?«

»Das Netz ist voll davon. Wir können gern mal in einen Beitrag reinschauen.« Renate wies auf den Stuhl neben sich, damit Franca den Bildschirm ebenfalls einsehen konnte, und begann zu tippen. Das Logo eines Regionalsenders erschien. Eine Stimme aus dem Off kommentierte.

»Auch in diesem Jahr haben Neofaschisten in Remagen ihr revisionistisches Heldengedenken abgehalten. Unter Begleitung einer Hundertschaft der Polizei zogen die Rechten vom Remagener Bahnhof aus durch die Stadt bis zur Friedenskapelle *Schwarze Madonna* und verbreiteten kriegsverherrlichende Propaganda.«

Eine Gruppe dunkel gekleideter Menschen, die Flaggen schwenkten, setzte sich in Bewegung. Im Hintergrund sah man mit weißer Farbe an eine Mauer gemalt: »Nazis abschlachten«.

»Die andere Seite war aber auch ganz schön aggressiv«, bemerkte Franca.

»Bestreitet niemand. Die nehmen sich gegenseitig nichts.«

Männer in der vorderen Reihe hielten ein Banner in die Höhe, auf dem in Großbuchstaben zu lesen war: »Eine Million Tote rufen zur Tat«.

»Stimmt denn die Zahl?« Franca runzelte die Stirn. »Eine Million tote deutsche Kriegsgefangene?«

Renate schnaubte. »Ist längst widerlegt. Die Zahl hat irgendjemand in die Welt gesetzt, und seitdem nehmen die Rechten dies für bare Münze. Klar waren die Verhältnisse in den Rheinwiesenlagern katastrophal. Und es sind tatsächlich viele verhungert oder an Krankheiten gestorben. Aber die Lager haben nicht lange bestanden. Nur ein paar Wochen im Frühjahr bis zum Frühsommer 45. Dann sind alle Gefangenen freigelassen oder verlegt worden. Soviel ich weiß, waren es insgesamt etwas über 1.000 Tote. Also weit weniger als diese Kameraden anprangern. Wenn's nach denen ginge, sollten sämtliche Geschichtsbücher umgeschrieben werden. Holocaust gab es nicht. Nur arme unschuldige deutsche Soldaten.« Ihre Stimme klang sarkastisch.

»Eine Stadt wehrt sich gegen die Neonazis«, fuhr der Sprecher aus dem Off fort. »Remagen hat zum Tag der Demokratie aufgerufen, Infostände werben für Toleranz und Offenheit. An diesem Samstag fanden sich in Remagen ungefähr 100 Rechtsextreme zum alljährlich stattfindenden sogenannten Gedenkmarsch zusammen. Zum wiederholten Mal wollte man der Toten des Kriegsgefangenenlagers ›Goldene Meile‹ gedenken.«

»Seit wann marschieren die Rechten eigentlich in Remagen auf?«, wollte Franca wissen.

»Seit 2009 regelmäßig jedes Jahr. Das Ganze wurde ursprünglich angezettelt vom ›Aktionsbündnis Mittelrhein‹. Diese braune Horde mit Sitz in Ahrweiler.«

»Gibt's die immer noch?«, wunderte sich Franca.

»Nicht offiziell. Aber solche Typen verschwinden ja nicht einfach von der Bildfläche. Es wurde auch keiner verurteilt. Wenn du dich erinnerst: Der Mammutprozess gegen die ist seinerzeit ausgegangen wie das Hornberger Schießen. Das war denen natürlich Wasser auf ihre Mühlen.«

Franca erinnerte sich nur vage an diesen langwierigen Prozess, über den sporadisch in der Zeitung berichtet wurde. Sie nahm sich vor, die Zusammenhänge genauer zu recherchieren. Doch jetzt konzentrierte sie sich auf den Filmbeitrag.

»Mich wundert, dass viele Mundschutz tragen«, meinte sie überrascht. »Hätte ich nicht gedacht. Die sind doch gegen alles, was der Staat verordnet.«

Renate schnaubte. »Das hat sicher auch praktische Gründe. Dann brauchen sie sich nicht zu vermummen. Auch wenn sie ansonsten gegen die Maskenpflicht sind.«

»Der Protest war in diesem Jahr trotz Coronabedingungen breit und lautstark«, fuhr die Stimme aus dem Off fort. »Im gesamten Ort fanden unterschiedliche Gegenveranstaltungen statt, darunter eine Kundgebung auf dem Campus der Fachhochschule.«

Eingeblendet wurden die lang gezogenen Gebäude aus Beton und Glas des RheinAhrCampus, einer Dependance der Fachhochschule Koblenz. Davor hatte sich eine Menschenmenge versammelt.

»Als der Aufzug der Rechten am Campus vorbeizog, wurden diese von den Gegendemonstranten unterschiedlicher Antifa-Gruppen mit lauten Sprechchören empfangen ...«

Nun sah man den Präsidenten der Hochschule, der davon sprach, dass Remagen heute eine Stadt der Völkerverständigung sei, worauf man stolz sein könne. Man habe aus der Geschichte gelernt. Allerdings nicht alle, wie man einmal mehr erkennen könne. Er betonte, dass die Demokratie ein wertvolles Gut sei, das es zu schützen gelte. Gleichermaßen sprach er von Millionen von Menschen, die die Nazis in den Tod getrieben hätten. »Und die Anhänger dieser Nazis marschieren hier heute auf und verdeutlichen, dass sie deren Tun nach wie vor für richtig halten.«

»Wann war denn der Angriff auf Romy?«, wollte Franca wissen.

»Am Ende ging es richtig rund. Es gab mehrere verletzte Polizisten. Nicht nur Romina Weiss.«

Renate spulte ein Stück vor. Dann stoppte sie. »Das ist der letzte Redner.«

»Wir sind deutsche Männer und Frauen, die mit der momentanen Situation in unserem Land und auf der Welt unzufrieden sind. Wir sind der Meinung, dass die Politik der etablierten Parteien schädlich für unser Volk und unser Land ist, weil sie eine volksferne und oft auch volksfeindliche Politik betreiben. Wir möchten dies ändern und treten entschieden für deutsche Interessen ein.«

»Deutschland, Deutschland über alles«, bemerkte Franca sarkastisch.

»Jahr für Jahr gedenken wir der Toten«, fuhr der Redner fort. »Dies ist eine Anklage. Eine Anklage gegen die Fundamente, auf denen diese Republik aufbaut. Wir wissen, wie porös das Weltkriegsfundament der Bundesrepublik ist, das von dem bedingungslosen Schuldeingeständnis lebt. Wir aber zeigen die Wahrheit.«

Der Redner war ein Mann mittleren Alters, den die Umstehenden in regelmäßigen Abständen beklatschten. Die Kamera schwenkte über die Menschenmenge, zwischen denen Polizisten postiert waren.

»Was ist das denn für eine Pagode?« Franca zeigte auf ein Gebilde, vor dem sich die Gruppe versammelt hatte.

»Die *Schwarze Madonna*. Eine auf dem ehemaligen Lagergelände errichtete Friedenskapelle. Eigentlich in guter Absicht gebaut, doch zunehmend wird sie von den Nazis in Anspruch genommen.«

»Wie das?«

»Weil die Figur der schwarzen Madonna von einem Kriegsgefangenen gefertigt wurde, NSDAP-Mitglied, der als Künstler für die Nazis gearbeitet hat. Das hat man allerdings erst später rausgefunden. Seitdem wird diskutiert, ob das eine rechte Reliquie ist, die man besser entfernen sollte. Aber die Kapelle ist nun mal nach der Statue benannt. Daran siehst du, wie sich eine gute Absicht schnell in ihr Gegenteil verkehren kann.« Renate stellte Zeitlupe ein. »Das war die letzte Rede. Danach brach der Tumult los.«

Franca beobachtete aufmerksam das Geschehen. Zwischen einer Menschenmenge sah man eine Gruppe schwarz gekleideter Polizisten.

»Hier irgendwo dazwischen muss Romy sein.«

»Sag mal: Wer sind die Guten und wer die Bösen in diesem Gewimmel?«

»Tja, wenn man das so genau wüsste, das würde uns einen Haufen Arbeit ersparen«, antwortete Renate lakonisch. »Früher brauchten wir nur nach Glatzen und Bomberjacken zu sehen, doch das hat sich gewandelt. Manche von denen tragen Anzug und Schlips. Ist ja auch im Parlament zu beobachten.« Sie legte den Kopf schräg. »Es hieß, der Protestzug des linken Spektrums war wesentlich größer als der rechte. Hier siehst du.« Wieder betätigte sie das Pausenzeichen. Deutlich war auf einem Banner zu lesen: »NS-Verherrlichung stoppen!

Gegen Nazi-Aufmarsch und Opfermythos«. Renate ließ die Pausetaste los und zoomte das Bild heran. »Ich glaube, das hier ist sie.« Zwischen dem Menschengewimmel tauchte eine weibliche Gestalt in dunkler Polizeimontur auf. Den Helm trug sie unter dem Arm. Der Zopf hing ihr auf den Rücken. Als sie sich zur Kamera drehte, sah man für Sekundenbruchteile undeutlich das Profil.

»Bist du sicher, dass sie das ist?«

»Ich meine schon.« Renate hob die Schultern und ließ die Pausentaste los. »In dem Gerangel ist ja niemand wirklich deutlich zu erkennen.«

»Am Ende des so genannten Trauermarsches kam es zu Zwischenfällen, bei denen mehrere Teilnehmer verletzt wurden, darunter auch drei Polizisten«, kommentierte der Sprecher. Es folgte eine kurze Zusammenfassung der Geschehnisse. Dann wurde abgeblendet.

»Das ist alles?«, fragte Franca enttäuscht.

»Nee. Es gibt auch etliche Amateuraufnahmen. Bei so was zückt ja jeder gleich das Handy. Da hat sich einiges angesammelt.« Wieder tippte sie auf der Tastatur.

Die verwackelten Aufnahmen, die erschienen, waren offensichtlich mit einer Handykamera aufgenommen worden. Auch hier war die Menschenmenge zu sehen, sowie der letzte Redner, der vom Mikrofon zurücktrat. Und dann folgte das bereits bekannte unübersichtliche Gerangel.

»Das da ist sie wieder.« Die nächste etwas deutlichere Einstellung zeigte, wie eine Polizistin am Boden lag, etliche Kollegen standen um sie herum.

»Wie es dazu gekommen ist, sieht man leider nicht.«

»Wäre wirklich interessant zu wissen, wer sie niederge-schlagen hat. Gibt's keine Möglichkeit, das festzustellen?«

»Wir haben etliche Beiträge geprüft. Bis jetzt ist nichts Brauchbares herausgekommen.« Renate blickte Franca ins Gesicht. »Kennst du sie näher?«

»Ich weniger. Clarissa ist mit ihr befreundet. Deshalb ist die Sache so heikel.«

Auf Renates Stirn erschienen besorgte Querfalten. »Du meinst, weil man ihr nicht so recht glauben will, dass ihr die Dienstwaffe gestohlen wurde. Ist aber auch merkwür-dig, dass dieser Herzog mit ihrer Waffe erschossen wurde. Das LKA hat bereits deswegen nachgefragt.«

»Das LKA? Was wollten die denn?«

»Da hat man sich wiederum bedeckt gehalten.« Renate zog den Mundwinkel schief. »Jedenfalls wollte der LKA-Typ wissen, was dran sei an der Geschichte mit dem Waf-fenklau. – Hast du mit ihr darüber gesprochen?«

»Wann denn? Bin doch grade erst gekommen. Clarissa versucht jedenfalls andauernd, Romy telefonisch zu errei-chen. Hat bis jetzt nicht geklappt.«

»Tja. Was soll man davon halten?«

»Da fragst du mich was.« Franca hob die Schultern. »Sie selbst hatte angeblich keine Ahnung, was sich abge-spielt hat. Erst im Krankenhaus hätte sie bemerkt, dass die Dienstwaffe weg war. So hat es mir jedenfalls Cla-rissa erzählt.« Franca erhob sich. »Ich muss wieder. Vie-len Dank.«

»Aber gerne doch. Soll ich dir eine Zusammenstellung der Videos machen, die im Netz kursieren? Vielleicht ist ja doch irgendwo was deutlicher zu sehen.«

»Das wäre natürlich klasse.«

»Aber denk dran: Das meiste sind Schnipsel, die aus dem Zusammenhang gerissen sind. Das solltest du im Auge behalten.«

»Schon klar.« Lächelnd zog Franca die Tür hinter sich zu.

22. KAPITEL

Bad Breisig

»Frau Herzog?« Eine etwas unscheinbare Mittvierzigerin öffnete die Tür des einfachen, aber gepflegt wirkenden Reihenhauses. Ihre Kleidung war leger, die blonden Locken trug sie zu einem lockeren Pferdeschwanz zusammengebunden.

»Ja bitte?«

Ihr Gesichtsausdruck war neugierig-offen, dennoch bemerkte Clarissa die vielen Falten und den leicht verhärmten Zug um die schmalen Lippen und die hellen Augen.

»Clarissa Sonnenberg von der Kripo Koblenz.«

Sofort fiel ein Schatten über ihr Gesicht. Sie schien zu erstarren. »Ist es … wegen meines geschiedenen Mannes?«

Clarissa nickte. »Dürfte ich hereinkommen?«

Abrupt drehte sie sich um und lief voraus in ein kleines Wohnzimmer, das ein gemütliches graues Ecksofa mit vielen bunten Kissen darauf dominierte. Clarissa dachte daran, in wie vielen Wohnzimmern sie bereits im Laufe ihrer Berufsjahre gewesen war. Jedes war anders. So wie die Menschen, die sie bewohnten, alle anders waren.

Die Hausherrin deutete ihr mit einer Geste an, Platz zu nehmen.

»Wissen Sie schon, wer ihn umgebracht hat?« Das klang erstaunlich sachlich.

»Die Ermittlungen dauern an. Sie können sich sicher vorstellen, dass uns der Tod Ihres früheren Mannes einige Rätsel aufgibt«, begann Clarissa.

»Und da dachten Sie, fragen wir doch seine geschiedene Frau.« Das klang etwas bissig.

»Nun ja. Sie waren lange mit ihm verheiratet und haben vier Kinder mit ihm. Da kennt man einander ganz gut, oder nicht?«

Sie nickte knapp, presste die Lippen zusammen. Krampfte die Hände ineinander. Streckte den Rücken durch. War sichtlich auf Haltung bedacht.

»Was wollen Sie wissen?«

»Erzählen Sie, wie er so war.«

Sie räusperte sich. »Mein Mann ... also mein Ex-Mann hatte viele Facetten. Er konnte äußerst charmant sein. Und er war sehr eloquent. Mit dieser Masche hat er mich – nun ja – eingefangen.« Sie hüstelte. »Ich war jung und sehr verliebt. Da hat man zunächst nur Augen für die guten Seiten des anderen. Er wollte Kinder, viele Kinder. Das hat mir gefallen, weil ich das auch wollte. Das erste Kind kam schon bald nach der Hochzeit. Und Thorsten war der stolzeste Vater der Welt. Es war ein Sohn, wie es sich gehörte.« Während sie erzählte, tanzten ihre Hände lebhaft. Sie waren sehr gepflegt, die Fingernägel sorgfältig gefeilt und perlmuttrosa lackiert. An ihrem linken Ringfinger glänzte ein Weißgoldring mit einem Brillanten. Vielleicht war es aber auch ein Silberring mit einem Zirkonia. Jedenfalls sah er wertvoll aus.

»Danach kamen in kurzen Abständen die nächsten zwei, und ich hatte alle Hände voll zu tun. Die Kinder waren ziemlich lebhaft. Ich war sehr beschäftigt und habe wohl manches nicht so richtig mitbekommen.« Sie stockte kurz, legte den Kopf schräg. Eine lockige Strähne fiel ihr ins Gesicht, die strich sie nach hinten.

»Was haben Sie nicht mitbekommen?«

»Na, so einiges. Zum Beispiel, was er politisch trieb. Aber auch, dass er Verhältnisse mit anderen Frauen hatte.«

Clarissa hatte ihr aufmerksam zugehört. »War das der Grund für die Trennung?«

Frau Herzog schlug die Augen nieder und schüttelte den Kopf. »Ach, da gab es so vieles … Mit seiner Fremdgeherei hatte ich mich irgendwann arrangiert. Ich glaubte sogar, unsere Ehe sei mit einem weiteren Kind zu kitten. Weil er ja so kinderlieb war. Und mit den drei Großen ist er wirklich vorbildlich umgegangen, wenn er auch ein strenger Vater war.« Sie stockte.

»Und mit dem vierten war das anders?«, fragte Clarissa in das lange Schweigen hinein.

Frau Herzog schluckte hart. »Unser viertes Kind kam behindert zur Welt. Down-Syndrom. Das empfand mein Mann als persönliche Schande.« Sie verzog den Mund zu einem bitteren Lächeln. »Er wollte doch so gern eine rein-rassige Brut. Wertvolle Arier.«

»Das ist ja …« Clarissa erinnerte sich an den Inhalt des Sticks über Herzogs Großvater und dessen Nazi-Vergangenheit. »Das tut mir aufrichtig leid.«

Anneliese Herzog hob die Schultern. Sie sah hoch, den Blick voller Anklage. »Benni passte nicht in sein Weltbild. Doch ich hätte nie gedacht, dass er sein eigenes Kind …« Ihre Stimme brach.

»Wie gingen Sie ansonsten mit seinen politischen Ansichten um?«, tastete sich Clarissa an ihr eigentliches Anliegen heran.

Anneliese Herzog hatte sich gefasst. »Er war von Anfang an der Herr im Haus. Dagegen habe ich mich anfangs nicht gewehrt. Im Gegenteil, es gefiel mir, dass er der starke Mann war, der immer wusste, was zu tun war. Anfangs erschien er mir tatsächlich wie ein kleiner Gott.« Sie stieß ein Lachen aus, das wie ein Schnauben klang. »Das hat sich aber irgendwann vollkommen verändert. Doch er hat es wunderbar verstanden, mich zuzuquat-schen und mich davon zu überzeugen, dass seine Ansich-ten richtig sind und meine falsch. Aber nachdem Benni auf der Welt war, war mir klar, worauf ich mich einge-lassen hatte. Ihm ging es nicht um mich, sondern um die Kinder. Natürlich gesunde Kinder, die er in seinem Sinne abrichten konnte. Blonde und blauäugige Arier wollte er heranzüchten. Und mich hat er nach diesen Kriterien aus-gewählt. Je mehr ich darüber nachdenke, umso mehr bin ich davon überzeugt.«

Das schien in sich stimmig. Auch Marie Lehmann ist blond und blauäugig, dachte Clarissa.

»Unsere ersten drei Söhne passen ja auch wunderbar ins Bild. Doch dann kam der Störenfried. Unwertes Leben in seinen Augen, eine Missgeburt, die ich weggeben sollte.« Sie schüttelte den Kopf. »Da war bei mir endgültig Schluss. Ich gebe mein Kind doch nicht ins Heim. Benni ist so ein lieber Junge, so anhänglich. Er ist ein richtiger Sonnenschein. Ich bin froh, dass ich diese Entscheidung getroffen habe und einen endgültigen Schlussstrich zog. Seitdem geht es mir erheblich besser.« Wieder war die lockige Strähne ins Gesicht gerutscht, diesmal strich sie sie mit einer unwirschen Geste nach hinten. »Er hat dann schnell eine neue Familie gegründet. Mit einer 30 Jahre Jüngeren. Natürlich blond und blauäugig. Und hat ihr gleich ein Kind gemacht. Er wollte seine Zucht fortsetzen.«

Clarissa sah der Frau in die Augen, die voller Härte und Bitterkeit war. »Jetzt bin ich glücklicherweise den gesamten Rest der Herzog-Familie los. Seinen Großvater habe ich kennengelernt. Ein furchtbarer Mann.«

»Sie wissen, dass er Lagerarzt in KZs war?«

»Das haben Sie also schon rausgefunden.« Sie nickte bedächtig. »Ein strammer Nazi. Der alles verteidigte, was im Dritten Reich verbrochen wurde. Nach dem Krieg hat er ein Kinderkurheim in der Eifel geleitet. Ich kann mir gut vorstellen, dass die Kinder dort kränker herausgekommen sind, als sie hineingingen. Noch im Ruhestand arbeitete er als Kinderarzt. Auch an unseren Söhnen hat er sich versucht und wollte mir vorschreiben, wie ich sie zu erziehen habe. Unseren Jüngsten hat er glücklicherweise nicht mehr miterlebt. Ich weiß nicht, was ich da zu hören bekommen hätte.« Sie schwieg einen Moment, bevor sie weitererzählte. »Zucht und Ordnung, das war auch für

Thorsten das Wichtigste, darunter hatten unsere Kinder zu leiden. Stark sein sollten sie. Bloß keine Schwäche zeigen. Und natürlich keine Gefühle. Das wurde sofort als Schwäche ausgelegt. Hart wie Kruppstahl. Zäh wie Windhunde. Hitlers Maxime. Ja, er wollte seine Kinder abrichten wie Hunde.« Sie schluckte hart. »Als vermehrt Flüchtlinge nach Deutschland kamen, gab es heftige Diskussionen mit den Kindern, die bereits ihre eigenen Gedanken entwickelten, und die passten ihrem Vater überhaupt nicht. Es dürfe auf keinen Fall eine Umvolkung der Deutschen geben, hat er betont!« Sie schüttelte den Kopf. »Sein Fanatismus prägte sich immer mehr aus. Auch vor Gewalt schreckte er nicht zurück.«

»Hat er Sie geschlagen?«, fragte Clarissa.

Sie senkte den Kopf. »Schlimmer war, was er den Kindern angetan hat. Er machte ihnen unmissverständlich klar, dass er der Herr im Haus war und wir seine Befehlsempfänger. Alle hatten zu kuschen, wenn er kam. Das konnte nicht gut gehen.«

»Wie war es möglich, als Lehrer seine politische Haltung zu verbergen?«

Sie lachte auf. »Mein Mann war schon immer ein Opportunist. Vordergründig freundlich tun und schön den anderen nach dem Mund reden. Aber hinter ihrem Rücken intrigieren.«

»Glauben Sie wirklich, niemand hat etwas von seiner Einstellung bemerkt?«

»Ich weiß es nicht. Er galt als ultrakonservativ. Und das hat man akzeptiert.«

»Hatte er nach Ihrer Trennung Kontakt zu seinen Kindern?«

»Mit seinen drei gesunden, ja. Die hat er auch weiter versucht, in seinem Sinne zu beeinflussen. Aber die Kinder sind erwachsen und können denken. So haben sie sich manches zusammengereimt. Und haben offen gegen ihn opponiert. Das hat ihm natürlich nicht gefallen.«

Ein Gedanke schoss Clarissa durch den Kopf: Sollte etwa einer von Herzogs Söhnen seinen Vater umgebracht haben?

»Leben Ihre Kinder bei Ihnen?«

»Der Jüngste, ja. Die Großen sind aus dem Haus. Der älteste studiert in Amerika. Die beiden Jüngeren sind in Deutschland geblieben. Aber ziemlich weit weg. Ab und zu besuchen sie mich. Sie sind sehr anhänglich, darüber bin ich sehr froh.« Sie lächelte vor sich hin. Dann wurde sie ernst. »Der Tod ihres Vaters hat sie sehr getroffen. Trotz allem. Zur Beerdigung waren sie alle hier. Auch der Älteste, der in den USA lebt.«

»Frau Herzog. Hatte Ihr Mann Feinde?«

Sie lachte auf. »Klar hatte er Feinde. Wenn einer sich so benimmt wie er, kommt man ihm irgendwann auf die Schliche. Aber konkrete Namen kann ich Ihnen nicht liefern. In dieser Hinsicht war er mir gegenüber sehr schweigsam, weil er wusste, dass ich seiner Ideologie distanziert gegenüberstehe. Die Leute aus seinem direkten Umfeld werden Ihnen da nicht viel weiterhelfen können. Die haben's nicht so mit der Polizei.« Sie schaute Clarissa verständnisheischend an. »Haben Sie Dominik Niehoff schon befragt? Der könnte Ihnen einiges über Thorstens Aktivitäten berichten. Wenn er denn will.«

»Wer ist das?«

»Ein langjähriger Freund. Treu wie ein Hund. Manchmal hatte ich den Eindruck, er sei Thorsten hörig.«

Clarissa notierte sich die Adresse. Den Namen hatte sie schon einmal gehört. Sie würde in ihren Unterlagen nachsehen.

23. KAPITEL

Koblenz, Weindorf

Abends lud Franca Clarissa ins Weindorf ein, einem von idyllischen Fachwerkhäusern umrahmten Innenhof nahe dem Deutschen Eck. Oleander in Holzkübeln blühte üppig. Es war ein lauer Sommerabend. Sämtliche Tische waren besetzt. Die Gäste unterhielten sich angeregt. Früher war sie oft nach Feierabend hier gewesen, zusammen mit Hinterhuber und anderen Kollegen. Auch mit Clarissa hatte sie hier schon manchen Abend bei Riesling und Gerupftem ausklingen lassen. In dieser Idylle konnte man fast vergessen, dass immer noch weltweit die Pandemie wütete. Lediglich die Kellner mit ihrem Mundschutz erinnerten daran.

»Fast wie im Süden. Und fast wie früher.« Franca hob ihr Glas und probierte den Wein vom hauseigenen Weinberg. »Nicht schlecht«, meinte sie anerkennend. »Aber natürlich nichts gegen italienischen Pinot Grigio aus dem Trentino.« Sie nahm eine Scheibe Brot aus dem Körbchen und bestrich es großzügig mit Gerupftem.

»Nun erzähl mal, wie bist du dazu gekommen, dort unten ein Haus zu kaufen?«, wollte Clarissa wissen.

»Hat sich eben so ergeben.« Franca zuckte mit den Schultern. »Ich finde wirklich, man sollte sich im Alter was Verrücktes vornehmen. Bevor alles vorbei ist.« Sie schaute nach oben zum Himmel.

Clarissa verzog das Gesicht. »Wenn man dich so hört, meint man, du seist kurz vorm Abnippeln.«

»Na ja. Die Jüngste bin ich nicht mehr. Und der Besuch bei der Verwandtschaft hat mich daran erinnert. Dass ich nicht mehr so viel Zeit habe, meine ich. Sind ja nur noch ein paar Angehörige übrig. Hauptsächlich habe ich mich mit meinem Cousin Michele und seiner Familie getroffen.«

»Hast du dir das gut überlegt, dich dort häuslich niederzulassen? Du kannst doch gar nicht richtig Italienisch.«

»Das kann man lernen. Und im Land geht das sowieso schneller. Weißt du, auf der Fahrt ist mir sehr viel durch den Kopf gegangen. Und ich meine, nach der Pensionierung ist ein guter Zeitpunkt, mein Leben in andere Bahnen zu lenken. Dabei gleichzeitig meine Wurzeln zu erforschen.« Sie biss in ihre Brotscheibe und nahm einen tiefen Schluck von dem Riesling. »Im Grunde hängt doch alles davon ab, wer wir sind und was wir daraus machen.« Sie sah Clarissa eindringlich an.

»Hier bei uns ist es auch schön.«

»Schon, aber anders.«

Der Gerupfte, den sie sich geteilt hatten, war bald aufgegessen.

»Die Sache mit Romy geht mir nicht aus dem Kopf«, sagte Franca nach einer Weile. »Was weißt du eigentlich von ihr?«

»Romy ist eine waschechte Berlinerin. Hört man ihr auch noch ein bisschen an. Ihre Familie lebt dort. Ich finde, sie hat aber auch was Italienisches. Kann sein, dass unter ihren Vorfahren Italiener sind. Ich meine, sie hätte mal so was gesagt.«

»Die sind gar nicht so selten. Siehst du ja an mir.« Franca lachte. »Und wie lange ist sie schon hier?«

»Seit gut zwei Jahren, glaube ich. Jedenfalls kenne ich sie so lange.«

»Und so lange wohnt sie in Remagen?«

Clarissa schüttelte den Kopf. »Erst hat sie in einer winzigen Wohnung in Koblenz gewohnt. Das war ihr auf Dauer zu eng. Vor einem knappen Jahr ist sie nach Remagen gezogen. Dort seien die Wohnungen einigermaßen erschwinglich, meinte sie. Das war ein paar Monate, bevor das … mit dem Angriff passierte.«

»Und jetzt hängt sie dort fest. Und wird ständig daran erinnert? Stelle ich mir nicht so schön vor.«

»Die Nazis marschieren ja nur einmal im Jahr auf. Sonst ist es da eher friedlich.« Clarissa zuckte mit den Schultern.

»Hat sie mit dir über den ermordeten Nazi gesprochen?«

Clarissa schüttelte den Kopf. »Das letzte Mal, dass wir uns getroffen haben, war an dem Wochenende, bevor Herzog erschossen wurde. Seitdem weicht sie mir aus.«

»Wie? Genau an dem Wochenende? Kommt dir das nicht merkwürdig vor?« Franca beobachtete Clarissa.

»Fängst du jetzt auch damit an?«, blaffte Clarissa, der die Frage sichtlich unangenehm war.

»Man macht sich halt so seine Gedanken. Und seit über einem halben Jahr ist sie dienstunfähig? Der muss doch die Decke auf den Kopf fallen. Was hat sie denn während der ganzen Zeit gemacht? War doch Lockdown.«

»Sie sagt, sie sei viel spazieren gegangen, habe die Gegend erkundet.«

»Na, da war sie ja bald mit durch.« Franca lachte etwas gezwungen.

Clarissa fuhr sich durch die rote Mähne. »Ich gebe ja zu, dass ich mir Sorgen um sie mache. Zumal sie bei unserem letzten Zusammensein ordentlich mit ihrer Berufswahl gehadert hat.«

»Tun wir das nicht alle irgendwann mal? Was glaubst du, wie oft ich mich schon gefragt habe, ob ich das Richtige tue.«

»Und? Tust du das Richtige?«

»In diesem Augenblick ja.« Franca kicherte und lehnte sich zurück. Ließ den Blick schweifen über die üppig blühenden Oleanderbüsche, die lebhaften Menschen, die Fachwerkhäuser. Und dachte daran, wie oft sie sich hier nach Feierabend mit Hinterhuber die Köpfe heiß geredet hatten. Auch wenn sie unterschiedlicher Meinung waren, hatte es nie einen unversöhnlichen Disput gegeben. Eine Demokratie muss andere Meinungen aushalten können, das war Hinterhubers Credo. Doch manchmal war es für sie schwer gewesen, konträre Meinungen auszuhalten. Besonders wenn sie von unverbesserlichen Machos ausgesprochen wurden. Ganz am Anfang hatte sie Hubi als einen solchen eingeschätzt. Doch je mehr sie sich mit ihm auseinandersetzte, umso besser hatte sie ihn und seine Argumentationsweise verstanden. Zum Schluss waren sie richtig gute Freunde geworden.

Es war schade, wie sich alles veränderte. Doch es war auch schön, dass es Überraschungen gab. Wer hätte gedacht, dass sie bald im Trentino die Sommerabende genießen würde.

»Das Letzte, was mir Romy geschickt hat, waren Mails mit Links zu der momentanen Entwicklung über die Gewaltbereitschaft gegenüber Polizisten. Ich muss zugeben, mir macht diese zunehmende Respektlosigkeit auch Angst«, sagte Clarissa. »Da kannst du Polizisten niederschlagen, bespucken und was nicht alles. Und was passiert? Oftmals kommt es nicht mal zu einem Verfahren.«

»Unser Beruf wird immer gefährlicher.« Franca seufzte. »Es ist nicht von der Hand zu weisen, dass das gesellschaftliche Klima rauer geworden ist. Wir sind der Feind.«

»Die Zahl derjenigen, die Autoritäten nicht anerkennen, ist nachweislich größer geworden. Und von wegen: alles Ausländer. In den meisten Fällen sind Deutsche die Täter.«

»Und fast ausschließlich Männer«, fügte Franca hinzu.

»Vielleicht sind unsere Gesetze wirklich zu lasch und solche aggressiven Typen fühlen sich nicht mehr abgeschreckt.«

»Im Gegenteil. Die fühlen sich regelrecht ermutigt.«

»Ja, als Polizist muss man so manchen Stich aushalten können und ziemlich robust sein. Wenn du das nicht bist, wird es gefährlich.«

»Und deswegen bin ich froh, dass ich bald im beschaulichen Trentino leben werde.« Franca hob lächelnd ihr Glas.

*

Notizen Remo Weiss

*Direkt neben dem Zigeunerlager befand sich der Kran-
kenbau. Oft sah ich Menschen dort hineingehen mit
Augen wie verschreckte Tiere. Es hatte sich herumge-
sprochen, dass Doktor Mengele dort eine Versuchssta-
tion hatte. Wir hörten davon, dass die Ärzte Jungen zu
Mädchen machten. Oder dass sie ihren Versuchspersonen Spritzen verabreichten – mitten ins Herz. Viele starben. Dann nahmen sie sich Sachen von den Leichen und
machten damit Experimente, bevor das, was von ihnen
übrig war, auf den Leichenberg direkt hinter dem Kran-
kenbau geworfen wurde.*

*Haben die Ärzte dort tatsächlich Menschenversuche
durchgeführt? Ich wollte diesen Gerüchten lange Zeit keinen Glauben schenken. Bis ich selbst auf die Krankenstation beordert wurde.*

*Dort befahl man mir, mich auf eine Pritsche zu legen.
Doktor Mengele sprach freundlich auf mich ein und strich
mir sanft über den Kopf. Sagte: »Wir müssen dich unter-
suchen. Du brauchst keine Angst zu haben.«*

*Ein anderer Mann in einem weißen Kittel hielt mich fest.
Das war einer seiner Assistenten, dem die Bosheit aus den
Augen leuchtete. Schwarzer Peter nannten ihn die anderen.
Für mich war es Obengt, der menschgewordene Teufel. Er
hatte Hände wie Schraubstöcke. Ich spürte den Schmerz
bis zum Herzen hinauf.*

*Es tat höllisch weh. Blut lief aus mir raus und ich
krampfte am ganzen Körper. Mir wurde schwarz vor den
Augen. Ich dachte, ich müsste sterben. Doch ich starb nicht.
Ich blieb am Leben.*

Bis heute weiß ich nicht, was sie dort mit mir veranstaltet haben. Aber den Schmerz werde ich mein Leben lang nicht vergessen.

Ich habe das noch nie jemandem erzählt. Und auch jetzt, da ich dies aufschreibe, spüre ich sofort wieder diesen Wahnsinnsschmerz.

Heute ist mir klar, dass ich einer von Doktor Mengeles Versuchspersonen war. VP, von dieser Abkürzung hatten wir gehört. Doch was sich genau dahinter verbarg, war mir nicht bekannt. Nun wusste ich es.

Die Gesichter dieser so genannten Ärzte haben sich mir tief ins Gedächtnis gebrannt. Ebenso wie ihre Namen. Doktor Josef Mengele und sein Assistent Doktor Peter Herzog.

Jeden Tag hatte ich Angst, dass ich wieder auf die Krankenstation zitiert werden würde und noch einmal diesen höllischen Schmerz aushalten musste. Die Angst, die täglich schlimmer wurde, vernebelte mein Gehirn. Und ließ immer weniger Hoffnungsstrahlen durchschimmern.

24. KAPITEL

Remagen

So oft schon hatte sie in dem grünen Büchlein gelesen, hatte jedes Mal den Schmerz ihres Großvaters tief in ihrer Seele gespürt. Konnte mitverfolgen, wie er im Lager litt, wie er Hunger und unsägliche Qualen aushielt. Und wie er sich immer wieder fragte: Warum tut man uns das an? Was ist falsch an uns, dass man uns derart behandelt?

Weshalb behauptet man, wir seien primitiv und asozial, erbbiologisch minderwertig, geborene Verbrecher, die sich an keine Gesetze halten. Sie kennen uns doch gar nicht!

Ein Satz brannte sich besonders tief in Rominas Herz: »Bevölkerungsbiologisch gesehen ist die Entstehung neuer Bastarde die schwerwiegendste Folge der fürsorgerischen Erziehung von Zigeunern und Zigeunermischlingen.«

Der Satz hatte mit ihr zu tun. Nach dieser Definition war sie ein Bastard. Er hatte mit dem zu tun, wie ihr manche Menschen begegneten, er hatte damit zu tun, wie sich das Klima in Deutschland veränderte. Er hatte damit zu tun, dass es Menschen gab, die noch genauso dachten wie Doktor Ritter und Eva Justin, die nach dem Krieg unbehelligt ihre abstrusen Forschungen fortführen konnten.

Als es an der Haustür klingelte, schreckte sie regelrecht auf. Sie schlurfte zur Tür. Blickte durch den Spion. Draußen stand ein ihr unbekannter Mann. Wahrscheinlich ein Vertreter. Der hatte ihr gerade noch gefehlt. Sie trug eine ausgebeulte Jogginghose und ein fadenscheiniges T-Shirt. Außerdem hatte sie länger nicht geduscht, die Haare hingen strähnig herunter. In diesem Aufzug wollte sie auf keinen Fall vor die Leute treten. Am besten, sie machte erst gar nicht auf.

Doch schon wieder drückte der Mann auf die Klingel. Diesmal energischer. Dann klopfte er ungeduldig an die Tür.

»Frau Weiss?«, rief eine Stimme, die offenbar gewohnt war, Befehle zu erteilen. »Romina Weiss. Bitte machen Sie auf.«

Er wusste ihren kompletten Namen! Das Herz blieb ihr stehen. Verworrene Gedanken schwirrten ihr durch den Kopf. Sollte sie etwa abgeholt werden? So wie man einst ihre Familienmitglieder abgeholt hatte? Nein, das konnte nicht sein. Wir leben schließlich in einem Rechtsstaat. Aber gab es nicht zahlreiche Beweise, dass der Rechtsstaat es mit den Rechten seiner Bürger nicht so genau nahm?

Der hartnäckige Besucher ließ ihr keine Wahl. Rief mehrmals ihren Namen. Begleitet von einem lauten, ungeduldigen Klopfen.

Vorsichtig öffnete sie die Tür einen Spalt.

»Na endlich.« Vor ihr stand ein gepflegter Mann mittleren Alters im hellen Sommeranzug, der spöttisch die Augenbrauen hochzog. Die Farbe seines hellblauen Hemdes schien auf seine Augenfarbe abgestimmt. Er sah an ihr herunter mit genau so einem Blick wie sie erwartet hatte: abschätzig.

»Giso Reichel, LKA«, stellte er sich förmlich vor und zeigte ihr seinen Dienstausweis. »Ich darf hereinkommen.« Das war keine Frage, das war eine Anweisung.

»Entschuldigen Sie bitte meinen Aufzug«, sagte sie unterwürfig, während sie zur Seite trat. »Ich habe nicht mit Besuch gerechnet. Ich bin krank. Mir geht es nicht gut.«

»Das ist mir bekannt. Aber manche Dinge lassen sich nun mal nicht aufschieben.« Ohne ein weiteres Wort ging er an ihr vorbei ins Wohnzimmer. Nahm unaufgefordert Platz. Und strahlte eine ungeheure Selbstsicherheit aus.

»Dürfte ich fragen, warum Sie mich privat und ohne Voranmeldung besuchen?« Sie versuchte, ihrer Stimme einen festen Ton zu verleihen.

Er grinste etwas anzüglich. »Klar dürfen Sie. Aber ich bin derjenige, der hier die Fragen stellt. Und ich erwarte Antworten. Klare Antworten.«

Sie war stehen geblieben. Spürte den heftig ansteigenden Puls in ihren Ohren.

»Wollen Sie sich nicht setzen?«, forderte er sie auf. »Es könnte länger dauern.«

Was um Himmels willen wollte dieser Mann von ihr? Sie fühlte sich immer unbehaglicher. Ein plötzliches Flimmern von den Augenrändern her setzte sich als dumpfer Druck in den Schläfen fort. Ohne ihn aus den Augen zu lassen, nahm sie ihm gegenüber Platz. Neben seiner gepflegten Erscheinung kam sie sich noch schäbiger vor.

Sie sah deutlich die Verachtung in seinen Augen. Strich sich unwillkürlich eine Strähne aus dem Gesicht. Allein durch seinen Blick gab er ihr das Gefühl, ein Nichts zu sein. Eine Kreatur, über die er längst sein Urteil gefällt hatte. Der dumpfe Druck hatte sich inzwischen hinter der Stirn eingenistet.

Selbstgefällig lehnte ihr Gegenüber sich auf dem Sessel zurück, faltete die Hände vor seinem nicht vorhandenen Bauch.

»Ich will gleich zur Sache kommen«, begann er. »Im November letzten Jahres haben Sie Ihre Dienstpistole als gestohlen gemeldet. Ist das richtig?«

Sie räusperte sich. Blinzelte. Fühlte sich in die Mangel genommen. »Ja, das habe ich ordnungsgemäß gemeldet.«

»Ob das ordnungsgemäß war, darüber lässt sich streiten. Schildern Sie mir doch bitte ganz genau, wie das passiert ist.«

Sie rieb sich über Augen und Stirn. »Das habe ich doch alles den Kollegen in Koblenz gesagt. Es gibt darüber einen ausführlichen Bericht.«

Er nickte und strich sanft mit Mittelfinger und Daumen über den gepflegten Drei-Tage-Bart. »Der liegt mir natürlich vor. Es gibt da aber einige Unklarheiten. Insofern möchte ich von Ihnen wissen, wie sich die Sache genau abgespielt hat.« Er fixierte sie mit seinen irritierend blauen Augen, beugte sich vor. »Wer hat Ihnen die Dienstpistole entwendet, Frau Weiss?«

»Das weiß ich nicht. Ich wurde von hinten niedergeschlagen und war kurzzeitig ohnmächtig. Danach habe ich bemerkt, dass meine Dienstpistole fehlte.« Sie merkte selbst, wie krächzig sich ihre Stimme anhörte. Ihr Herz klopfte zum Zerspringen.

»Wie lange danach?«

»Als ich im Krankenhaus war.«

Mit einer ungeduldigen Handbewegung forderte er sie auf weiterzureden.

»Es es … war ein fürchterliches Gerangel. Gegnerische

Parteien gingen aufeinander los, und einige meiner Kollegen und ich waren mittendrin.« Ihr Mund war trocken. Der Schmerz hinter der Stirn schier unerträglich.

»Wieso trugen Sie keinen Helm?«, fragte er lauernd.

»Ich ... ich hatte den Helm stundenlang getragen. Die Demo war eigentlich vorbei ... da habe ich ihn abgenommen ...«

»Obwohl es ein Gerangel gab?«

Er sah sie an, als ob er ihr kein Wort glaubte.

»Das war nicht abzusehen. Sie wissen doch selbst, wie das ist ... da denkt man ...«

»Ja – was denkt man? Denkt man überhaupt?«

Diese hochgezogene Augenbraue. War das ein arrogantes Arschloch. Kam sich wohl großartig vor in seiner Herrenmenschenattitüde. Sie versuchte, sich zu sammeln. Ihm mit klaren Worten zu begegnen.

»Ich war nicht die einzige verletzte Polizistin, wie Sie sicher wissen. Der Tumult war plötzlich entstanden, wir ... oder besser gesagt, ich konnte das nicht vorhersehen. Der Angreifer kam von hinten. Logischerweise habe ich ihn nicht gesehen. Und da ich zwischendurch ohnmächtig war, habe ich einiges nicht mitbekommen. In dieser Situation muss mir der Täter die Waffe entwendet haben.«

Sein eisiger Blick war undurchdringlich.

»Gut, das klingt nachvollziehbar, Frau Weiss. Dass Sie verletzt wurden, steht außer Frage. Das tut mir auch leid. Aber ...« Er wiegte mit dem Kopf, »wir haben uns Ihre Schilderungen genau angesehen. Da gibt es ein paar Ungereimtheiten. Es besteht der Verdacht, dass Ihnen die Dienstpistole nicht abhandenkam, wie von Ihnen gemeldet.«

Sie hob die Hände, wollte protestieren, doch er ließ sie nicht zu Wort kommen, »wir sind vielmehr der Überzeugung, Sie waren weiterhin im Besitz Ihrer Dienstpistole, die Sie als gestohlen meldeten. Denn genau mit dieser Pistole ist ein Mensch ermordet worden.«

Sie starrte ihn ungläubig an. »Wie bitte?« Sie blinzelte. »Wieso denken Sie so etwas? Das ist ja ...« Sie schnappte nach Luft. Konnte überhaupt nicht fassen, was der Mann gerade gesagt hatte.

Was ging hier vor?

Eine Schlagzeile, die sie kürzlich gelesen hatte, blitzte vor ihrem geistigen Auge auf: »Ihren Großvater hat man in Auschwitz vergast. Jetzt tötet man die Enkelin.«

Ein stechender Schmerz zuckte durch ihren Körper und fuhr ihr bis zum Herz. Albtraumartige Bilder rasten durch ihren Kopf. Sie sah Menschen, die aus ihrem friedlichen Leben weggezerrt wurden. Hinein in die Hölle. Und sie war mittendrin. Niemand war da, der ihr zu Hilfe kam.

Wie aus weiter Ferne hörte sie eine Stimme: »Frau Weiss, ich bitte Sie eindringlich, mir ganz genau und wahrheitsgemäß zu schildern, was sich bei dieser Demonstration in Remagen abgespielt hat.«

25. KAPITEL

Polizeipräsidium Koblenz

Der Alltag hatte wieder begonnen. Franca war die Leitung des Falles übertragen worden. »Wahrscheinlich Ihr letzter«, hatte der Chef schmunzelnd gesagt. »Da können Sie sich nochmal richtig ins Zeug legen.«

Das genau hatte sie vor. Obwohl das Brock nicht gefallen würde, dass sie ihm die Zügel aus der Hand nahm. Das gab höchstwahrscheinlich böses Blut.

Am kommenden Morgen war sie eine der Ersten im Präsidium.

Mit bangem Blick schaute sie in ihr Körbchen, das überquoll und zu klein war, um alles aufzunehmen, was sich dort angesammelt hatte. Das abzuarbeiten, würde dauern.

Obenauf lag die Ermittlungsakte zum aktuellen Fall, in der sie als Erstes zu blättern begann. Sie schaute Hinweise und Notizen durch, überflog Protokolle und Zeugenvernehmungen. Sah sich die Bildmappe an. Die Akte war ziemlich angewachsen in der kurzen Zeit. Schlimm, dieser bürokratische Aufwand jedes Mal. Aber alles war ordentlich sortiert und abgeheftet. Die Spreu vom Weizen getrennt. Clarissa hatte einen guten Job gemacht. Fleißarbeit pur.

Der Tatablauf war haarklein rekonstruiert. Die Spurenlage sauber aufgeführt. Aufmerksam ging sie den Tatortbericht durch und widmete sich anschließend dem Obduktionsergebnis.

Thorsten Herzog war in den frühen Morgenstunden des 16. Juni aus nächster Nähe mit einem Schuss in den Hinterkopf niedergestreckt worden. Ein selbst gebastelter Schalldämpfer aus einer mit Draht gefüllten PET-Flasche hatte offensichtlich verhindert, dass der Schuss weithin zu hören war. Bei dem Täter musste es sich um einen geübten Schützen handeln. Die Art der Tatausführung sprach dafür, dass er genau wusste, was er tat. Er musste gut mit einer Waffe vertraut sein.

In Gedanken ging sie Szenarien durch, die mit diesen Fakten möglich waren. Sportschützen fielen in diese Kategorie. Bundeswehrsoldaten. Und natürlich Polizisten. Also war es nur konsequent, dass Romina ins Visier geraten war. Das musste gründlich untersucht werden.

Fotos der Tattoos auf den Unterschenkeln lagen bei. Der hatte es aber wörtlich genommen mit seiner Gesinnung, die man sich auf den Leib schreibt. 444. Deutschland den Deutschen. Klang wie eine Drohung.

Sie besah sich den beruflichen Werdegang von Thorsten Herzog. Nach dem Abitur hatte er die Offizierslaufbahn angestrebt. Nach seiner Soldatenzeit studierte er Lehramt. Eine ziemliche Umstellung. Als Deutsch- und Geschichtslehrer war er an mehreren Schulen tätig gewesen. Politische Aktivitäten waren keine verzeichnet. Er hatte es offensichtlich verstanden, diese geheim zu halten. Oder man hatte wieder mal das rechte Auge allzu sehr zugedrückt.

Die Tür ging auf. »Oh, schon da«, wurde sie von Clarissa begrüßt. »Es hat sich nichts geändert. Wie immer bist du die Erste. Egal, wie früh die anderen sind.«

»Du kennst doch das Sprichwort vom frühen Vogel und

vom Wurm.« Franca lachte. »Tolle Arbeit.« Sie klopfte auf die vor ihr liegende Akte. »Alle Achtung. Ich hätte es nicht besser machen können.«

»War das jetzt ein Lob?« Clarissa setzte sich feixend an ihren Schreibtisch.

»Was sonst? Hör mal, ich würde mir gern nach der Besprechung den Tatort ansehen. Ist immer was anderes, wenn man direkt davor steht. Und vielleicht können wir dann bei Romina vorbeischauen. Sie wird uns wohl nicht vor der Tür stehen lassen. Was meinst du?«

Clarissa zuckte die Schultern. »An mir soll's nicht liegen.«

»Schön, dass du wieder da bist, liebe Franca, wir haben dich sehr vermisst.« Brocks Stimme klang süffisant, so wie man es von ihm kannte.

Franca verzog das Gesicht. »Wie kommt es, dass ich dir das so gar nicht glauben kann?«

Verhaltenes Gelächter. Es war allzu offensichtlich, dass Brock ihr die Übertragung der Leitung dieses Falles missgönnte.

»Ihr habt alle gute Arbeit geleistet«, gab sie sich versöhnlich, sah freundlich in die Runde und begegnete erwartungsvollen Blicken.

»Wenn wir da nicht nebenbei einem hochrangigen Rechtsradikalen auf die Spur gekommen sind«, sagte Brock und gab sich betont sachlich. »Was wir in seinem Nazikeller gefunden haben, spricht jedenfalls Bände. Angefangen von gerahmten Hitler-Bildern und knackigen Sprüchen auf Postern. So richtig zum Wohlfühlen. Alles, was das Naziherz begehrt. Eine umfangreiche Bibliothek mit entsprechender Literatur war auch dabei. Auch ›Mein Kampf‹. Natürlich die verbotene unkommentierte Ausgabe.«

Franca fiel ein, dass Brock mal ein Disziplinarverfahren am Hals hatte. War das nicht im Zusammenhang mit Rechtsradikalismus? »Ich dachte, dir gefällt so was?« In dem Moment, als sie das sagte, hätte sie sich am liebsten auf die Zunge gebissen.

»Das habe ich jetzt nicht gehört«, antwortete Brock scharf und zog die Augenbrauen zusammen.

»Entschuldige. Ich wollte dir nicht zu nahe treten. Bin wohl ein wenig überreizt.«

Nach einer kurzen Unterbrechung fuhr Brock fort. »Zu der Auswertung der USB-Sticks und der Festplatte, die wir in einem Wandversteck gefunden haben, kann uns Renate sicher einiges erklären.«

Die Angesprochene nickte. »Und zum Inhalt des Laptops.«

»Moment mal.« Brock stutzte. »Laptop? Wir haben keinen Laptop gefunden. Obwohl wir mehrmals danach gefragt haben.« Er wandte sich an Clarissa: »Sag du denen, dass in der gesamten Wohnung kein Laptop war.« Brocks Gesicht verfärbte sich. »Den muss jemand nachträglich dort abgestellt haben.«

Sie nickte. »Das kann ich bestätigen.«

»Komisch«, ließ Frankenstein vernehmen. »Das Ding war nicht zu übersehen. Stand in diesem Kellerraum. Mitten auf dem Schreibtisch.«

»Dann muss jemand das Siegel geöffnet haben.«

»Es sieht tatsächlich so aus, als habe jemand ordentlich den Laptop manipuliert«, bemerkte Renate. »Es wurde einiges gelöscht. Vielleicht von Herzog selbst.«

»Oder von seiner Frau?«

»Uns gegenüber hat sie behauptet, der Kellerraum war ausschließlich Herzogs Refugium. Da durfte niemand rein. Auch sie nicht.«

»Ts, man weiß ja, was man von solchen Schutzbehauptungen zu halten hat.«

»Spekulationen helfen uns nicht weiter, wie ihr wisst. Konzentrieren wir uns also auf die Fakten.«

In der immer hitziger werdenden Diskussion blieb Renate sachlich. »Wir haben natürlich noch nicht alles rekonstruiert. Aber da ist einiges Hochbrisante dabei. Für mich sieht es so aus, als habe Herzog einen Umsturz vorbereitet. Das hat er sicher nicht allein getan. Aber konkrete Namen von Mittätern haben wir noch nicht entschlüsselt.«

»Kannst du das näher erläutern?«

»Ich brauche euch ja nicht zu erzählen, dass den Rechtsextremen unsere Demokratie nicht gefällt. Da ist dieser Herzog nicht der Einzige. Die wollen ein totalitäres System mit einem Führer wie zu Adolfs Zeiten. Die alte Ordnung wiederherstellen, die sie für die einzig richtige halten. Da müssen alle ausgeschaltet werden, die dieses Ansinnen stören.«

»Stimmt. Ein Schnellhefter mit Namenslisten und Privatadressen lag auf dem Schreibtisch«, sagte Clarissa.

»Das ist noch nicht alles. Es gibt einen Stick mit weiteren Listen. Da sind wir dran«, ergänzte Renate.

»Was für Listen?«

»Namen von Schulen und Freizeiteinrichtungen. Die Abkürzungen und Zahlenkolonnen konnten wir bis jetzt nicht entschlüsseln. Wie gesagt, die Zusammenhänge müssen wir noch herausfinden.«

»Ich war bei seiner geschiedenen Frau«, sagte Clarissa.

»Da gab es einen Großvater, der war SS-Mitglied und Nazi-Arzt…« In diesem Moment klopfte es. Der Durchläufer streckte seinen Kopf mit dem Haarknoten am Hinterkopf herein. »Tschuldigung, dass ich so spät bin, aber ich habe was Wichtiges herausgefunden.«

Alle sahen Karsten Merkel fragend an.

»Ich habe in den sozialen Netzwerken geforscht. Das war sehr ergiebig.«

Er setzte sich neben Franca. »Soll ich beginnen?« Er strotzte sichtlich vor Tatendrang. Sie gab ihm ein Zeichen.

»Thorsten Herzog war in den sozialen Netzwerken unter anderem Namen aktiv. Sein Fakeprofil fungiert unter Langolf Heydrich.«

»Heydrich? Wie dieser Ober-Nazi?«

Er nickte. »Dieser Name war seine zweite Identität. Und Reinhard Heydrich sein großes Vorbild. Unter diesem Namen hat er nicht nur gechattet, sondern auch einige Aufsätze in einschlägigen Nazi-Publikationen veröffentlicht. *Combat 18*. Sagt euch vielleicht was. Pädagogisch äußerst wertvoll.« Er schnaubte. »Und auf seinem Fake-Account hat er seine Thesen verbreitet. Die sind viel beklatscht worden, aber natürlich nicht immer auf Gegenliebe gestoßen. Insbesondere ein User namens Nico Lausi hat sich immer wieder heftig mit ihm angelegt. Ich glaube, ich bin auf eine richtig heiße Spur gestoßen.« Seine Worte waren voller Eifer.

»Nico Lausi, sehr originell.« Jemand begann zu kichern.

»Der ist Herzog im *Facebook*-Chat massiv angegangen. Hat ihm sogar den Tod gewünscht. Und wir wissen allzu gut, dass auf Worte Taten folgen.« Karsten Merkel schaute Beifall heischend in die Runde.

»Trotz allem solltest du den Konjunktiv benutzen«, korrigierte Franca. »Wenn jeder töten würde, der das in irgendeiner Weise ankündigt, hätten wir nur noch Leichen um uns herum.«

»Ja. Schon. Aber das hier spricht eine eindeutige Sprache: Er kannte Herzogs Klarnamen und Adresse. ›Ich weiß, wo du wohnst.‹ Das hat er einen Tag vor dem Mord gepostet.«

Durch die Runde ging Gemurmel.

»Jetzt müssten wir wissen, wer dieser Nico Lausi ist.« Brock lehnte sich zurück und faltete die Hände vor seinem Bauch.

»Wissen wir«, das klang triumphierend. »Ich habe seine wahre Identität rausgefunden: Sein richtiger Name ist Kai Nicolay. Student am RheinAhrCampus, also an der Remagener Fachhochschule. Einer der Gegenaktivisten der alljährlich stattfindenden Trauermärsche. Und«, Karsten Merkel hielt die Luft an, sah bedeutungsvoll in die Runde. »Dunkelhäutig und schwul. Passt also haargenau ins Feindbild von Herzog.«

Es entstand ein Aufruhr.

»Diesen Kai Nicolay hat Herzog mehrfach als ›Bimbo‹ und ›schwarze Schwuchtel‹ betitelt. Und Nico Lausi, also Kai Nicolay, hat ihm daraufhin ordentlich Kontra gegeben. Die haben sich wahre Wortkriege geliefert. Den Chatverlauf kann ich euch komplett vorlegen.«

Oh Gott, bitte nicht, dachte Franca. Lass diesen Nico Lausi nicht der Täter sein. Das wäre Wasser auf die Mühlen der Neonazis.

»Vielen Dank, Karsten, das hört sich wirklich nach einer interessanten Spur an. Trotzdem sollten wir wachsam bleiben, die Dinge liegen vielleicht vollkommen anders. Wir dürfen uns nicht blenden lassen.«

*

Notizen Remo Weiss

Gibt es Gerechtigkeit für uns? Das habe ich mich oft gefragt. Ich sehe auf die Stelle an meinem Arm, wo die Nummer mit dem Z davor eintätowiert ist. Sie wird ewig auf meiner Haut bleiben.

Zickzack, Zigeunerpack! Das klingt mir immer noch in den Ohren. Die Stimmen sind lauter geworden, seit ich alles aufzuschreiben versuche.

Vielleicht ist es manchmal wirklich besser, sich nicht allzu genau zu erinnern. Es kostet zu viel Kraft, dem Schlimmsten ins Auge zu sehen, was man Menschen antun kann.

Aber da ist auch Dankbarkeit. Ich wurde gerettet. So viele andere wurden es nicht.

Noch genau erinnere ich mich an den Tag, als fremde Soldaten die Tore des Konzentrationslagers öffneten, ich war ein mit Haut überzogenes Skelett.

Wir wurden aus der Hölle befreit. Später erfuhr ich, dass 70 Verwandte von mir in Auschwitz umgebracht wurden. Allen voran meine Mutter und meine Geschwister, etliche Onkel, Tanten, Cousins und Cousinen. Entweder waren sie sofort ins Gas geschickt worden. Oder sie mussten bis zum Umfallen schuften. Oder sie wurden krank. Die Todesmaschinerie kannte viele Möglichkeiten.

Insofern habe ich Glück gehabt, dass man mich am

Leben ließ. Aber ich frage mich oft, ob das wirklich Glück war. Denn ich fühle mich schuldig, dass ich überlebt habe und sie nicht. Und sie fehlen mir, alle. Mir fehlen die gemeinsamen Feste, bei denen wir unsere Lieder sangen. Mir fehlen die Menschen, von denen nur noch Fotos existieren. Schwarz-Weiß-Bilder, mit gezackten Rändern, von denen ich einige wenige gerettet habe.

Manchmal, wenn ich die Fotos betrachte, weiß ich nicht, wie es mir möglich war, Auschwitz überstanden zu haben.

26. KAPITEL

Remagen

Ihr Herz klopfte heftig. Die Zunge klebte am Gaumen. Durch ihren Kopf flirrten unvollständige Bilder, die nicht zueinander passen wollten, sich überlagerten und ineinanderflossen. Schwer atmend sah sie nach draußen. Hinter dem Fensterglas herrschte schönstes Sommerwetter. Kein Wölkchen trübte den blauen Himmel. Die Blumen im Garten blühten, die Bäume trugen Früchte. Und sie kauerte erstarrt in ihrer Sofaecke und wusste weder ein noch aus. Man verdächtigte sie, einen Mord begangen zu haben. Mit ihrer Dienstpistole. Es war unfassbar.

Asoziale Kriminelle. Tagediebe. Bettelvolk. Zickzack Zigeunerpack!, hallte es in ihren Ohren.

Bezeichnungen, irgendwo aufgeschnappt oder gelesen schwirrten ihr durch den Kopf, verdichteten sich zu einer großen Anklage. Man hatte sie im Visier. Weil sie eine Sinteza war. Eine Zuordnung, aufbewahrt in ihrer Personalakte. Deutscher Gründlichkeit geschuldet. Es kommt alles wieder, Großvater, dachte sie. Die Menschen haben nichts dazugelernt. Zu tief stecken die rassistischen Klischees in ihren Köpfen fest. Hinter ihren toleranten Fassaden lauert noch immer der Herrendeutsche mit schlimmen Vorurteilen im Kopf, auch wenn man nach außen hin hoch und heilig versicherte, man sei ja so tolerant. Gegenüber den Juden. Gegenüber Flüchtlingen. Gegenüber denen, die sie Zigeuner nennen. Doch man braucht sich nur mal gewöhnliche Stammtischgespräche anzuhören, da weiß man, wie der Deutsche tickt.

Opa, du hattest ja so recht! Sie vergrub das Gesicht in ihren Händen. Was mir wohl noch bevorsteht? Darauf hoffen, dass mir irgendwer Glauben schenkt, kann ich wohl nicht. Und wenn sie keine Beweise haben, dann drehen sie die Dinge um und machen sie passend.

Sie trat vor die kleine Nische. Ihr Blick wurde auf die Taschenuhr ihres Großvaters gelenkt. Sie klappte den Deckel auf. Nie hatte sie an den Zeigern gedreht. Sie waren noch genauso eingestellt, wie sie sie bekommen hatte. Mit einem Mal hatte sie das Gefühl, dass Zukunft und Vergangenheit miteinander verschmolzen. Dass die Toten zu ihr sprachen. Was wollten sie ihr sagen? Sie solle

Geduld haben, abwarten. Die vergehende Zeit würde alles richten. War es das, was ihr Großvater ihr mitteilen wollte?

Sie stand auf und ging zum Laptop. Ihre Finger zitterten, als sie das Requiem für Auschwitz aufrief. Hoffte darauf, dass das Hören von Musik sie beruhigte. Irgendwann war sie auf dieses Musikstück gestoßen, das so viel vom Leid ihres Volkes in der Sprache der Musik erzählte. So oft hatte sie die Komposition inzwischen angehört. Und jedes Mal hatte es eine merkwürdige Auswirkung auf sie.

Manchmal funktionierte es, dass Musik sie in eine andere Welt zu transferieren vermochte. Wie die blinkenden Leuchtreklamen damals vor ihrem Kinderzimmerfenster in Neukölln. Als sie sich in eine funkelnde Parallelwelt voller Glück und Erfolg träumte, wenn sie wieder einmal mit etwas konfrontiert wurde, das sie nicht verstand.

Nun lauschte sie auf die Orgeltöne, die Geigen, Melodien, die vom Schmerz der Menschen im Konzentrationslager erzählten. Im Grunde wurde durch die Klänge etwas zur Sprache gebracht, was man nicht mit Worten ausdrücken konnte. Es war eine Aufnahme aus der Frankfurter Staatsoper. Der Komponist, ein Schweizer, war ein Sinto. Ein Autodidakt, der sich selbst das Gitarrespielen beigebracht hatte. Moreno Rathgeb. Einer der ihren.

Plötzlich wurde ihr ganz heiß. Sie würden wiederkommen! Sie befragen. Aushorchen. Unermüdlich. Bis sie gestehen würde, was nicht zu gestehen war. Schließlich kannte sie deren Verhörmethoden. Sie würden nicht eher Ruhe geben, bis sie die Antwort bekamen, die sie hören wollten. Es wäre nicht das erste Mal. Schon öfter hatte man erlebt, dass vollkommen unschuldige Menschen im Knast landeten, nur weil es angeblich irgendwelche belastenden Indizien gab.

Wieder fühlte sie die Tränen aufsteigen, die sie sofort wegblinzelte. »Was soll ich tun?«, fragte sie laut in die Stille ihres Wohnzimmers.

»Du weißt, was zu tun ist«, glaubte sie eine Stimme zu vernehmen. Deutlich. Wer hatte gesprochen? Eine Geisterstimme aus dem Jenseits?

Kurz entschlossen ging sie zum Telefon. Wählte eine vertraute Nummer.

»Weiss.«

»Mama, ich bin's.«

»Romina, mein Mädchen, wie schön, von dir zu hören.«

Sie fühlte sich von dem weichen Klang der Stimme ihrer Mutter umarmt. Zärtlich. Ihr zugewandt. Augenblicklich wurde ihr warm ums Herz. Aber was sollte sie sagen?

»Romina? Was ist?«

Der Mutter konnte sie nichts vormachen. Die hörte ihr sofort an, wie es ihr ging.

»Mama, ich will demnächst nach Berlin kommen. Dich besuchen. Wir müssen so viel besprechen.« Sie versuchte, ihrer Stimme einen neutralen Klang zu geben.

»Ach, mein Kind, da freue ich mich.«

»Ich habe viel in den Notizen gelesen, die du mir geschickt hast.«

»Ach ja.« Es folgte ein tiefer Seufzer.

»Ich würde dich gern so vieles fragen.«

Sie vernahm das Zögern in der Stimme der Mutter. »Kind, wollen wir das nicht ruhen lassen? Diese schlimmen Dinge haben uns allen das Leben schwer gemacht. Aber wir müssen doch nach vorn sehen. Es nützt nichts, die alten Geschichten aufzuwärmen. Einmal muss man vergessen. Und sich an den schönen Dingen freuen. Da gibt es so viel.«

»Und warum hast du mir dann das Päckchen geschickt?«

Für einen kurzen Moment war Stille auf der anderen Seite. Doch Romina glaubte, die Antwort zu kennen: Ich wollte die Bürde los sein, die ich viel zu lange mit mir rumgeschleppt habe. Die wollte ich abgeben und in deine Hände legen.

»Ich wäre jetzt gern bei dir und nähme dich in den Arm, Liebes. Ich merke, dass es dir nicht gut geht. Ich hätte dir diese Sachen nicht schicken dürfen. Das war übereilt und tut mir richtig leid. Du hast dir ja schon als Kind alles so sehr zu Herzen genommen.«

Wieder stiegen ihr Tränen in die Augen. Sie schluckte sie weg. Blieb stark. Wollte die starke Tochter sein. Nur starke Töchter gehen zur Polizei. Können den Kampf mit dem Unrecht aufnehmen. Die Mama hatte das verstanden. Ihr Vater weniger. Er sah sich in der Beschützerrolle, der sein kleines Mädchen ewig behüten wollte. Sie waren ziemlich verschieden, die beiden. Aber sie hatten ihr immer ein Zuhause gegeben, ein Zugehörigkeitsgefühl, das sich nicht veränderte, als sie wegzog. Vor zwei Jahren war er gestorben. Plötzlich und viel zu früh. Seither lebte ihre Mutter allein.

»Komm her. So schnell du kannst. Du weißt, ich bin immer für dich da.«

»Danke, Mama«, presste Romina hervor, bevor sie auflegte. Und dann ließ sie ihren Tränen freien Lauf.

27. KAPITEL

Remagen

Die Strecke nach Remagen war Clarissa mehrmals in letzter Zeit gefahren. Diesmal saß Franca am Steuer.

»Schlimm, was da alles zutage kommt«, sagte Clarissa, die Franca von ihrem Gespräch mit der geschiedenen Frau von Thorsten Herzog berichtete. »Der wollte sein behindertes Kind nicht anerkennen. Weil er nur eine reinblütige Brut akzeptierte.«

»Und die älteren Kinder? Vielleicht sollten wir die mal unter die Lupe nehmen«, sinnierte Franca.

»Da habe ich auch dran gedacht.«

Die Baustelle auf der B9 vor Remagen zwang sie, äußerst langsam zu fahren. »Du kannst dem Schild ›RheinAhr-Campus‹ folgen«, sagte Clarissa. »Das kommt gleich.«

Franca bog an der Abzweigung ab und fuhr Richtung Rhein. »Dort drüben ist übrigens die Kapelle *Schwarze Madonna*. Da musst du links abbiegen.«

Franca folgte den Anweisungen und warf einen kurzen Blick auf das pagodenartige Gebilde. »Die hätte ich mir größer vorgestellt«, sagte sie. »Eine richtige Kapelle ist das nicht.«

»Stimmt. Wohl eher ein Gedenkort.«

Sie fuhr weiter in den Ort hinein und stellte das Auto in der kleinen Seitenstraße ab, die hinunter zum Rhein und zur Friedensbrücke führte.

Franca blieb einen Moment stehen. Die Luft war sommerlich lau. Der Himmel blau. Wellen schlugen leise gurgelnd ans Ufer. Schiffe fuhren vorbei, vermehrt Ausflugsschiffe, die man einige Zeit vermisst hatte.

Clarissa war vorausgegangen. Ging die Stufen hoch. Vor den schwarzen trutzigen Türmen blieb sie stehen. Franca folgte ihr.

Oben auf der kleinen Plattform erinnerte nichts mehr daran, dass hier vor wenigen Tagen ein Mensch sein Leben ließ. Außer einem verblassten Fleck am Boden. Franca sah sich um. An den dicken Mauern waren mehrere Metallplaketten angebracht, die auf deutscher und englischer Sprache vom Sieg der Amerikaner verkündeten, die an dieser Stelle im März 1945 den Rhein überquerten und dadurch ein baldiges Kriegsende einleiteten. Oben auf beiden Türmen war jeweils eine Flagge gehisst. Links die Deutschlandfahne und rechts das Sternenbanner.

»Hier finden regelmäßig Veteranentreffen statt«, sagte Clarissa. »Hat der frühere Bürgermeister in die Wege geleitet. Dem lag ausgesprochen viel an Versöhnung.«

Franca wies auf eine etwas kleinere Plakette, auf der das angefangene rote Graffito zu sehen war. Darunter waren die Worte eingraviert:

»In March 1945 two mighty armies met here in battle./ In October 1991 there met here again. This time in peace and friendship.

Lest we forgot.«

»Was meinst du denn, was er da hinschmieren wollte? Kein Vergeben? Kein Vergessen?«

»Beides ist möglich. Diese Veteranen-Inschrift muss ihm jedenfalls ein furchtbarer Dorn im Auge gewesen sein. Leute seines Schlages akzeptieren Deutschland in seiner jetzigen Form nicht, weil es in ihren Augen kein souveräner Staat ist, sondern von den Amis noch immer besetzt und beherrscht wird.«

»Und einem anderen hat diese Einstellung nicht gefallen.«

»Wir haben in Erwägung gezogen, dass der Täter ein militanter Linker gewesen sein könnte. Aber bisher gibt es keinerlei Anhaltspunkte dafür.«

Franca ging hinter die Brückentürme, nahm das überwucherte Brachland wahr, sah sich gründlich um, bevor sie zurück auf die Plattform kam. »Und wo wohnt Romina?«, fragte sie.

»Drüben auf der anderen Seite. Am Viktoriaberg.«

»Ob sie uns wohl aufmacht«, sinnierte Clarissa, als sie beide im Auto saßen.

»Du meinst, sie würde uns wirklich vor der Tür stehen lassen? Schätzt du sie so ein? Also ehrlich, das würde sie doch mehr als verdächtig machen.«

»Keine Ahnung. Ich verstehe nicht, was in ihr vorgeht. Warum sie sich versteckt und nicht ans Telefon geht. Diese Seite kenne ich nicht von ihr.«

»Gleich werden wir die Antwort wissen.«

»Vielleicht.«

Wenig später standen sie vor dem Haus am Remagener Viktoriaberg und blickten hinab auf die Stadt über Gärten und Grün und die gegenüberliegenden filigranen spitzen Türme der Apollinariskirche. Sie hatten bereits mehrmals die Klingel betätigt, doch niemand öffnete.

Das Haus war in den Hang gebaut. Zu Rominas Wohnung, die Parterre lag, führten Steinstufen. Franca ging um das Haus herum und spähte durch das Terrassenfenster. »Da drin rührt sich nichts. Vielleicht ist sie ausgeflogen.«

»Kann sein, dass sie spazieren ist.«

»Anrufen hat wohl keinen Sinn.«

»Ich versuch's trotzdem.« Doch wie erwartet, wurde nicht abgenommen.

Franca sah sich bewundernd um. Um das Haus herum dominierte gepflegter Wildwuchs. Abgeschirmt war das Grundstück durch einen Staketenzaun, an dem Brunnenkresse emporrankte. In einer Ecke stand ein gemauertes Häuschen mit rotem Ziegeldach, das von herunterhängenden Zweigen eines Apfelbaums bedeckt wurde, an dem kleine grüne Früchte hingen. »Eigentlich eine hübsche Gegend. Schöne Aussicht.«

»Romy sagt, in der Nachbarschaft habe eine Wahrsagerin gewohnt.«

»Eine Wahrsagerin? Etwa die Buchela?«

»Du kennst sie?«

»Die war mal sehr berühmt. Bei ihr gingen sogar hohe Politiker ein und aus.«

»Dann stimmt das also? Romy hat mir ganz begeistert davon erzählt. Es gab da wohl eine komische Geschichte. Dass der Neffe in dem Haus ermordet wurde.«

»Ja, ich erinnere mich. Ich glaube sogar, die Buchela hat seinen gewaltsamen Tod vorausgesagt. Der Neffe war in den 70er-Jahren Karnevalsprinz in Remagen. Das war was Besonderes und schlug seinerzeit hohe Wellen. Ein Zigeuner als Karnevalsprinz! Das hat es noch nie gegeben. Hat die Tante wohl eine ziemliche Stange Geld gekostet.«

»Sinti«, korrigierte Clarissa. »Zigeuner sagt man nicht mehr.«

»Ja, Sinti. Hast ja recht. Damals hieß es halt so. Ehrlich gesagt, mir geht diese sprachliche Korrektheit langsam auf den Geist. Im Englischen heißt es doch auch Gipsy, wie eh und je. Und im Französischen Gitanes. Sogar eine Zigarettenmarke gibt es mit diesem Namen. Da käme doch keiner auf die Idee, die umzubenennen. Und es beschwert sich auch niemand. Nur wir Deutschen wollen's mal wieder ganz korrekt. – Und was, wenn die Buchela Roma war und keine Sinti? Wie drückt man das denn aus?«

»Sie gehörte zu den Sinti.«

»Okay, okay.« Noch einmal klingelten sie, klopften. Doch im Inneren tat sich nichts.

»Ich denke, wir können nichts ausrichten.«

Nacheinander gingen sie die Stufen hinunter bis zum Auto.

»Was hat Romina denn noch über die Buchela erzählt? Die scheint sich ja sehr für die zu interessieren«, fragte Franca, als sie auf dem Rückweg waren.

»Dass sie diesem Wahrsagerkram nicht abgeneigt ist. Kann ich, ehrlich gesagt, nicht nachvollziehen.«

»So was habe ich mir fast gedacht.« Ihre Gedanken begannen zu kreisen, krallten sich schließlich an einem bestimmten Punkt fest. »Weißt du, ob sie selbst eine Zi… ich meine, Sinti oder Roma ist?«

»Wie kommst du denn darauf?« Clarissas Stimme drückte Empörung aus.

»Das würde einiges erklären.«

»Das ist doch Quatsch! Nur weil sie sich für diese Wahrsagerin interessiert, muss sie doch selbst keine Sinti sein. Also wirklich!«

»Vielleicht hast du recht.« Franca gab sich besänftigt.

»Und meine Gedanken galoppieren davon. Aber hat man uns nicht beigebracht, in alle Richtungen zu denken und nichts für unmöglich zu halten?«

28. KAPITEL

Berlin

Sie stand in Köln am Bahnsteig, neben sich den kleinen Rollkoffer, und wartete auf den Zug nach Berlin. Mit Schrecken dachte sie daran, dass nicht nur dieser arrogante LKA-Beamte, sondern offensichtlich auch Clarissa und deren Chefin hinter ihr her waren. Glücklicherweise hatten die beiden nicht bemerkt, dass sie im Haus war, und sind unverrichteter Dinge abgezogen. Das war für sie das Zeichen zum Aufbruch. Kurz entschlossen hatte sie ein Online-Ticket gekauft und ein paar Sachen eingepackt. Seitdem hatten sie die Bilder und Echos nicht mehr losgelassen, die wild durch ihren Kopf flackerten.

Es hört nie auf! Irgendwann holen sie dich. So wie sie deinen Großvater geholt haben. Und dessen Vater. Und so viele andere der Familie. Sie suchen einen Sündenbock, und sie finden immer einen. Da können sie noch so sehr darauf pochen, dass dies ein anderes Deutschland war.

Es hatte sich nichts geändert. Und immer hatte die Polizei ihre Hände im Spiel. Auch damals in der schlimmen Zeit war die Kripo der willige Arm der Gestapo und der SS gewesen.

Ihr Großvater hatte recht gehabt. Öfter hatte er davon gesprochen, dass da eine unsichtbare Wand sei, die sie und die Gadje voneinander trennte. Doch sie hatte das für Unfug gehalten. Hatte beweisen wollen, dass die Menschen sich verändert hatten. Klüger geworden waren. Nun saß sie in der Falle.

Eine Lautsprecherdurchsage. Der Zug würde Verspätung haben. Unsicher sah sie sich um. Ob sie sie abfangen würden? Ihr Herz raste. Nichts schien ihr mehr sicher. Außer dem Bewusstsein: Irgendwann werden sie kommen, um sie abzuholen. Handschellen würden sie ihr anlegen. »Mitkommen!« Sie hatte zu viele Filme gesehen, in denen es genauso ablief. Sie hatte zu viele Geschichten gehört.

Sie brauchen keinen Grund. Sie kommen einfach und nehmen dich mit, laden dich ab, drängen dich durch die Pforte, über der in großen Buchstaben »Arbeit macht frei« steht.

Sie spürte den Schmerz, unmittelbar und körperlich. Ihre Gedanken überlagerten sich. Ihr Atem ging schnell.

Der Zug rollte ein. Hektisch sah sie sich um. Doch niemand schien ihr zu folgen.

Aufatmend ließ sie sich auf ihren reservierten Platz fallen. Spürte, wie sie sich langsam beruhigte. Sie betrachtete ihre Mitreisenden. Die meisten trugen Masken wie sie selbst. Nur diejenigen nicht, die etwas aßen und tranken. In dem Fall war es erlaubt, die Maske abzunehmen.

Was die wohl sagen würden, wenn sie ausrief: Hört mal alle her: Ich bin eine Sinteza. Aber das sieht man mir nicht an, oder? Was glaubt ihr denn, bin ich so viel anders als ihr? Glaubt ihr das wirklich?

Sie ließ sich in das Polster zurücksinken. Schloss die Augen. Gab sich dem gleichmäßigen Rhythmus hin. Es war ein leises Dahingleiten. Porajmos ... Porajmos ... schien es zu flüstern.

Als man ihre Leute nach Auschwitz transportierte, in Zügen, ging das nicht so leise vonstatten. Und nicht so komfortabel. Es waren Züge, in denen normalerweise Vieh transportiert wurde. Ausgelegt mit Stroh. Weil sie Menschen als Tiere ansahen. Die man tagelang auf engstem Raum einsperrte. Ohne Wasser. Ohne Brot. Sie wussten nicht, dass sie dem sicheren Tod entgegenfuhren. Vielleicht ahnten sie es. Aber der Mensch verliert so schnell nicht die Hoffnung. Klammert sich an Strohhalme.

Manche Dinge waren so unfassbar, dass man sie sich nicht vorstellen konnte. Dass die Fantasie nicht ausreichte. Aber es war wahr. Nicht nur im Büchlein ihres Großvaters standen diese Dinge. Sie hatte inzwischen so vieles über diese Zeit gelesen. Und alle Berichte klangen ähnlich.

Die Deutschen waren zu einem Volk von Mördern, Denunzianten und Totschlägern mutiert, das sich als Herrenrasse wähnte und alle andern als minderwertig ansah, die ausgemerzt werden mussten. Ein reinrassiges Volk sollte die Welt regieren. Und als alles zu Ende war, versanken sie nicht etwa vor Scham vor dem, was sie angerichtet hatten. Nein, sie machten nach dem Krieg genauso weiter wie vorher. Es gab zwar etliche Prozesse, einige Täter wurden empfindlich bestraft. Aber viel zu viele redeten sich raus. Kaum einer wollte was gewusst haben, obwohl in ihrer Nähe die Schornsteine qualmten und es nach verbrannten Menschen roch.

Auch die Ausgrenzung ihres Volkes ging unvermindert weiter, und die neuen Gesetze unterschieden sich kaum von den »Zigeunergesetzen« der 20er-Jahre. Sinti und Roma wurden nicht als Opfer des Nationalsozialismus anerkannt, obwohl man so viele Familien auseinandergerissen hatte, in Lagern internierte, sie zwangssterilisierte oder vergaste. Der Zug glitt dahin, die Landschaft draußen verschwamm. Bis Berlin musste sie nicht mehr umsteigen. Dann war sie in Sicherheit. Hoffentlich.

29. KAPITEL

Polizeipräsidium Koblenz

»Sagt dir das ›Aktionsbündnis Mittelrhein‹ was?«

Clarissa sah vom Bildschirm auf. »Was soll das sein?«

»Eine braune Zusammenrottung, gegen die ein Riesenprozess geführt wurde. Ist allerdings schon ein paar Jahre her«, erklärte Franca.

Clarissa kaute auf ihrem Lippenpiercing, zog die Augenbrauen zusammen. »Doch, da klingelt was. Aber die genauen Zusammenhänge sind mir entfallen. Warum fragst du?«

»Renate meint, wir sollten uns diese Truppe näher ansehen. Womöglich gibt es da Zusammenhänge mit Herzog und Konsorten.«

Clarissa hob die Schultern und vertiefte sich in ihre Arbeit. »Ich schaue mir grade einen Artikel an, den Herzog unter dem Namen Langolf Heydrich publiziert hat. Starker Tobak«, murmelte sie.

»Erzählst mir gleich mehr.«

Begonnen hatte das Verfahren gegen das braune »Aktionsbündnis« im Sommer 2012 und nahm fast fünf Jahre in Anspruch – bis es schließlich platzte. In einer 900 Seiten dicken Anklageschrift wurden den Mitgliedern dieser Vereinigung die Bekämpfung der Antifa, die Organisation von paramilitärischen Trainingscamps, politischen Schulungen und nicht angemeldeten Demonstrationen vorgeworfen. Laut Anklage hatte das »Aktionsbündnis Mittelrhein« die Absicht gehabt, einen Umsturz vorzubereiten und den Staat nach dem Vorbild des NS-Regimes zu errichten und die Demokratie zu zerschlagen. Treffpunkt der Truppe war das so genannte »Braune Haus« in Bad Neuenahr-Ahrweiler. So hatte einst auch die NSDAP ihre Zentrale in München bezeichnet.

Franca überflog einzelne Berichte darüber. Erwähnt wurde in diesem Zusammenhang ein Anschlag auf den Sendemast Koblenz, der diesem »Aktionsbündnis« zur

Last gelegt worden war. Das war im Winter 1979. Damals wollten Neonazis die Ausstrahlung der Fernsehserie *Holocaust* verhindern. Die Serie war ihr nur verschwommen im Gedächtnis geblieben. Doch dass sie damals zum ersten Mal die Tragweite der beispiellosen Verbrechen der Nationalsozialisten so richtig verstand, war ihr in guter Erinnerung.

Nun las sie, was die Nazis damals verkündeten: Jeder »anständige Deutsche« sei aufgefordert, die Ausstrahlung dieses verlogenen Hollywood-Schinkens zu verhindern. Während im Vorfeld des Vierteilers die Dokumentation *Endlösung. Judenverfolgung in Deutschland 1933 - 1945* ausgestrahlt wurde, erlosch nach einer knappen halben Stunde das Fernsehprogramm auf hunderttausenden Bildschirmen. Ursache war eine Sprengstoffdetonation. Verletzt wurde bei dem Anschlag glücklicherweise niemand, aber alle Programme im Bereich des Koblenzer Sendemastes mussten ausfallen.

In der Folge waren zwar einige potenzielle Mitglieder des »Aktionsbündnisses« festgenommen worden, denen man den Prozess machte, jedoch mit unbefriedigendem Ergebnis.

»Der Tatbestand ›Bildung einer kriminellen Vereinigung‹ war sehr schwer nachweisbar, jedenfalls für den einzelnen Täter«, lautete die Erklärung, weshalb niemand verurteilt wurde. Jedem einzelnen Angeklagten müsse die Mitgliedschaft nachgewiesen werden, und keiner der mutmaßlichen Täter zeige diese Mitgliedschaft nach außen. An der Gesinnung der mit der braunen Allianz hinter bürgerlicher Fassade verbundenen Personen bestand allerdings kaum ein Zweifel.

Der Prozess warf kein schönes Bild weder auf Rheinland-Pfalz noch auf Deutschland. Allzu viele Fragen blieben offen, Justiz und Polizei mussten viel Kritik einstecken, weil die Hintermänner nicht ermittelt werden konnten. Immerhin räumte man von Seiten der Justiz ein, dass gewisse Fehler gemacht worden seien, und erklärte vollmundig, dass nach dieser Niederlage der Wille, Neonazis wegen Straftaten vor Gericht zu bringen, gewachsen und die Szene nachhaltig geschwächt worden sei.

Absolutes Wunschdenken, davon war Franca nach der Lektüre überzeugt. Diese Nazis waren nicht von heute auf morgen verschwunden, wie Renate vermutet hatte. Genauso wenig, wie sie nach 1945 plötzlich verschwunden waren. Die agierten und manipulierten munter unter dem Radar der deutschen Justiz weiter. Gut möglich, dass Herzog einer von ihnen war.

Da konnte einem wahrhaft die Galle hochkommen.

Das Telefon klingelte. Sie nahm ab.

»Reichel, LKA«, meldete sich eine männliche Stimme, die sie sofort wiedererkannte. Der schöne Giso! Der Rebell des LKA. Augenblicklich hatte sie ein gut aussehendes Gesicht mit gepflegtem Drei-Tage-Bart vor Augen, besonders seine auffallenden blauen Augen hatte sie nicht vergessen. Auch nicht, dass er rhetorisch äußerst geschickt war, was ihr anfangs ungeheuer imponierte. Bis sie ihn und seine Inszenierungen durchschaute. Auch gingen Gerüchte um, dass der schöne Giso gern seine Macht missbrauche, auch über sexuelle Avancen munkelte man. Aber niemand sprach offen darüber. Nach außen hin gelang es ihm, den Schein des seriösen erfolgreichen Polizisten zu wahren. Was er wohl für ein Anliegen hatte?

»Franca Mazzari«, antwortete sie und wunderte sich nicht, dass kein Ausruf des Wiedererkennens erfolgte. Auf Schulungen waren sie sich mehrmals über den Weg gelaufen. Doch im Grunde war ihr klar, dass sie offensichtlich nicht einen solch bleibenden Eindruck bei ihm hinterlassen hatte wie er bei ihr.

In knappen Worten erklärte er ihr, dass er Romina Weiss zu der Sache wegen ihrer gestohlen gemeldeten Pistole befragt habe. Doch seitdem sei Frau Weiss nicht mehr zu erreichen. Weder telefonisch noch sonst wie.

»Ach. Und wieso wissen wir nichts von Ihren Nachforschungen?«

»Jetzt wissen Sie es doch.« Da war sie wieder, die wohlbekannte Arroganz.

Das war ja wohl nicht zu fassen. Kochte denn hier jeder sein eigenes Süppchen? Gab es nicht so was wie Kommunikation?

»Frau Mazzari. Sie waren in Urlaub. Es hieß, Ihr Kollege Brock leitet den Fall. Mit ihm habe ich gesprochen.«

»Sie haben mit Brock darüber gesprochen?« Ihre Verwunderung wuchs.

Clarissa hob alarmiert den Kopf. Sah sie fragend an.

»Sicher habe ich das. Was mir allerdings ein wenig Sorge macht: Ihre junge Kollegin, die ebenfalls in dem Fall ermittelt, ist eine Freundin der Beschuldigten. Klar, dass man da an Befangenheit denkt. Und da Sie eng zusammenarbeiten…« Er machte eine kurze bedeutungsvolle Pause. »Sie werden verstehen, dass wir dem Ganzen gründlich nachgehen müssen, um jeden Verdacht der Mauschelei auszuschließen.«

»Mauschelei?«, rief sie lauter als beabsichtigt. Sie

konnte sehen, wie Clarissa zusammenzuckte. »Das müssen Sie mir erklären.«

»Aber gern doch: Immerhin steht ein nicht geringfügiger Verdacht im Raum, die Dienstpistole von Frau Weiss sei nicht gestohlen worden. Das wissen Sie doch. Dem müssen wir weiter nachgehen. Also: Können Sie mir sagen, wo Romina Weiss sich zurzeit aufhält?«

»Nein. Kann ich nicht.« Verärgert knallte Franca den Hörer auf.

»Was war das denn?« Clarissa sah sie stirnrunzelnd an.

»Giso Reichel vom LKA.«

»Und? Was wollte der?«

»Sie sind auf der Suche nach Romina. Die sei unauffindbar.« Franca musterte ihr Gegenüber eindringlich. »Clarissa, sag mal ehrlich: Weißt du wirklich nicht, wo sie ist?«

»Was unterstellst du mir da, bitte?«, erwiderte diese voller Empörung. »Ich habe dir doch gesagt, dass ich seit Tagen versuche, sie zu erreichen. Wenn ich es wüsste, würde ich es dir sagen. Das müsstest du doch wissen.« Clarissa schüttelte den Kopf. »Was gibt's da überhaupt zu klären? Man hat ihr die Pistole gestohlen, und ein anderer hat damit einen Mord begangen.«

»Und wenn es nicht so einfach ist? Wenn das dein Wunschdenken ist?« Francas Blick war fest und undurchdringlich. »Clarissa, wach auf. Das hier ist kein Spaß. Das LKA sucht Romina. Das bedeutet: Sie vermuten, dass sie untergetaucht ist.«

»Was heißt denn hier: untergetaucht? Nur weil sie sich ein paar Tage nicht meldet.« Clarissas Tonfall wurde scharf. »Glaubst du jetzt an Verschwörungsmythen, oder was?«

»Mir passt das auch nicht, dass die hinter uns herschnüffeln. Das kann ich dir versichern«, beschwichtigte Franca. »Aber du weißt, dass wir jedem Verdacht nachgehen müssen. Gerade in diesem Fall. Schon deshalb, um ihn ausschließen zu können.« Franca fixierte Clarissa. »Und du als Romys Freundin bist nun mal in der Sache befangen. Das wirst du nicht abstreiten.«

»Ach. Und deswegen kann ich nicht mehr klar denken?«, brauste sie auf.

»Auch ich finde das unglaublich, wie die Mainzer uns plötzlich auf die Pelle rücken. Als ob wir unfähige Volltrottel wären.« Sie stockte einen Moment. »Aber mal ehrlich: Kommt es dir nicht auch langsam unheimlich vor, dass Romy sich nicht meldet?«

Clarissa biss sich auf die Lippen und kaute an ihrem Piercing.

30. KAPITEL

Polizeipräsidium Koblenz

»Kai Nicolay. Ich soll mich hier melden.«

So in etwa hatte sie ihn sich vorgestellt: dunkle Haut, Rastalocken. Groß, schlank und ausgesprochen gut aussehend. 24 Jahre jung.

Selbstsicher war er hereingekommen, hatte auf dem Besucherstuhl Platz genommen und Franca und Clarissa erwartungsvoll angesehen.

»Da bin ich also. Dürfte ich fragen, weshalb Sie mich hierherbestellt haben? Ich bin echt gespannt.« Ein leichtes Grinsen erschien in seinem Gesicht. Auch ein wenig Angriffslust konnte man in seiner Miene erkennen. »Sie können sich sicher vorstellen, dass mir so eine Einladung nicht fremd ist. Weil ja meine Hautfarbe dies geradezu herausfordert.«

»Ihre Hautfarbe hat mit der Vorladung absolut nichts zu tun«, entgegnete Franca unwirsch.

»Ach nein?« Er legte den Kopf schief, lächelte süffisant, zog die Augenbrauen hoch.

»Sie haben sich im Internet mit einem Mann namens Langolf Heydrich ausgetauscht.«

»Ach, das meinen Sie. Bei solch einem Namen muss man doch aufhorchen!«

»Sie wissen, dass das ein Pseudonym ist«, antwortete Franca kühl. »Genauso wie Nico Lausi.«

»Nico Lausi ist wenigstens originell.« Er grinste unverschämt. Doch sofort wurde seine Miene ernst. »Wissen Sie nicht, wer Heydrich war? Man nannte ihn auch die ›blonde Bestie‹. Ein Feingeist, kulturell hochgebildet. Was ihn jedoch nicht davon abhielt, einer der gefürchtetsten Gefolgsmänner Hitlers zu werden. Ein kalter, hochintelligenter Bürokrat, ein hocheffizienter Menschenvernichter. So einem muss man doch nacheifern, nicht wahr? Tolles Vorbild! Sagen Sie mir, wie muss einer ticken, wenn er sich diesen Namen als Pseudonym zulegt? Und was hat er vor?«

Franca gab sich unbeeindruckt. »Sie kennen den Klarnamen dieses Herrn.«

»Der ist mir so was von egal.« Er legte den Kopf schräg und schien vollkommen relaxed.

Einmal mehr erinnerte er Franca an ihren Ex-Mann David, der in jungen Jahren ähnlich ausgesehen hatte und sich in bestimmten Situationen ähnlich forsch, um nicht zu sagen, dreist, benommen hatte. Und damit ziemlich weit gekommen war.

»Dem wollten Sie es mal so richtig zeigen? In echt, meine ich. Nicht nur im Chat«, konterte sie.

Kai Nicolay schnaubte. »Ach, du meine Güte. Da hätte ich viel zu tun.« Lässig lehnte er sich im Besucherstuhl zurück. »Ab und an muss man diesen rechten Bazillen ordentlich Kontra geben. Das mache ich manchmal, wenn mir danach ist und ich nichts Besseres zu tun habe.« Er schien gut gelaunt. »Kleine Nadelstiche, ich weiß, die wahrscheinlich absolut nichts bewirken. Aber mir geht es danach besser. Ich darf in diesem Zusammenhang dezent darauf hinweisen, dass queerfeindliche Drohungen, wie sie dieser Kamerad da absondert, von Ihrem Verein nicht sonderlich ernst genommen werden.«

»Wie meinen Sie das?«, fragte Franca.

»Ach, das wissen Sie doch so gut wie ich. Aber wenn sich die Polizei schon nicht für uns einsetzt, müssen wir uns eben selbst wehren. Das tun wir auf unsere Art.«

»Und Sie meinen, solche Repliken sind ein adäquates Mittel?« Sie zitierte einige seiner Posts, in denen von »Kellernazis« und der »Zugehörigkeit zu einem Deppenreservoir« die Rede war.

Süffisant lächelnd hielt er ihrem Blick stand. Dann zuckte er mit den Schultern.

»Ja, habe ich geschrieben. Gebe ich auch zu. Nachdem er zuvor massive volksverhetzende Aussagen getätigt hat. Wie er mich persönlich betitelt hat, will ich gar nicht wiedergeben. Aber die feine englische Art war das nicht.«

Franca erinnerte sich. »Schwule Negersau« war eine solche diffamierende Bezeichnung. Die auch sie nicht wiederholen wollte.

»All das sagt ja einiges aus über die Geisteshaltung dieses Herrn. Die können ja nicht anders als in Schwurbelsprüchen reden: ›*Deutschland muss siegen – und wenn wir sterben müssen. – Wir allein wissen um die Wahrheit und werden diese verteidigen bis aufs Blut.*‹ – Wer so was in die Welt hinaustrompetet, muss sich nicht wundern, wenn zurückgeschossen wird. Oder sehen Sie das anders?«

Franca sah ihn lauernd an. »Also ist auch töten erlaubt?«

»So weit würde ich nun nicht gehen«, antwortete er. »Ich bevorzuge den verbalen Schlagabtausch.«

»Der Mann, der sich Langolf Heydrich nennt, wurde getötet.«

»Wie?« Ihr Gegenüber riss die Augen auf. »Meinen Sie etwa den Typ, der vor den Brückentürmen gefunden wurde?«

»Sie kannten doch seinen Klarnamen.«

»Mann, das habe ich überhaupt nicht zusammengebracht. Ich wusste wirklich nicht, dass der Tote …« Er sah von Franca zu Clarissa. »Was soll das? Was wollen Sie mir anhängen?« Nun wurde er ärgerlich. »Also ganz deutlich und zum Mitschreiben. Die Dinger da habe ich gepostet, ja. Aber mit einem Mord habe ich nichts zu tun.«

»Sie haben ihm aber mehrfach den Tod gewünscht.«

»Verbal, ja.« Er lachte auf. Ein bitteres Lachen. »Das beruhte auf Gegenseitigkeit. Man darf sich schließlich nicht alles gefallen lassen. Was der von sich gegeben hat, war Homophobie und Rassismus par excellence. Unsereins verunreinigt das deutsche Blut! Auch wenn wir gar keine Kinder zeugen. Ich habe ihn auf diese Widersprüchlichkeit hingewiesen. Aber das hat ihn noch mehr geärgert. Mit den Typen muss man Tacheles reden. Sonst verstehen die nichts. Obwohl ich langsam daran zweifle, ob die überhaupt jemals was kapieren.« Er beugte sich vor, wirkte angespannt. Sein Ton wurde lauter. »Was meinen Sie, wie diese Rechten uns in Remagen ein Dorn im Auge sind? Jedes Jahr mit ihren blöden Trauermärschen. Und ihren blöden Sprüchen von wegen der Toten Tatenruhm. Alljährlich hauen die uns diesen Scheiß um die Ohren. Als ob die Deutschen das liebste Volk auf der Welt waren, das niemals jemandem was zuleide getan hat. Dass die ganze Völker abgeschlachtet haben, um ihren Tatenruhm zu erlangen, wird gern vergessen.« Er schien sich zu entspannen. Behielt Franca im Blick.

»Aber um es deutlich zu sagen: Gewalt kann nicht die Lösung sein. Es muss andere Methoden geben, denen das braune Maul zu stopfen.« Lässig schlug er ein Bein übers andere. Seine Jeans waren an den Knien modisch zerrissen. Seine Turnschuhe blütenweiß. »Wäre auch nicht verkehrt, mal gegen die Strukturen im Hintergrund vorzugehen. Laufen bestimmt noch mehr von der Sorte herum. Und ist vielleicht nur eine Frage der Zeit, bis man die ins Visier nimmt und dasselbe mit ihnen macht wie mit diesem Heydrich-Verschnitt.«

Franca hatte ihm aufmerksam zugehört. Das, was er sagte, machte durchaus Sinn. Sie war darüber informiert, dass er ein ausgesprochen kluger Student war, dessen herausragende Leistungen mehrfach gewürdigt wurden. »Was studieren Sie eigentlich?«, fragte sie ihn.

»Was ich studiere?«, fragte er erstaunt. Mit dieser Frage hatte er offensichtlich nicht gerechnet.

»Wirtschaftsmathematik. Schreibe gerade an meiner Masterarbeit. Sie können mir glauben: Wegen so einer Sache, die Sie mir anhängen wollen, werde ich nicht meine Zukunft vermasseln. Mathematik ist meine Leidenschaft. Das soll auch so bleiben. Suchen Sie mal schön weiter Ihren Mörder. Ich bin es jedenfalls nicht.«

Er schien sich erheben zu wollen, doch Franca war noch nicht fertig. »Wie steht's denn mit einem Alibi? Wo waren Sie in der Nacht zum 16. Juni?«

»Ach Gott, jetzt wollen Sie ein Alibi. Wie im schlechten Krimi. Wann war das, sagen Sie? Was war das für ein Tag?«

»Die Nacht von Sonntag auf Montag.«

Er überlegte nicht lange. »Gut, sollen Sie haben. Mein Freund kann bezeugen, wo ich da war. Wir kennen uns noch nicht lange, waren am Sonntagabend zusammen. Er ist die Nacht über bei mir geblieben. Wir sind kaum zum Schlafen gekommen. Sie verstehen?« Er zwinkerte belustigt. »War's das oder brauchen Sie mich noch?« Entschlossen stand er auf.

»Den Namen Ihres Freundes hätte ich gern. Mit Adresse und Telefonnummer.«

»Kein Problem.« Er schrieb das Gewünschte auf einen Zettel. Dann hob er grüßend die Hand und verließ das Büro.

»Tschüss, Nico Lausi«, rief Clarissa ihm nach und grinste.

»Das war ja ein lustiger Vogel. Ich glaube, den können wir vergessen.«

Franca seufzte laut auf.

»Hallo, die Damen.« In der Tür erschien ein gut gelaunter Frankenstein. »Na, wie läuft's?«

»Momentan treten wir auf der Stelle.«

»Vielleicht kann ich das ändern.« Er lehnte sich an den Türrahmen und zwinkerte Franca zu. »Ich denke, ich habe interessante Neuigkeiten.«

»Aha.« Er macht's wieder spannend, dachte Franca.

Frankenstein wandte sich an Clarissa: »Also. Du warst doch mit Brock vor uns in diesem Nazikeller in Oberwinter.« Sie nickte.

»Erinnerst du dich an die schwarzen Lederhandschuhe?«

»Und ob. Da waren so komische Flecken drauf.«

Sein Gesichtsausdruck sprach Bände. Er holte tief Luft. »Also, dass das keine ordinären Handschuhe waren, sondern regelrechte Waffen, hast du ja vermutet. Gefüllt mit Quarzsand. Beliebt bei Chaoten, weil sie so schön unauffällig sind. Kriegste mit denen eins anen Kopp, fällste um.«

»Ja, und?«

Er zog bedeutsam die Augenbrauen hoch. »Nun, die komischen Flecken waren Blutreste, wie du vermutet hattest. Wir konnten auch ein einzelnes schwarzes Haar sicherstellen. Die Untersuchung gab einiges her.«

Er genoss sichtlich den Moment der bedächtigen Stille, der auf seine Erörterung folgte. Dann fuhr er fort: »Die Handschuhe gehörten, wie zu vermuten, diesem Herzog. Und jetzt haltet euch fest: Bei der Fremd-DNA, also den Blutflecken und dem Haar, handelt es sich um die von … Romina Weiss.«

»Das gibt's doch nicht!«, riefen Clarissa und Franca unisono.

»Gibt es wohl. Vertraut ihr meinen Fähigkeiten nicht?« Mit listigem Blick schaute er von einer zur anderen.

»Aber wie kommt denn …« Clarissa schüttelte den Kopf. »Dann war es Herzog, der Romina während der Demo niederschlug?«

»Das kann ich euch nicht mit hundertprozentiger Sicherheit sagen. Was ich aber behaupte: Es muss einen Zusammenhang geben zwischen den beiden.« Er blies die Backen auf. »Die Schlussfolgerungen müsst ihr selbst ziehen.«

»Du meinst: Romina hat das rausgefunden und …« Franca sprach nicht weiter.

Clarissas Miene hatte sich augenblicklich verhärtet. Wie eine erstarrte Salzsäule saß sie in ihrem Stuhl und sagte kein Wort.

Frankenstein stand unschlüssig da.

»Das müssen wir erst verdauen«, sagte Franca. »Ist noch was?«

»Allerdings.« Er schnaufte gequält. »Wir haben festgestellt, dass Herzogs Handy immer mal wieder eingeschaltet wird. Es ist also noch aktiv. Ich könnte mir vorstellen, dass sein Mörder damit spazieren geht, aber so was scheint euch ja nicht zu interessieren.« Abrupt drehte er sich um und rauschte davon.

»Wir haben ihn nicht genug gelobt«, grinste Franca. »Jetzt ist er beleidigt.«

Clarissa erwachte aus ihrer Erstarrung. »Trotzdem kann ich mir nicht vorstellen, dass Romina was mit dem Mord zu tun hat. Das muss ein Riesenirrtum sein.«

Franca ging etwas anderes durch den Kopf. »Wenn das Handy von dem Herzog noch aktiv ist, müsste sich das doch orten lassen. Das ist eine Wahnsinnschance«, sagte sie mehr zu sich. In ihrem Kopf nahm ein bestimmter Gedanke Gestalt an. Noch vage zwar, aber vielleicht eine interessante Spur, die nicht verloren werden sollte. »Sagtest du nicht, Herzogs Großvater war ein Nazi-Arzt, der auch in KZs gearbeitet hat?«

»Wie?« Clarissa war mit ihren Gedanken woanders. Dann besann sie sich. »Ja, auf dem USB-Stick ist seine Lebensgeschichte. So wie es aussieht, war er ziemlich stolz auf sein Machwerk. Nicht nur er, auch der Enkel.«

»Gib mir doch mal den Stick. Den würde ich mir gern genauer ansehen.«

31. KAPITEL

Berlin

Menschen eilten hastig an ihr vorbei. Sie schnappte Satzfetzen des vertrauten Berliner Dialekts auf. Diese derbe Schnoddrigkeit, wie sehr hatte sie die vermisst.

Schon von Weitem erkannte sie ihre Mutter, die wartend am Bahnsteig stand. Als sie Romina sah, lief sie freudig auf ihre Tochter zu.

»Mein Mädchen.« Die Mutter umarmte sie. Küsste sie auf beide Wangen. »Romina. So schön, dass du mich besuchst.«

»Ach, Mama. Es war doch mal wieder höchste Zeit.«

Die Mutter betrachtete ihre Tochter mit Röntgenblick von oben bis unten. »Es geht dir nicht gut. Das sehe ich dir an. Aber wir werden dich schon aufpäppeln. Komm! Wir gehen erst mal nach Hause.«

Nach Hause. Das klang schön und heimelig. Aber die Wohnung in Neukölln war schon lange nicht mehr ihr Zuhause. Ihr Zuhause war jetzt Remagen. Doch war es das wirklich? Seit dem Vorfall im November kam sie sich heimatlos vor, sämtlicher Sicherheiten und Gewissheiten beraubt.

Aber schon in dem Moment, als sich die Wohnungstür mit dem bekannten Quietschgeräusch öffnete, fühlte sie sich angekommen. Noch mehr, als sie den vertrauten Duft roch. Ihre Mutter hatte eine Vorliebe für Zimt und Nelken und einen Hauch Patschuli.

In der Wohnung war alles wie immer. Zwischen goldge-
rahmten Spiegeln, Stoffblumenarrangements und überall
verteilten Spitzendeckchen verwiesen zahlreiche Fotos aus
verschiedenen Generationen auf die weitläufige Familie.
Hier war Romina aufgewachsen. Hier waren Feste gefeiert worden. Hier waren ihr jedes Möbelstück und jeder
Gegenstand vertraut. Schmerzlich wurde ihr bewusst, wie
lange sie nicht hier gewesen war. So viele Erinnerungen
stürmten auf einmal auf sie ein. Undeutlich flirrende Bildfetzen, hell und dunkel gefärbt. Der *Bake* fiel ihr ein, der
Weihnachtsmann, der dem Bruder mit der Rute eins hin-
tendrauf gab und ihr ein Geschenk überreichte: »Für das
gute Kind.« Auch wenn er sie lobte, hatte er ihr Angst
gemacht, weil er so viel über sie wusste.

Mit einem Mal war die Vergangenheit wieder lebendig
geworden: Die Fahrten mit ihren Freundinnen an den
Wannsee. Warme Sommer und Schwimmen im seiden-
weichen Wasser. Prustend und kreischend untertauchen.
Immer war jemand aus der Familie dabei, der aufpasste.
Wenn die Mutter keine Zeit hatte, kam eine der Tanten
mit. Oder eine ältere Cousine. Nie wurde sie sich selbst
überlassen.

Die Mutter brachte ihr einen nach Orange und Zimt
duftenden Tee und stellte ihn vor sie hin. »Den hast du
früher immer so gern getrunken. Ich hoffe, du magst
ihn noch?«

Sie nickte lächelnd. Ließ ihren Blick über die Fotos
gleiten. Ihr Vater, den sie sehr bewundert hatte, fehlte
auf schmerzliche Weise. Die Geschwister hatten eigene
Familien gegründet und waren in alle Winde verstreut.
Hin und wieder besuchte man sich. Fünf Enkelkinder

hatte ihre Mutter bereits. Und bedauerte es sehr, dass es die traditionellen Familienzusammenkünfte kaum noch gab.

Romina hob die Tasse mit dem Tee, nahm einen vorsichtigen Schluck und verbrannte sich fast. Dann setzte sie die Tasse ab. Sie hob den Kopf, sah ihrer Mutter in die Augen. »Mama, ich habe alles durchgelesen, was in dem Notizbuch von Opa Remo steht.«

Die Mutter nickte.

»Warum habt ihr kaum über all das gesprochen? Und warum habt ihr immer ein Geheimnis daraus gemacht, dass wir zu den Sinti gehören?«

Die Mutter seufzte laut. »Ganz einfach: Weil wir uns als Deutsche gefühlt haben, aber ständig gegen ein Klischee ankämpfen mussten.« Sie hielt Rominas Blick stand. »Es war alles so schwierig. Und wir wollten euch diese Anfeindungen ersparen, die dein Vater und ich als Kinder erlebt haben. Beschimpfungen, Diskriminierungen, nicht nur von Seiten der Mitschüler, nein, auch die Lehrer mischten kräftig mit. Es gab ja noch genug alte Nazis. Wenn irgendetwas passierte, hieß es gleich: Das waren die Zigeuner. Ständig wurden wir abgestempelt. Das rassistische Klischee sitzt tief drin in den Köpfen. Du kannst mir glauben: Manchmal wünschte ich mir, unsichtbar zu sein. Dabei wussten diese Menschen nicht mal, was es überhaupt bedeutet, Sinti zu sein.«

Romina nickte nachdenklich. »Trotzdem habe ich immer gespürt, dass ich anders bin. Nicht wie sie.«

»Wir sind anders. Das will ich gar nicht leugnen. Aber wir sind auch nicht so, wie sie es uns nachsagen und was sie damals als Berechtigung ansahen, uns zu vernichten.«

Romina hob erneut die Tasse mit dem Tee hoch und setzte sie an die Lippen. Nun hatte er eine angenehme Trinktemperatur.

»Ich möchte mir gern die Orte ansehen, die Großvater Remo im Büchlein beschrieben hat«, sagte sie, einer plötzlichen Eingebung folgend.

»Kind, es hat sich so vieles verändert. Nichts ist mehr, wie es war. Gerade diese Stadt befindet sich in einem ständigen Wandel. Das betrifft nicht nur den Krieg und die Nazis. Die Russen, die danach kamen, haben auch nicht alles richtig gemacht. Eine Mauer wurde gebaut und wieder abgerissen. So viel ist passiert seitdem.«

Rominas Nicken wurde bedächtig. »Trotzdem. Ich möchte ein authentisches Gefühl dafür bekommen, wovon Opa Remo schreibt. Das habe ich auch in meinem Beruf so gelernt: Es ist etwas anderes, ob man von Tatorten hört oder ob man sie sich persönlich ansieht.«

»Tatorte? Kind!« Die Mutter hob erschrocken die Arme.

»Es sind doch Tatorte. Orte, an denen ungeheuerliche Taten begangen wurden.«

»Man muss doch auch das Positive sehen. Den Wiederaufbau. Dass es uns gut geht heute.«

»Das bestreitet niemand. Ich weiß, alles ist relativ. Trotzdem. Wollen wir gleich los?« Sie strotzte vor Tatendrang.

»Willst du dich nicht erst mal ausruhen?«

»Ich habe mich die ganze Zeit im Zug ausgeruht. Komm, lass uns gehen. Wohin zuerst?«

Die Mutter gab sich geschlagen. »Unser Mahnmal?«, fragte sie. »Ich war lange nicht dort.«

»Dann auf zu unserem Mahnmal.«

Mit der U-Bahn fuhren sie bis zum Brandenburger Tor. Angrenzend daran dehnte sich der Tiergarten aus. Damit verband Romina angenehme Erinnerungen. Hier hatte sie sich oft mit ihrer Mädchenclique getroffen. Auch sie waren inzwischen in alle Winde zerstreut. Das Mahnmal hatte es damals noch nicht gegeben.

»Manchmal kann ich nicht glauben, dass die Stadt nicht mehr geteilt ist. Dass die Mauer weg ist. Dass wir alle zusammengehören. So unterschiedlich wir auch sind.«

Romina betrachtete das Profil ihrer Mutter. Ihr dunkles offenes Haar war von silbernen Fäden durchwirkt, dennoch kam sie ihr nicht sehr gealtert vor.

»Dort drüben zwischen Reichstag und Brandenburger Tor ist es.«

Zielstrebig schritt die Mutter voran. Sie passierten ein Tor mit der Aufschrift, die auf das Memorial hinwies. Dann standen sie davor. Ein rundes Wasserbecken von zwölf Metern Durchmesser. Im schwarzen Wasser spiegelte sich das Reichstagsgebäude.

»Seit knapp zehn Jahren gibt es das«, erklärte die Mutter. »Im Grunde haben die Berliner viel zu lange gebraucht, um anzuerkennen, dass es auch an unserem Volk einen Völkermord gab.«

In die Beckenmitte war eine dreieckige steinerne Stele eingelassen. Darauf lag eine frische Blume.

»Immer wenn die Blume verwelkt ist, versinkt der Stein in einen Raum unter dem Becken. Dann wird eine neue Blume daraufgelegt, die dann aus dem Wasser aufsteigt.«

»Das ist sehr symbolisch. Weißt du, wer das Mahnmal geschaffen hat?«, fragte Romina.

»Ein israelischer Künstler namens Dani Karavan. Hast du bemerkt, dass die Stele dreieckig ist? Sie soll an den Winkel auf der Kleidung der KZ-Häftlinge erinnern. Da ist auch ein Gedicht.« Die Mutter deutete auf den Rand des Beckens. Stockend las Romina die Worte: »*Eingefallenes Gesicht/ erloschene Augen/ kalte Lippen/ Stille/ ein zerrissenes Herz/ ohne Atem/ ohne Worte/ keine Tränen.*« Sie musste schlucken. »Das ist ... sehr bewegend.« Das Gedicht trug den Titel *Auschwitz* und war auf Englisch, Deutsch und Romanes eingraviert. Santino Spinelli hieß der Dichter. Romina hörte, wie die Mutter neben ihr tief und geräuschvoll einatmete.

Am Boden rund um das Wasserbecken lagen flache Steine, die die Namen von Orten der NS-Verbrechen trugen. In der Nähe des Denkmals informierten gläserne Tafeln über das Schicksal der im Nationalsozialismus ermordeten Sinti und Roma Europas. »500.000 der unseren haben die Nazis ermordet«, flüsterte die Mutter. »Eigentlich unvorstellbar.«

»Unvorstellbar auch, dass man so lange gebraucht hat, um dies als Völkermord anzuerkennen.« Romina nickte. »Nicht zu vergessen, dass das nur ein kleiner Bruchteil der gesamten Morde ist, die die Nazis begangen haben.«

Die Mutter nickte. »Den allergrößten Hass hatten sie auf die Juden. Mit denen haben wir einiges gemein.«

»Inwiefern?«

»An erster Stelle in ihrer Eigenschaft als Sündenböcke. Wie wir wurden auch die Juden jahrhundertelang mit Berufsverboten belegt, viele von ihnen zogen wie unsere Leute als Händler oder Musiker durch die Lande. Wurden allseits geächtet. Und das, obwohl wir alle seit Jahrhunderten hier leben und deutsche Staatsbürger sind. Jedenfalls auf dem Papier.«

»Eigentlich muss man sich schämen, Staatsbürger eines solchen Volkes zu sein.«

»Ach, Romina. Man müsste sich für so vieles schämen.«

Romina überflog die Informationen auf den Tafeln, die ihr inzwischen bekannt waren. »Ich verstehe immer noch nicht, warum ihr mir nie was darüber erzählt habt? Immer wenn die Sprache auf früher kam, war bedeutungsvolles Schweigen.«

»Kind, wir wollten dich beschützen.« Die Mutter berührte sie begütigend am Arm.

»Umso härter trifft es mich jetzt.«

»Wir haben es doch nur gut gemeint.«

Romina holte tief Luft. »Ich spreche korrektes Deutsch, ich weiß, was sich gehört, ich bin gut erzogen. Typische Klischees erfülle ich nicht. Warum also sollte ich mich schämen und mich verstecken?«

»Weil die Menschen nicht vernünftig sind und immer noch Vorurteilen aufsitzen. Das brauche ich dir doch nicht zu erzählen. Noch heute, oder vielleicht sogar heute wieder, haben unsere Leute Schwierigkeiten, Wohnungen zu bekommen, wenn sie zugeben, dass sie Sinti oder Roma sind. Völlig ungeniert sagt man ihnen, dass sie nicht in das gängige Mieterbild passen. Aber das betrifft nicht nur uns. Auch anderen Minderheiten gegenüber hat sich die Stimmung in der Stadt verschlechtert. Und das wird immer schlimmer. Weil es kaum noch bezahlbaren Wohnraum gibt.«

Vielleicht hat mir dieses Leugnen das Leben tatsächlich leichter gemacht, dachte Romina. Aber irgendwann holt einen alles ein. Leugnen ein Leben lang funktioniert nicht. Es ging kein Weg daran vorbei, der Wahrheit ins Auge zu sehen.

Gemächlichen Schrittes gingen sie zurück zum Brandenburger Tor. Dahinter erhob sich die edle Fassade des Hotels *Adlon*.

»Mama, weißt du was. Jetzt machen wir was Schönes. Ich würde dich gern ins *Adlon* einladen.«

»Das ist viel zu teuer!«, protestierte die Mutter.

»Ich weiß. Aber manchmal muss man sich auch was gönnen. Besonders auf diesen Schrecken hin. Komm, wenigstens auf einen Kaffee und ein Stück Kuchen.«

»Wenn du meinst.«

Hintereinander betraten sie das Foyer. Und waren geblendet. »Das ist alles so einschüchternd«, meinte die Mutter mit einem Rundumblick auf die Kronleuchter, den Marmor und die eleganten Möbel. Alles glänzte. Dazwischen leuchteten Onyx und Blattgold.

»Ich habe das *Adlon* als Ruine in Erinnerung. Auf der anderen Seite der Mauer.«

»Jetzt ist es ein luxuriöses Grandhotel. Und wir dürfen hier speisen. Man verweist uns nicht der Tür.« Forsch ging Romina auf einen kleinen Tisch zu und nahm auf einem der gepolsterten Sesselchen Platz. Ihre Mutter setzte sich neben sie. In der Nähe sprudelte der legendäre Elefantenbrunnen. Einmal mehr wurde ihr bewusst, wie dicht die unterschiedlichsten Welten nebeneinander liegen konnten. Als sie in die leuchtenden Augen ihrer Mutter sah, wusste sie, wie sehr diese der Besuch im *Adlon* freute.

»Sieht man hier nicht am deutlichsten, wie sich alles verändert hat?«

Ein dauerlächelnder Kellner brachte die Speisekarte.

»Such dir was aus«, sagte Romina großzügig.

»Man weiß gar nicht, wofür man sich entscheiden soll. So üppig ist das alles.« Frau Weiss blickte ihrer Tochter ins Gesicht. »Es ist wirklich schön, dass wir beide das hier erleben dürfen. Weißt du, man hat uns immer viele Steine in den Weg gelegt. Über manche sind wir gestolpert. Das tat weh. Aber wir leben hier. In diesem Land. Wir hatten es wesentlich einfacher als unsere Eltern. Und ihr Kinder noch mehr. Wir fühlen uns zugehörig.« Sie hielt kurz inne. »Zumal wir kein anderes Land haben.«

✼

Notizen Remo Weiss

Im Sommer 1944 hieß es: Verlegung nach Hause. Bei uns allen keimte Hoffnung auf. Nach Hause? Wirklich? Doch die Skepsis war groß. Zu oft waren wir belogen worden.

Wieder mussten wir Güterzüge besteigen. Es war unglaublich heiß und wir litten großen Hunger und Durst. Aber das kannten wir.

Ich hatte jegliches Zeitgefühl verloren. Irgendwann hielt der Zug und sie trieben uns mit dem üblichen Geschrei heraus: Raus aus dem Waggon, vorwärts, marsch!

Wir waren nicht zu Hause. Natürlich nicht. Wie hatten wir das glauben können? Diese Gesellen kannten nur Lüge und Betrug und Unmenschlichkeit.

Lediglich verlegt hatte man uns. Durch ein Drahtgittertor wurden wir in das neue Lager gezwängt. Erst nach Tagen fanden wir heraus, wie dieses Lager hieß: Ravens-

brück. *Hier waren hauptsächlich Frauen und Kinder inter-*
niert, ausgemergelte Gestalten wie wir alle.

Auch hier mussten wir arbeiten, Tag und Nacht, obwohl
wir furchtbar entkräftet waren. Wir hatten keinen Lebens-
willen mehr. Waren gebrochen.

Ich war 16 Jahre alt, als etwas geschah, an das wir nicht
mehr zu glauben gewagt hatten: Wir wurden befreit. Wir
durften nach Hause. Aber wo war das: unser Zuhause?

Nach all diesen Erfahrungen war ein normales Leben
nicht mehr möglich. Doch wir lebten. Ich war der Ein-
zige unserer Familie, der überlebt hatte. Aber bald schon
sollte ich erfahren, dass weder das Stigmatisieren noch das
Diskriminieren aufhörte.

32. KAPITEL

Oberwinter/Bad Bodendorf

»Da oben das Schloss hat übrigens mal dem Gottschalk
gehört.«

Sie waren den Rhein entlang auf der B9 gefahren und
passierten Remagen.

»Dem herbstblonden deutschen Talkmaster?«

Franca nickte. »800 Quadratmeter Wohnfläche, verteilt auf 18 Zimmer. Drumherum einen Riesenpark. Schlappe 3,5 Millionen Euro hat es ihn gekostet. Für fast das Doppelte hat er es verkauft.«

Clarissa lachte vor sich hin. »Das sind Summen, mit denen wir es nie im Leben zu tun haben werden. Und alles für das Zuhause einer einzigen Familie.«

Sie hatten Remagen hinter sich gelassen. Fünf Minuten später waren sie in Oberwinter.

Marie Lehmann öffnete die Tür. Die ist ja wirklich wahnsinnig jung, fuhr es Franca durch den Kopf. Höchstens Anfang 20.

»Guten Tag, Frau Lehmann. Mich kennen Sie schon. Diesmal begleitet mich die Kollegin Franca Mazzari. Sie leitet den Fall.« Clarissa lächelte gewinnend. »Geht es Ihnen inzwischen ein bisschen besser?«

»Na ja. Die Welt dreht sich weiter. Und ich muss für mein Kind stark sein.« Die junge Witwe blieb unschlüssig stehen, schaute auf den Boden, dann wieder hoch. »Er ... fehlt mir so sehr.« Ihr Gesicht war schmerzverzerrt. Sie schien den Tränen nahe. Dann besann sie sich. »Ach, Entschuldigung. Kommen Sie doch rein. Gibt es etwas Neues?«

Beide Polizistinnen liefen hinter ihr her ins Wohnzimmer. Das Kind krabbelte auf dem spiegelblanken Boden und lachte ihnen fröhlich zu. Marie Lehmann nahm es auf den Arm und küsste es auf das flaumige Köpfchen.

»Wir wollen Sie gar nicht lange aufhalten«, sagte Franca. »Wir möchten nur kurz etwas klären.«

»Ja?« Ihr Blick war offen.

»Meine Kollegen haben Sie mehrfach nach dem Laptop Ihres Lebensgefährten befragt. Sie haben geantwortet, der sei höchstwahrscheinlich in der Schule.«

Marie Lehmann nickte. »Ja. Und?«

»Unser Spurensicherungsteam hat jedoch einen Laptop im Kellerraum sichergestellt. Und das, obwohl bei der ersten Sichtung das Gerät nicht dort war. Wie erklären Sie sich das?«

»Das ist wirklich merkwürdig.« Sie riss erstaunt die Augen auf.

»Haben Sie den Laptop dort platziert?«

»Nein. Nein.« Heftiges Kopfschütteln. »Ich… ich weiß nicht, was Thorsten dort alles drin hatte. Das müssen Sie mir glauben.«

Die lügt doch, dachte Franca. So was von eindeutig.

»Wann waren Sie das letzte Mal in dem Kellerraum?«

»Ich habe mich nie für den Raum interessiert. Das war Thorstens Reich.«

»Aber Sie wussten schon, was er dort unten tat?«

»Es war sein Büro. Ich dachte wirklich, dass er sich dort hauptsächlich für die Schule vorbereitete. Weil es hier oben manchmal etwas laut war. Der Kleine ist sehr lebhaft. Da ist Thorsten ausgewichen. Das kann man doch verstehen, oder?«

»Was wussten Sie von der politischen Arbeit Ihres Lebensgefährten?«

»Dafür habe ich mich nicht interessiert. Wirklich nicht.« Ihr Blick war flehend.

Es war offensichtlich, dass sie sich um eine glaubwürdige Fassade bemühte. Mit abrupten Gesten fuhr sie sich durchs Haar, ihre Stimme wurde mit der Zeit brüchiger. Ihre jugendliche Verletzlichkeit trat deutlich zutage.

»Frau Lehmann, jemand muss den Laptop in der Zwischenzeit im Keller abgestellt haben. Wir konnten feststellen, dass daran manipuliert wurde. Waren Sie das?«

Wieder erfolgte heftiges Kopfschütteln. »Ich verstehe doch überhaupt nichts von Computern.«

»Wer war es dann?«

Sie biss sich auf die Lippen, wich ihren Blicken aus. Sah betreten auf den Boden.

»Wer außer Ihnen hatte Zugang zu dem Kellerraum Ihres Mannes?«

»Ich … weiß nicht.«

»Frau Lehmann?«

Sie hob den Kopf. »Der Keller war wirklich Thorstens Reich. Dort hatte niemand Zutritt. Er … hat mir verboten, jemals jemanden hineinzulassen. Außer seinem engsten Freund.« Ihr Blick flackerte.

»Also war sein engster Freund drin?«

Plötzlich schien sie in sich zusammenzufallen. »Ach, Sie finden es ja doch heraus. Ja. Sein Freund war unten. Ich weiß aber nicht, was er dort gemacht hat. Wirklich nicht.«

Reichlich naiv, die junge Dame, dachte Franca. Wenn sie denn die Wahrheit sagt.

»Heißt dieser Freund Dominik Niehoff?«, fragte Clarissa.

Franca sah die Kollegin erstaunt an. »Der ist dir bekannt?«

Auch Marie Lehmann schien überrascht.

»Der Name wurde schon mal genannt. Jetzt ist er mir eingefallen.«

»Es stimmt«, bestätigte Marie Lehmann. »Dominik ist … war Thorstens bester Freund. Er hilft mir, alles zu regeln, und kümmert sich um uns, also um mich und den Kleinen. Wenn ich Dominik nicht hätte, wüsste ich gar nicht, was ich tun sollte.«

Franca und Clarissa tauschten Blicke.

»Frau Lehmann, wir bräuchten Anschrift und Telefonnummer von Dominik Niehoff.«

»Warum?«, fragte sie in einer nicht zu fassenden Naivität. »Er hat doch gar nichts damit zu tun. Das mit Thorsten, das waren doch die anderen.«

»Was meinen Sie? Welche anderen?«

»Na, diese linken Zecken.«

»Dann wissen Sie mehr als wir. Wir haben die Ermittlungen nämlich noch nicht abgeschlossen. Und wir sind verpflichtet, jedem Hinweis nachzugehen.«

Sie sah unglücklich aus. »Dominik ist nicht gut auf die Polizei zu sprechen.«

»Das können wir uns in etwa vorstellen. Die Adresse bitte.«

»Ja, dann.« Ihr Widerstand schien endgültig gebrochen. Sie schrieb etwas auf einen Zettel, den sie Franca reichte. »Bitte sagen Sie nicht, dass Sie das von mir haben.«

Franca sah auf die Notiz. »Er wohnt nicht in Oberwinter?«

Marie schüttelte den Kopf. »In Bad Bodendorf.«

»Danke.«

Draußen vor der Tür fragte Franca: »So, und jetzt sagst du mir, woher dir der Name Dominik Niehoff bekannt ist.«

»Als ich die Ex von dem Herzog befragte, ist der Name gefallen. Den hatte ich mir notiert, bin aber bisher nicht dazu gekommen nachzuforschen.«

Franca setzte sich hinters Steuer und fuhr los.

»In Bad Bodendorf waren wir schon mal zusammen. Auf dem Soldatenfriedhof. Erinnerst du dich?«, fragte Clarissa.

Franca nickte. »Als wir die Rotweinweg-Wanderung machten. Lang ist's her.«

»Karin von der Prävention war auch dabei.«

»Ich denke, wir fahren gleich nach Bad Bodendorf. Wo wir schon mal in der Nähe sind.«

Eine gute Viertelstunde später erreichten sie die genannte Adresse. Das Haus sah heruntergekommen aus. Ein Fachwerkhaus, das sicher einige 100 Jahre auf dem Buckel hatte. Abblätternder Putz, moosüberwachsenes Dach. Auf ihr Klingeln reagierte niemand.

»Der Herr scheint nicht zu Hause zu sein.« Auf ihr nochmaliges Klingeln rührte sich plötzlich etwas im Inneren. Die Tür ging auf. Ein Mann in geripptem Unterhemd und wild gemusterten Bermudashorts öffnete ihnen. »Ja. Bitte?« Er sah die beiden Polizistinnen fragend an. Franca zückte ihren Ausweis und stellte sich und Clarissa vor.

»Dominik Niehoff? Wir sind von der Kripo Koblenz.«

Sofort changierte sein Blick ins Feindselige.

»Dürften wir hereinkommen? Es geht um Ihren Freund Thorsten Herzog.«

»Ich wüsste nicht, was Sie von mir wollen.« Er blieb im Türrahmen stehen, ein Zerberus, der ihnen den Zutritt zu seiner Höhle verwehrte.

»Wir können Sie auch vorladen lassen, wenn Ihnen das lieber ist.«

»Den Weg können Sie sich aber sparen. Schließlich geht es nur um eine Auskunft«, fügte Clarissa hinzu.

Nach kurzem Zögern trat er beiseite, machte eine übertrieben höfliche Handbewegung. »Bitte, die Damen.«

Manchmal wundert man sich, wieso solch gegensätzliche Menschen sich befreunden, dachte Franca. Der Mann, der vor ihr herlief, war alles andere als attraktiv, im Gegensatz zu dem gut aussehenden Thorsten Herzog. Dominik Niehoff war eher unscheinbar, etwas dicklich, klein, wenig sportlich. Auf der Nase trug er eine altmodische Nickelbrille mit runden Gläsern. Damit sah er aus wie John Lennons dickerer Bruder.

Er führte sie durch ein spärlich eingerichtetes Wohnzimmer, in dem schon lange nicht mehr aufgeräumt worden war. Auf dem Tisch lagen Zeitungen und Essensreste. Etliche leere Flaschen standen herum. Sie folgten ihm auf die Terrasse, die an einen wild wuchernden Garten grenzte, in dem das Gras kniehoch stand. Zwischen Gestrüpp blühten bunte halb verwelkte Blumen.

Er wies auf zwei ramponiert aussehende Stahlrohrstühle mit maroden Gummistreifen, auf denen kein Polster lag. Er selbst nahm auf einem angegilbten Plastikstuhl Platz und starrte sie abwartend an.

»Sie sind ein Freund des getöteten Thorsten Herzog, richtig?«

Er strich sich durch das struppig abstehende Haar und grinste. »Das wissen Sie doch.«

»Gut, dann kommen wir gleich zur Sache. Das Kellerzimmer in Oberwinter kennen Sie sicher gut, nicht wahr?«

»Klar.« Er schlug die käsigen, behaarten Beine übereinander. Wippte mit dem Gummilatschen. Franca bemerkte, dass er einen Sonnenbrand hatte.

»Unsere Spurensicherung hat dort allerhand Interessantes gefunden.«

»Kann ich mir denken. Hat Ihnen sicher nicht gefallen, was Sie dort gesehen haben.«

Franca ließ sich nicht provozieren. »Nicht unbedingt. Aber darum geht es nicht, ob uns etwas gefällt oder nicht. Uns interessiert vielmehr der Laptop, der sich dort befand.«

Er erwiderte nichts. Schaute wie ein Krokodil. Wachsam. Mit starrem Blick.

»Konkrete Frage: Haben Sie den Laptop manipuliert?«

Er begann hämisch zu lachen. »Sie wollen mir was anhängen, ja? Da muss ich Sie bitter enttäuschen. Warum schauen Sie sich eigentlich nicht im linken Lager um? Ich sage Ihnen auch, warum: Thorsten hat in letzter Zeit den Mund ziemlich voll genommen. Das hat ihm mancher verübelt. Ich habe ihn mehrfach gewarnt. Aber er war sich seiner Sache ziemlich sicher.«

»Welcher Sache?«

Er sah Franca spöttisch an. Gab keine Antwort. Zuckte mit den Augenbrauen.

Franca beobachtete, wie eine getigerte Katze durch den Garten schlich und im Gebüsch verschwand.

»Was arbeiten Sie?«, fragte Clarissa in die Stille hinein. »Beruflich, meine ich.«

Er schaute erstaunt in ihre Richtung. »Ich bin gelernter Monteur. Momentan bin ich allerdings arbeitslos«, gab er bereitwillig Auskunft. »Ich widme mich viel meinem Garten. Habe ja genug Zeit.«

Mit einer weit ausholenden Handbewegung wies er über das weitläufige Gelände. »Das ökologische Gleichgewicht liegt mir sehr am Herzen.«

»Dann sind Sie eher ein Grüner?«

Er lachte schnaubend. »Ich gehöre keiner Partei an. Habe mich noch nie vereinnahmen lassen.« Demonstrativ sah er auf die Uhr. »Ich denke, mehr gibt es nicht zu sagen.« Er erhob sich und begleitete die beiden Polizistinnen durch den Garten vors Haus.

»Der Typ ist mir nicht geheuer«, sagte Clarissa, als sie am Auto angelangt waren. »Von wegen Naturmensch.«

»Die Nazis waren auch Naturmenschen.«

Clarissa kicherte. »Das Wohnzimmer war jedenfalls nazifrei.«

»Aber nicht dreckfrei.«

»Kaum zu glauben, dass der schnieke Herzog und dieser Typ eng miteinander befreundet waren.«

33. KAPITEL

Polizeipräsidium Koblenz

Als sie zurück ins Büro kam, schaute sie als Erstes in ihr Körbchen. Darin lag das ausführliche ballistische Gutachten des Schusswaffenerkennungsdienstes. Aufmerksam las sie es durch. Die meisten Fakten waren ihr bekannt und stimmten mit Frankensteins Ergebnissen überein. Neu war, dass man Fingerspuren auf Rominas Dienstwaffe von einer bisher nicht identifizierten Person gesichert hatte. Die Spuren waren allerdings schwach und nur in Teilabdrücken vorhanden.

Auf einem Zettel hatte jemand notiert, sie solle sich schnellstmöglich in der IT-Abteilung melden. Neugierig ging sie hinüber zu Renate.

»Was gibt's denn so Dringendes?«

»Wir sind ein gutes Stück vorangekommen«, sagte Renate mit geheimnisvollem Gesichtsausdruck. »Auf der hier«, sie wies auf eine externe Festplatte, »ist alles vom Laptop als Back-up gespeichert. Derjenige, der das Ding manipuliert hat, hat leider Pech gehabt. Da gibt's noch einiges für uns zu tun. Aber das Interessanteste: Der Herzog hat Schießübungen im Wald gemacht. Mit älteren Kumpanen, aber auch mit Jugendlichen, ich nehme an, auch mit seinen Schülern. Das ist hier dokumentiert. Sogar mit detaillierten Zeichnungen, wo sie ihre Waffendepots angelegt haben. Gibt auch Filmchen davon. Die haben auf Schießscheibenattrappen geschossen mit Fotos von VIPs. Die Kanzlerin ist auch dabei.«

»Ach du Schande.«

Renate rief ein Video auf, auf dem martialisch wirkende Personen mit Pistolen im Wald zu sehen waren. Einer von ihnen war Thorsten Herzog.

»Ach, schau mal an, den hier kennen wir doch auch.« Franca deutete auf Dominik Niehoff. »Dem haben wir gerade einen Besuch abgestattet. Wisst ihr schon, wer die Jugendlichen sind?«

»Das lässt sich sicher herausfinden, wir brauchen nur Geduld. Da ist jede Menge Arbeit nötig, um das alles auszuwerten. Also, dieser Herr Herzog hält uns ganz schön auf Trab.«

»Das kannst du laut sagen.«

»Dass Herzog bei dem Marsch dabei war, und zwar unmittelbar in Rominas Nähe, weißt du vermutlich?«

Franca nickte.

»Ich habe mir jetzt nochmal einige der Filme von diesem Trauermarsch im Internet genauer angesehen. Mit denen habe ich eine neue Software ausprobiert, die Gesichtserkennungen markiert. Einige Personen, die bei den Schießübungen dabei sind, waren auch auf der Demo.«

»Das war zu erwarten.«

Renate sah sie schräg von der Seite her an. »Und? Was drängt sich einem unwillkürlich für ein Gedanke auf?«

Franca seufzte. »Romina hat herausgefunden, dass es Herzog war, der sie niedergeschlagen hat. Oder zumindest einer aus seiner Truppe.«

»Sehe ich auch so.«

»Weißt du, ich könnte Romina noch nicht mal verdenken, dass sie einen Hass auf solche Typen wie den hatte. Und ihn kaltmacht. Nur mal so ins Unreine gesprochen.«

»Renate! Wir sind Polizisten. Wir dürfen so was nicht mal denken.«

»Aber wir sind auch Menschen mit Gefühlen im Leib. Alles, was ich aus der Festplatte herauslese, ist, dass Herzog gut vernetzt war und zum Umsturz aufgerufen hat. Besonders Jugendliche hatte er im Visier. Genauer gesagt: seine Schüler.«

»Und niemand will was gewusst haben.« Francas Blick klebte auf dem Bildschirm. »Du hattest übrigens recht: Er war auch schon im ›Aktionsbündnis‹ aktiv.«

»Habe ich doch gleich gesagt, dass die nicht von heute auf morgen von der Bildfläche verschwunden sind.«

»Ich wünsche mir so sehr, Romina hat nichts mit Herzogs Tod zu tun.«

»Es könnte aber auch sein«, Renate machte eine Pause, »dass er von jemandem aus seiner eigenen Gefolgschaft umgelegt wurde. Der bei dem Gerangel an Rominas Pistole gekommen ist.«

Franca zuckte die Schultern. »Wer weiß, was in den Köpfen von denen so vor sich geht. Wenn einer wieder ein kleiner Hitler werden will, muss der andere eben weg. Nach dem Motto: Du sollst keine anderen Götter neben mir haben. Ist eine andere Welt.«

In diesem Moment wünschte sich Franca nichts sehnlicher, als woanders zu sein. In den Bergen. In ihrem Häuschen. Wo die Welt friedlich und ohne Heimtücke war.

»Alles weitere müsst ihr herausfinden. Meinen Part habe ich erledigt.« Renate schaltete den Bildschirm aus.

»Vielen Dank. Auch weil du wieder mal bewiesen hast, was du für eine Granate bist.«

»Immer wieder gern.« Renate lächelte bescheiden.

34. KAPITEL

Berlin

Am S-Bahnhof Raoul-Wallenberg-Straße stiegen sie aus. Marzahn-Hellersdorf am Ostrand von Berlin war keine feine Gegend, sondern einer der sozialen Brennpunkte der Hauptstadt, was Romina durchaus bekannt war. Viel Beton, kaum Grün. Plattenbauten, wohin man blickte.

»Hier möchte man nicht unbedingt leben«, entfuhr es ihr.

»Unsere Leute hatten hier auch nicht leben wollen. Obwohl es damals anders aussah«, antwortete ihre Mutter.

Ein Schild verwies auf den Otto-Rosenberg-Platz.

»Weißt du, wer Otto Rosenberg war?«, wollte Romina wissen.

»Einer der unseren, der viel für uns getan hat. Nur 74 Jahre alt ist er geworden. Er war als Kind in diesem Lager und wurde in verschiedenen KZs interniert. Das alles hat seine Spuren hinterlassen.«

»Ein Sinto?«, fragte Romina erstaunt.

Die Mutter nickte. »Nicht nur das. Er ist auch der Vater der bekannten Sängerin. Marianne Rosenberg.«

»Kenne ich nicht.«

Die Mutter gab ein leises Lachen von sich. »Ist auch eher meine Generation. Ihre Lieder hat man rauf und runter im Radio gespielt. Eines davon wurde sogar zur Schwulen-Nationalhymne.« Sie kicherte. »*Er gehört zu mir*‹ Hast du das wirklich noch nie gehört?«

Romina schüttelte den Kopf. »Jedenfalls nicht bewusst.«

»Es gibt sicher schönere Straßen und Plätze, aber das ist ein authentischer Ort, der eben viel mit seinem Namensgeber zu tun hat. Genau hier auf diesem Gelände hatten die braunen Machthaber unsere Leute unter unmenschlichen Bedingungen gefangen gehalten.«

»Hier also hat mein Großvater einen Teil seiner Kindheit verbracht.«

»Notgedrungen.« Die Mutter nickte. »Der Platz war ziemlich lange in Vergessenheit geraten. Otto Rosenberg hat sich dafür eingesetzt, dass an dieser Stelle eine Gedenkstätte errichtet wird. Seine Tochter Petra, also die Schwester von Marianne, ist in seine Fußstapfen getreten. Sie ist Vorsitzende des Landesverbandes Deutscher Sinti und Roma Berlin-Brandenburg und genauso engagiert wie ihr Vater.«

Beide blieben vor einer der Ausstellungstafeln stehen, auf denen der junge Otto Rosenberg abgebildet war.

»Als die olympischen Spiele anstanden, haben die Nazis unsere Leute kurzerhand ausquartiert. Hierher. In die Nähe eines Friedhofs.« Die Mutter machte eine vielsagende Pause. »Man wollte der Welt ein sauberes Berlin zeigen. Ohne die dreckigen Zigeuner.« Ihre Stimme klang bitter.

Romina nickte. »So hat es Opa Remo in seinem Büchlein beschrieben.«

Sie schlenderten von Ausstellungstafel zu Ausstellungstafel und lasen die Informationen zum Zwangslager.

»Es hat ziemlich lange gedauert, bis die Berliner bereit waren, sich mit dem Antiziganismus auseinanderzusetzen. Unsere Verfolgung hat ja nicht aufgehört, nachdem das Dritte Reich vorbei war. Noch einige Jahre nach dem Krieg waren hier einzelne Familien untergebracht. Später hat man alles vergessen wollen.«

Romina nickte. »Oder verdrängen.«

»Erst im Zuge der Bürgerrechtsbewegung der Sinti und Roma Ende der 70er-Jahre begann man mit der Aufarbeitung dieses heiklen Themas. Und dann hat es noch mal Jahre gedauert, bis die Öffentlichkeit von der Gänze des Geschehens erfuhr. Erst 2011 hat man schließlich die Gedenkstätte errichtet.«

Romina betrachtete die Gesichter auf den Ausstellungstafeln und suchte nach Ähnlichkeiten. Gleichzeitig dachte sie daran, dass es nur wenige waren, deren Geschichte bekannt wurde. Und diese Geschichten waren allesamt nicht schön.

»Standen die Rosenbergs von Anfang an dazu, dass sie Sinti sind?« Romina erinnerte sich an das Schweigen ihrer eigenen Eltern.

»Das hat wohl seine Zeit gebraucht«, antwortete die Mutter. »Wie alle, die diese schlimme Zeit erlebt haben, konnte auch Otto Rosenberg nicht offen über das reden, was die Nazis ihm angetan hatten. Er war ein Kind, als er erst hierher nach Marzahn und wenig später ins KZ kam. Ein Junge, der nicht verstand, weshalb man ihm so was antut.«

»Nicht nur die Kinder haben das nicht verstanden«, sagte Romina nachdenklich.

»Er ist der einzige seiner Familie, der überlebt hat. Und es war eine große Familie.«

»Wie bei uns.«

»Er hat sich unermüdlich für unsere Belange eingesetzt.

Wir haben ihm sehr viel zu verdanken. Das steht übrigens alles in seinem Buch. Ich habe es zu Hause. Das kann ich dir ausleihen.«

»Gern.«

Romina dachte daran, dass Großvaters Wunden nie wirklich heilten. Dass er alles Schreckliche, was er erlebt hatte, mit sich herumtrug wie ein zu schwer gewordener Rucksack. Und manchmal, wenn er es gar nicht mehr aushielt, ertränkte er alles in Alkohol.

Inzwischen waren sie an dem Gedenkstein angelangt. Darauf war eingraviert, dass die ruhmreiche Sowjetarmee das Lager befreite.

»Den Stein gibt es bereits seit 1986«, erklärte die Mutter. »Der atmet noch den Geist der ehemaligen DDR, wie du siehst. Die anderen Informationen kamen nach und nach dazu.«

Vor einer hellen Marmortafel blieben beide stehen und falteten andächtig die Hände.

Den Berliner Sinti, die im / Zigeunerlager Marzahn litten / und in Auschwitz starben / Mai 1936 - Mai 1945 / ATSCHEN DEVLEHA.

»Atschen devleha«, murmelte die Mutter. »Auf Wiedersehen.«

Einmal mehr fragte sich Romina, wie das damals war und wie man so etwas aushalten konnte. Ihr war bewusst, dass sie nicht annähernd in die Dimensionen vordringen konnte, was ihre Vorfahren erlitten hatten. Und doch lebten sie in derselben Welt, von Menschen erschaffen. Von Menschen beherrscht.

Es war ein wunderschöner Tag, die Sonne brannte vom Himmel und trieb ihnen den Schweiß auf die Stirn.

»Das Don-Bosco-Zentrum hat die Patenschaft für die Gedenkstätte übernommen.« Die Mutter wies auf eine Rotunde nahebei. »Weil man gerade jungen Menschen an diesem Ort Gelegenheit geben will, sich intensiv mit der Geschichte zu beschäftigen. Nichts soll vergessen werden, auch wenn es noch so weh tut.« Die Stimme ihrer Mutter zitterte. Diese Reise in die Vergangenheit bewegte sie sichtlich. Romina sah, wie eine Träne die Wangen der Mutter hinunterrollte. Auch ihr war zum Weinen zumute.

Sie suchte nach der Hand der Mutter und drückte sie fest. »Danke, Mama. Dass du das alles mitmachst.«

»Leicht fällt mir das nicht.«

»Ich weiß.«

»Wollen wir zurück?«

Sie gingen nebeneinanderher in trauter Einigkeit. Mutter und Tochter. Romina betrachtete die Frau, die sie geboren hatte, von der Seite und dachte: Wie sehr wir uns doch ähneln. Unsere Wurzeln sind dieselben. Einen Großteil unserer Familie haben sie uns genommen, aber wir sind noch da. Gehören zu dieser Welt. Und doch lebt jede von uns ein vollkommen anderes Leben.

»Jetzt essen wir ein Eis«, rief die Mutter mit aufgesetzter Fröhlichkeit. »Wir Berliner sind keine Kinder von Traurigkeit. Wir stehen immer wieder auf.« Sie tippte ihrer Tochter vor die Brust. »Und du solltest dich auch nicht unterkriegen lassen.«

*

Notizen Remo Weiss

*Nach dem Krieg sollte alles anders sein, darauf hatten wir
so sehr gehofft. Ich habe fest daran geglaubt, dass man das
Unrecht einsieht, das man an uns verbrochen hat. Ich habe
wirklich gehofft, man habe gelernt.*

*Zusammen mit meiner Frau, die ebenfalls im KZ war,
habe ich einen Antrag auf Entschädigung gestellt. Doch
der wurde strikt abgelehnt. Es gab keine Entschädigung,
obwohl wir uns an den obersten Gerichtshof wendeten.
Man wollte nicht anerkennen, dass wir rassistisch Verfolgte waren.*

*»Zigeuner«, so teilte man uns mit, seien »überwiegend
nicht aus rassischen Gründen, sondern wegen ihrer aso-
zialen und kriminellen Haltung inhaftiert worden.« Das
gaben sie uns schriftlich. Falls dies nicht der Fall sei, sollten wir Beweise erbringen. Beweise!*

*Dass wir eine Markierung auf dem Arm trugen, die
uns für immer zeichnete, das hat niemanden gekümmert.
Auch nicht, dass man uns nicht nur fast alle Papiere weggenommen hatte, sondern auch unseren gesamten Besitz.*

*Wir brauchen uns nichts vorzumachen: Die alten Vor-
urteile bestehen noch immer. Wie kann man unter diesen
Umständen, nach allem, was wir erlebt haben, noch an
Gerechtigkeit glauben? Diese Ungerechtigkeit tut mehr
weh als ein Schlag ins Gesicht. Diese Ungerechtigkeit ist
ein Schlag ins Gesicht.*

*Ich dachte, ich könnte mich damit abfinden. Lange
hoffte ich, ich würde Ruhe finden über die Jahre. Dachte,
ich könnte das Grauen und die Demütigungen irgendwann vergessen, doch das ist nicht möglich. Das, was man*

uns angetan hat, bleibt immer gegenwärtig. Auch, weil niemand eine Schuld eingestehen will.

35. KAPITEL

Polizeipräsidium Koblenz

Endlich hatte Franca Zeit gefunden, sich dem Stick mit den Unterlagen von Herzogs Großvater zu widmen. Je mehr sie las, umso mehr verfestigte sich ein Gedanke, der sie nicht mehr losließ. Herzogs Großvater war in Auschwitz Lagerarzt gewesen. Dort assistierte er bei den Menschenversuchen des Doktor Mengele. Wie elektrisiert war sie, als irgendwo vermerkt war, dass sein besonderes Augenmerk Zigeunerkindern galt.

Vieles von dem, was auf dem Stick gespeichert war, war im Internet zugänglich. Insofern war es gut denkbar, dass Romina diese Informationen ebenfalls herausgefunden hatte und entsprechende Schlüsse daraus zog. Inzwischen schien Franca der Gedanke, dass Romina als Herzogs Mörderin in Frage kam, nicht mehr so weit hergeholt, ein Gedanke, der sich immer mehr verfestigte. Zumal Franca schon eine ganze Weile eine bestimmte Möglichkeit in Betracht zog.

Um dies zu klären, rief sie eine Nummer in Potsdam an und ließ sich mit der Personalabteilung des Bundespolizeipräsidiums verbinden.

»Sebastian Müller.«

Die Stimme klang jung, vielleicht hatte sie Glück.

»Guten Tag, Herr Müller«, gab sich Franca betont freundlich. »Kriminalhauptkommissarin Franca Mazzari, Polizeipräsidium Koblenz.«

»Ja, was kann ich für Sie tun?«

»Es ginge um eine kleine Auskunft. Eine etwas heikle Angelegenheit. Wir bearbeiten den Fall einer Bundespolizistin, die in ein unschönes Visier geraten ist. Und wir möchten natürlich alles tun, den Fall korrekt aufzuklären.«

Der junge Mann am anderen Ende der Leitung schien aufmerksam zuzuhören.

»Um wen geht es?«

»Romina Weiss, wohnhaft in Remagen. Seit einem halben Jahr dienstunfähig, weil sie während einer Demonstration von Rechtsradikalen niedergeschlagen wurde.«

»Oh. Das hört sich schlimm an. Und womit kann ich Ihnen helfen?«

»Sie haben die Akte vor sich?«

»Noch nicht. Moment.«

Durch den Telefonhörer drang das leise Geklapper einer Tastatur.

Franca begann zu reden und versuchte überzeugend zum Besten zu geben, was sie sich insgeheim zusammenreimte, für das ihr aber die Bestätigung fehlte. »Romina

Weiss kommt aus Berlin. Die Großeltern müssen während der Nazizeit Furchtbares durchgemacht haben. Und nun wird die Enkelin eines Verbrechens beschuldigt. Dieser Anschuldigung müssen wir natürlich gründlich nachgehen. Um jegliches Missverständnis auszuschließen.«

»Wieso wird sie beschuldigt? Ich dachte, sie sei niedergeschlagen worden?«

»Die Geschichte ist etwas kompliziert, das möchte ich nicht weiter ausführen. Aber es gibt leider Menschen, die ihr einen Mord in die Schuhe schieben wollen. Weil sie dem alten Vorurteil aufsitzen, dass das Ganze etwas mit der Herkunft von Frau Weiss zu tun haben muss.«

»Ihrer Herkunft? Wie meinen Sie das?«

»Sie wissen, was man den Sinti und Roma im Dritten Reich angetan hat?«

Sie hatte diesen Zusammenhang einfach so behauptet, in der Hoffnung, dass der junge Mann ihr eine entsprechende Antwort gab, die diese Vermutung entweder bestätigte oder negierte.

»Wie, man will ihr einen Mord anhängen, nur weil sie eine Sinteza ist? Das ist ja ungeheuerlich.«

»Sie sagen es.« Franca holte tief Luft. »Es ist doch so, dass Romina Weiss der Volksgruppe der Sinti angehört?«

»Hm. Moment … Ja, da ist ein entsprechender Vermerk.«

»Ich danke Ihnen vielmals.«

Es war zwar nicht ganz korrekt, was sie da getan hatte, aber immerhin hatte sie nun die Gewissheit, dass ihre Vermutung richtig war.

Romina entstammte der Volksgruppe der Sinti und Roma, die in Nazi-Deutschland ebenso rigoros verfolgt wurde wie die Juden. Irgendwo hatte sie gelesen, dass es in Auschwitz ein ausgewiesenes Zigeunerlager gab.

Thorsten Herzogs Vorfahren waren Nazis. Wie sie inzwischen wusste, war sein Großvater Lagerarzt in verschiedenen KZs gewesen. Was, wenn Romina dies herausgefunden hatte, nachdem sie wusste, wer sie niederschlug? Auch wenn Thorsten Herzogs Name nirgendwo in den Medien vollständig genannt wurde – für eine Polizistin war es ein Einfaches, diesen herauszufinden.

Franca wurde angst und bange. Ein Rechtsextremist als Opfer und eine Sinteza als mögliche Täterin. Vielleicht sehe ich Gespenster, rief sie sich zur Räson. Auf keinen Fall wollte sie ihre Vermutung mit Clarissa erörtern.

Sie seufzte laut auf. Wenn da tatsächlich was dran sein sollte, wäre die Empörung der Öffentlichkeit groß. Und diejenigen, die schon immer gewusst hatten, dass Zigeunern grundsätzlich nicht zu trauen ist und sie von Hause aus kriminell sind, hätten ihre Bestätigung.

Sie überlegte, mit wem sie dies besprechen könnte. Es musste eine Person sein, die unvoreingenommen war, ein Mensch, dem sie absolut vertraute. Beherzt griff sie zum Telefon.

»Hallo, Hubi. Hättest du Zeit für mich? Jetzt gleich?«

36. KAPITEL

Berlin

Wie gern hätte sie dies alles zusammen mit ihrem Vater erlebt. Sie hatte ihn bedingungslos geliebt, natürlich. Aber sie erinnerte sich auch daran, dass sie sich einmal ganz furchtbar verkracht hatten und er in striktem Befehlston und starrem Blick darauf beharrte, dass er im Recht war. Worum es ging, wusste sie nicht mehr. Vielleicht um ihren Berufswunsch, den sie früh geäußert hatte.

Inzwischen verstand sie vieles besser. Sie verstand, warum er trotz all seiner Liebe, die sie gespürt hatte, oftmals den Herrscher hervorgekehrt und auf seiner Sicht der Dinge beharrt hatte. Weil eines ihrer Gesetze lautete: Widersprich nie deinem Vater. Daran hatte auch er selbst sich ein Leben lang gehalten. Was ihm sicher nicht leichtgefallen war.

Sie verstand nun auch besser, weshalb ihr Vater etwas gegen Uniformen hatte. Warum er folglich seine Tochter nicht in einer solchen sehen wollte. Er trug das Erbe, das seine Eltern ihm mitgegeben hatten, in sich.

Und nun war sie drauf und dran, ihren Beruf aufzugeben. War sie etwa auf dem besten Weg, dieses Erbe weiter zu tragen? Diese historische Last, die man ihrem Volk aufgebürdet hatte? Das darf nicht sein, dachte sie. Irgendwann müssen wir die Kette durchbrechen. Es darf nicht sein, dass Leid von Generation zu Generation duldsam weitergegeben wird. Wir leben im Heute und müssen lernen, mit der Vergangenheit umzugehen. Die Augen offen halten. Uns wehren.

Mit einem Mal wurde ihr bewusst, dass diese Kurzreise mehr war als ein Besuch in ihrer Heimatstadt. Das Aufsuchen wichtiger Stätten, das Lesen der Erfahrungen und Geschichten einzelner Betroffener hatten ihr geholfen, die Dinge vielleicht nicht in ihrer Gänze zu verstehen. Aber sie doch ein wenig besser einzuordnen.

Der Abschied fiel Romina schwerer als gedacht. Am Bahnhof umarmte sie ihre Mutter herzlich und drückte sie fest an sich. »Danke für alles. Ich weiß das sehr zu schätzen.«

»Nichts zu danken, mein Mädchen, komm bald wieder. Ich glaube, der Aufenthalt hier hat dir gutgetan. Du siehst schon viel besser aus.« Die Mutter löste sich aus der Umarmung und strich sich mit einem nervösen Lächeln verschämt über die Augen.

Der Zug stand bereits wartend auf dem Gleis. Noch ein letztes Winken, dann stieg Romina ein. Es war gut und richtig gewesen, nach Berlin zu fahren und mit der Vergangenheit, die so lange ein Rätsel für sie war, hautnah konfrontiert zu werden. In jedem Fall hatte sie einiges an Erkenntnissen gewonnen. Es war etwas anderes, sich an die Orte des Geschehens zu begeben, anstatt nur darüber zu lesen oder in Filmen anzusehen.

Sie setzte sich auf ihren reservierten Platz und schloss die Augen, um die letzten Tage Revue passieren zu lassen. Zusammen mit ihrer Mutter hatte sie weitere Erinnerungsorte besucht, die in dem grünen Büchlein erwähnt waren oder in anderer Weise an die schlimme Zeit erinnerten. Dabei waren sie sich jedes Mal ein Stückchen näher gekommen. Den Gedenkort Güterbahnhof Moabit, wo einst die Gleise verliefen, von denen aus die Berliner in Vernichtungslager deportiert wurden, hatten sie zusammen besucht. Ebenso das Gestapo Hauptquartier in der ehemaligen Prinz-Albrecht-Straße, Topografie des Terrors genannt.

Nach Ravensbrück allerdings war Romina alleine gefahren, weil ihre Mutter sich geweigert hatte mitzukommen. »Das kann ich nicht ertragen. Das geht mir zu nah«, so ihre Begründung. Romina hatte dies verstanden.

Einen Besuch in Auschwitz hätte sie bevorzugt, doch das war zu weit weg. Fürstenberg an der Havel war gut mit dem Zug von Berlin aus zu erreichen. In einer Stunde kam sie dort an. Eigentlich war Ravensbrück – die letzte Schreckensstation ihres Großvaters – ein schwer bewachtes Frauenlager. Schutzhaftlager nannten dies die Nazis.

Romina fiel es nicht gerade leicht, dieses weitläufige Gelände in seiner Aufgeräumtheit und dem Vogelgezwitscher mit dem furchtbaren Ort in Verbindung zu bringen, in dem ihr Großvater die letzten Kriegstage verbrachte. Als sie durch das Gelände schritt, das so friedlich anmutete, ging ihr andauernd durch den Kopf, dass genau hier ihr Großvater Todesangst ausgestanden und unsäglich gelitten hatte. Wie ein nestloser Vogel, hatte er einmal bemerkt. Gleichzeitig wurde ihr bewusst, dass sie dies niemals so würde nachempfinden können wie die Menschen, die hier drangsaliert wurden. Dennoch war auch dieser Besuch eine wichtige Erfahrung gewesen.

Der Zug setzte sich in Bewegung. Sie öffnete die Augen, ihr Blick glitt über Häuser, Straßenschluchten, streifte Fenster, hinter denen Menschen lebten, über Dächer hinweg. Schließlich verließ der Zug die Hauptstadt. Jetzt zogen in rasanter Geschwindigkeit grüne Wiesen und Wälder vorüber. Die Wolken am Himmel zogen mit. Ließen sich nicht festhalten.

Aus ihrer Tasche nahm sie Otto Rosenbergs Buch »*Das Brennglas*« heraus, das die Mutter ihr mitgegeben hatte, und begann zu lesen. »Dieses ist die Geschichte eines Menschen. Wie es so heißt: eines Menschen wie du und ich. Ein Berliner Jahrgang 1927, erzählt sein Leben ...«

Otto Rosenberg hatte sich trotz aller Widrigkeiten niemals unterkriegen lassen. Unermüdlich hatte er gekämpft. Gegen die, die ihm Unrecht taten – und gegen die eigenen Dämonen. Seine Verdienste für Sinti und Roma waren unschätzbar. So viel hatte sie bereits verstanden.

Der Zug glitt dahin. Romina fühlte sich gestärkt. Die Lektüre machte ihr Mut. Bestätigte sie in ihrem Vorhaben. Nun wusste sie, was zu tun war: Sie würde ihr Rückgrat durchdrücken, hoch erhobenen Hauptes ins Koblenzer Präsidium gehen und sich stellen. Sie würde alles beantworten, so gut sie konnte. Keiner Frage würde sie ausweichen, und wenn sie noch so unangenehm war. Ihre Antworten würden klar und mutig sein.

Ihr Sitznachbar schälte eine Mandarine. Der Duft streifte ihre Nase. Sie sah zu ihm hin. Es war ein Mann um die 50. Seine Miene war freundlich. »Mögen Sie eine? Meine Mutter hat mir viel zu viele eingepackt. Sie glaubt, ich kann mir keine Mandarinen selbst kaufen. Ich bin eben immer noch das Kind.«

»Vielen Dank.« Lächelnd nahm sie eine der dargebotenen Früchte, schälte sie und aß nacheinander die einzelnen Schnitze.

Der Zug rollte unermüdlich weiter. Während sie die Landschaft betrachtete, die vorüberzog, freute sie sich auf das, was kam. Sie hatte das gute Gefühl, mit allem besser fertig zu werden. Sie fühlte sich stark.

Denn eines hatte sie sich fest vorgenommen: Sie würde sich aus ihrer Duldungshaltung befreien. Sich stolz zu ihrer Volkszugehörigkeit bekennen. Die Vergangenheit, in der sie wurzelte, wollte sie nicht länger leugnen. Aber die historische Last war nicht ihre Last. Sofort, wenn sie nach Hause kam, würde sie reinen Tisch machen und die Dinge klären.

*

Notizen Remo Weiss

Hunger wird mich ein Leben lang begleiten. Das Gefühl, nie richtig satt zu werden, egal, wie viel ich esse, lässt mich nicht los.

Es ist zu viel geschehen. Im Konzentrationslager Ravensbrück, wo sie uns zuletzt hingebracht hatten, wurden Häftlinge verletzt, um das Medikament Sulfonamid zu testen. Anderen wurden eitrige Geschwüre zugefügt; manche mussten Kampfgase einatmen oder Meerwasser trinken.

Das habe ich erst später erfahren. Wie so vieles andere Schreckliche.

Während all dieser Jahre haben sich Ärzte zu Handlangern des Todes machen lassen. Juden und Zigeuner bezeichneten sie als Menschenmaterial, mit dem man ungehemmt umgehen konnte.

Das haben insbesondere die Nürnberger Ärzteprozesse gegen jene Kriegsverbrecher verdeutlicht, die im Namen der Medizin mordeten und in grausamen Experimenten quälten. Viele auf diese Weise malträtierten Häftlinge starben sofort an den Folgen der Versuche. Andere, zu denen ich mich zähle, trugen bleibende Schäden davon.

Ärzte, die man gemeinhin für intelligent und gebildet hält, hatten ihr grausames Tun als Forschung legitimiert. Noch heute werden Krankheiten nach NS-Ärzten benannt. Nach ihrer Ideologie war Töten Bestandteil des Heilens.

Auch wenn wir seit 1945 in Frieden leben, es bleibt alles in meinem Kopf. Die Bilder kleben darin fest. Und die Angst. Diese furchtbare Angst. Im Grunde vermögen keine Worte das zu beschreiben, was wir erlebt haben.

Wir dürfen dies nicht für uns behalten. Wir müssen es in die Welt hinaustragen, damit alle erfahren, was man uns angetan hat. Damit sich so etwas nie nie nie wieder wiederholt.

37. KAPITEL

Remagen

Die Polizeiinspektion Remagen war ein etwas unschein-
barer flacher Bau, zu dem eine hohe Treppe hinaufführte.

»Franca. Ich freu mich richtig, dich wiederzusehen.«
Hinterhuber erwartete sie in seinem Büro, in dem üppige
Grünpflanzen dominierten. Ein riesiger Farn auf einer
Säule vor seinem Schreibtisch beherrschte den Raum.

»Das ist ja ein halber Urwald. Noch immer die Vorliebe
für die Botanik.« Sie lachte und fühlte sich in eine andere
Zeit versetzt, als sie und Hinterhuber ein eingeschwore-
nes Team im Koblenzer Präsidium bildeten.

In der kleinen Besprechungsecke nahmen sie Platz.

Er lächelte. »Natur ist doch was Wunderschönes. Und
die Pflanzen mögen mich, wie du unschwer erkennen
kannst.«

»Anders als die Menschen? Kann ich mir nicht vorstellen.« Sie zwinkerte ihm zu.

»Nun, für manche Menschen bin ich ein rotes Tuch.«

»Polizistenkrankheit«, konstatierte sie grinsend. »Gut,
dass ich bald davon geheilt sein werde.«

Sein Gesichtsausdruck wurde ernst. »Du willst wirklich nach Italien ziehen?«

»Ich habe immer von einem Häuschen im Trentino
geträumt. Erinnerst du dich? Und man soll ja seine Träume
wahrmachen, solange das noch geht. Das dolce far niente
der Italiener kommt mir sehr entgegen. Das haben wir

Deutschen irgendwie verlernt. Die Dinge gelassener zu sehen. Es kommt ja doch, wie es kommt.«

»Das klingt ziemlich abgeklärt.« Er besann sich. »Ach, entschuldige. Ich habe dir gar nichts angeboten. Kaffee habe ich leider nicht. Aber mit Tee könnte ich dienen.«

»Gern nehme ich eine Tasse Tee. Hast du grünen?«

»Klar. Mehrere Sorten. Bin immer noch ein passionierter Teetrinker.« Er stand auf und stellte den Wasserkocher an. »Und deine Tochter? Findet die das auch gut?«, erkundigte er sich.

»Ach weißt du, Hubi, Georgina geht doch schon lange ihre eigenen Wege. Ihr tut ja alle so, als sei ich in Italien aus der Welt.«

»Na ja, ist schon 'ne ordentliche Strecke.« Er nahm zwei Teebeutel aus einem der Päckchen. »Was macht Georgina beruflich?«

»Studiert Medizin. Wie ihr Papa. Hat auch sonst viel von David. Nicht nur die Hautfarbe.«

»Sie wird schon auch ein bisschen von dir haben. Ihr hattet doch immer ein gutes Verhältnis.« Er stellte die dampfende Teetasse vor sie hin. »Zucker?«

Sie schüttelte den Kopf. »Danke. – Ja, stimmt. An unserem guten Verhältnis hat sich nichts verändert. Sie findet es tatsächlich cool, dass ich nach Italien ziehe.« Sie lächelte vor sich hin, hob dann den Kopf. »Und wie ist das bei dir? Wie geht's Ingrid? Und deinen Kindern? Bist du überhaupt noch verheiratet?«

Er hob die Schultern. Lächelte. »Alles bestens. Manche Polizistenehen halten. Trotz aller Widrigkeiten und entgegen jeglicher Statistik. Meine gehört dazu. Man muss ja nicht immer dem Mainstream folgen.«

»Das freut mich. Das freut mich wirklich. Überhaupt hast du ja auch deinen Traum wahrgemacht. Hast weiter an deiner Karriere gebastelt und bist weit gekommen. Wie lange bist du hier schon Chef?«

»Gut drei Jahre werden es jetzt. Aber ich habe unsere gemeinsame Zeit in Koblenz nicht vergessen. Wir waren ein klasse Team. Obwohl ich manchmal dein italienisches Temperament verflucht habe.«

»Ja, ich weiß, ich hab es dir nicht immer leichtgemacht.« Gespielt schuldbewusst verzog sie das Gesicht.

Er grinste schief. »Du wolltest mich nicht akzeptieren. Hast dich mit Händen und Füßen gewehrt. Nur, weil ich ein Mann war.«

»Stimmt, eine Frau auf deinem Posten wäre mir lieber gewesen.«

»Die hast du ja jetzt. Clarissa.«

»Ja, Clarissa ist schon toll. Aber momentan macht sie mir ein bisschen Sorgen.«

»Inwiefern?«

»Es geht um Romina Weiss, diese Bundespolizistin, die während eines Trauermarsches bei euch niedergeschlagen wurde.«

»Du meinst die Sache mit der gestohlenen Pistole?«

Franca nickte. »Clarissa ist eine gute Freundin von Romy. Und gute Freunde lassen nun mal bestimmte Gedankengänge nicht zu. Beziehungsweise sind befangen. Dabei glaube ich immer mehr, dass da was nicht stimmt. Aber Clarissa verteidigt sie wie eine Löwin. Dieser engagierte persönliche Einsatz ist nicht gut. Polizisten sollten immer einen klaren Blick bewahren.«

»Ist das so?« Hinterhuber grinste. »Ach, komm, Franca.

Polizisten sind doch auch Menschen. Und was macht dich so sicher, dass Romina was mit der Sache zu tun hat?«

»Ich habe mich ein bisschen schlaugemacht. Es spricht viel dafür, dass sie und dieser Herzog sich kannten. Zumindest gibt es Hinweise, dass er derjenige war, der sie niedergeschlagen hat.«

»Ja. Ich bin im Bild«, bestätigte er.

»Was die Sache ungemein verkompliziert: Romina Weiss ist eine Sinteza.«

Hinterhuber sah sie erstaunt an. »Woher weißt du das?«

»Du kennst mich doch, wenn ich was mache, mache ich es richtig. Ich halte sie wirklich für eine Verdächtige – und laufe damit Gefahr, mich Rassismusvorwürfen auszusetzen. Das ist mir schon klar.«

»Puh. Das könnte natürlich sein. Hast du irgendwas Konkretes in der Hand?«

»Du weißt ja, was die Nazis mit den Sinti im Dritten Reich gemacht haben. Es gibt tatsächlich Hinweise, dass ihre Familien – also die von Herzog und Weiss – auf unheilvolle Weise miteinander verstrickt sind. Und da kommt so ein Neonazi daher und schlägt Romina nieder. Vielleicht hat sie herausgefunden, wie ihre Familien miteinander zusammenhängen. Im Internet kann man ja einiges erfahren. Romina muss einen Riesenbrass auf die Nazis haben. Ihre Wut mischt sich mit Hass, sie überlegt, was sie tun könnte, demjenigen das Handwerk zu legen – sie erfindet eine Geschichte mit der gestohlenen Pistole und …«

»Franca. Moment.« Er hob beschwichtigend beide Hände. »Vergaloppier dich nicht. Du kannst dir sicher sein: Auch ich verurteile diesen unseligen Nazi-Spuk zutiefst und denke, wir haben in Deutschland wieder oder immer noch ein großes Problem mit dem Rechtsextremismus. Das bedeutet: Wir müssen aufpassen. Da bin ich ganz bei dir. Auch, und besonders, weil sich diese Typen Plätze in den Parlamenten ergattern und einer unglaublichen Respektlosigkeit neuen Raum bieten. Aber …«

»Vergiss nicht: Dieser Typ war Lehrer. Der hat mit seinen Schülern Schießübungen im Wald gemacht!«

»Das mag ja alles sein. Aber eine Kollegin beschuldigen. Ganz ohne Beweise. Das geht zu weit.«

»Wer sagt denn, dass ich keine Beweise habe? Oder nennen wir es der Richtigkeit halber Indizien. Man kann davon ausgehen, dass Rominas Vorfahren in den KZs vergast wurden. Du weißt, nur wenige haben überlebt.«

»Das ist weder ein Indiz noch ein Beweis für deine Theorie.«

»Und wenn ich dir sage, dass Großvater Herzog Lagerarzt in Auschwitz war und dort an Menschenversuchen beteiligt war? Ein eifriger Nazi, einer der Assistenten des berüchtigten Doktor Mengele, die Versuche an Kindern durchgeführt haben. Insbesondere an Zigeunerkindern.«

Hinterhuber runzelte die Stirn.

»Konkrete Unterlagen dazu haben sich in Herzogs Kellerzimmer befunden. Ordentlich auf einem USB-Stick konserviert. Man kann also klar erkennen, dass der Enkel stolz auf die Errungenschaften des Großvaters war.«

Hinterhubers Miene blieb skeptisch. Ruhig fragte er: »Sind denn irgendwo Namen von Rominas Vorfahren erwähnt?«

»So weit bin ich noch nicht. Aber ich werde dranbleiben. Ich bin sicher, da gibt es einen Zusammenhang.« Sie nahm einen Schluck Tee, der inzwischen kalt geworden war. »Was diese Lagerärzte im Dritten Reich in den KZs mit den Häftlingen gemacht haben, kann man vielfältig im Internet nachlesen. Und angenommen, wie gesagt, nur mal angenommen, Romina hat diesen Zusammenhang herausgefunden. Hat herausgefunden, dass ihre eigene Familie und die der Herzogs in einer schrecklichen Weise miteinander verbandelt sind. Liegt da der Verdacht nicht nahe, sie habe was mit seinem Tod zu tun? Zumal er mit ihrer Dienstwaffe erschossen wurde.«

»Du gehst also von Selbstjustiz aus?« Bedächtig wiegte er den Kopf hin und her. Dann sah er ihr in die Augen. »Ist das nicht ein bisschen zu weit hergeholt, Franca? Romina ist Polizistin. Vergiss das nicht.«

»Ich habe ebenfalls einen Eid auf die Verfassung geschworen. Aber ich bin auch ein Mensch, dem durchaus mal die Gefühle durchbrechen.«

»Was ich unschwer bestätigen kann.« Er verzog das Gesicht zu einem angedeuteten Grinsen, wurde aber sofort wieder ernst.

»Polizisten sind Menschen wie wir alle. Keine Denkmaschinen und keine Roboter. Manchmal handeln wir intuitiv. Romina ist seit diesem Schlag auf den Kopf dienstunfähig. Das heißt, sie hatte viel Zeit, sich über all dies Gedanken zu machen. Und wenn unsere Hilflosigkeit und unsere Wut durchbrechen und wir niemanden haben, mit dem wir uns austauschen können, dann reifen in uns ungute Gedanken. Kannst du jeden Psychologen fragen.«

Hinterhuber wiegte bedächtig den Kopf hin und her.

»Ich werde die Beweise beschaffen.« Sie stand auf. »War nett, mit dir zu plaudern.«

»Halt mich auf dem Laufenden.« Er erhob sich ebenfalls. Deutete eine Umarmung an. »Hoffentlich verrennst du dich nicht.«

»Auf meinen gesunden Menschenverstand ist Verlass.«

In diesem Moment klingelte ihr Handy. Frankenstein. Sie nahm ab. »Ja, was gibt's?«

»Wir haben endlich Herzogs Handy orten können.«

»Oh. Wie das?«

»Ich habe dir doch gesagt, wir bleiben dran. Das Handy wurde immer mal wieder eingeschaltet. Da haben wir eine stille SMS platzieren können.« Er nannte eine Adresse in Remagen.

»In Remagen? Da bin ich gerade. Bei Hubi in der PI.«

»Dann weißt du ja, was zu tun ist.«

»Okay.« Sie drückte auf den Ausknopf ihres Handys und wandte sich an Hinterhuber, der sie fragend ansah: »Weißt du, was eine stille SMS ist?«

Er lachte auf. »Klar. Damit kann festgestellt werden, in welcher Funkzelle sich ein gesuchtes Smartphone befindet. Mit der stillen SMS funktioniert das, ohne dass der Nutzer das merkt.«

»Und dann kann es geortet werden?«

»Mit der IMEI. Klar.«

»Ich frage jetzt lieber nicht, was das bedeutet.«

»Schon toll, dass Frankenstein an diese Möglichkeit gedacht hat.«

Franca nickte anerkennend. »Worauf warten wir noch?«

Hubi hetzte die Treppe hinunter, setzte sich in einen Zivilwagen, wartete kurz, bis Franca neben ihm Platz genommen hatte, und fuhr los. Es dauerte nicht lange, da hielt er vor einem unscheinbaren Mehrfamilienhaus im Stil der

50er-Jahre, das inmitten einer parkähnlichen Grünanlage stand. Im gepflegten Vorgarten blühten üppige Blumen.

»Hier müsste es sein.«

Vier Familien lebten in dem Haus. Zwei oben und zwei unten.

»Die klingeln wir alle durch.«

Der Türsummer ging. In der ersten Tür im Erdgeschoss öffnete ihnen ein betagtes Ehepaar. Die konnten sie ausschließen. In der Wohnung daneben schien niemand zu Hause zu sein. Blieben noch die beiden oberen Wohnungen.

Als sie die Treppe hochkamen, standen sie einem etwa 17-jährigen Jungen gegenüber, der sie im Hausflur zu erwarten schien. Er sah die beiden Polizisten mit großen Augen an. Franca nannte ihre Namen. »Können wir deinen Vater sprechen?«

Sofort verschloss sich sein Gesicht. »Gibt's hier nicht.«

»Und deine Mutter?«

»Ist auf der Arbeit.«

»Bist du allein zu Hause?«

»Meinen Sie, ich bräuchte einen Babysitter?« Er hielt die verschränkten Arme dicht an den Körper gepresst. Sein Blick war feindselig. Franca und Hinterhuber tauschten Blicke. Hier sind wir richtig, dachte Franca.

»Könnten wir mal dein Zimmer sehen?«, fragte sie.

»Wieso?« Der Junge wich keinen Zentimeter von der Wohnungstür.

»Es reicht, wenn du uns dein Handy gibst.«

»Dann zeigen Sie mir mal den Durchsuchungsbefehl.« Er wirkte wie ein trotziges Kind.

»Wann kommt deine Mutter nach Hause?«, änderte Franca ihre Taktik.

Er hob fast unmerklich die Schultern. Blieb stumm. Verstockt.

»Dann warten wir so lange.« Franca drängte sich an ihm vorbei und ging weiter durch die offene Tür des Wohnzimmers und setzte sich auf das Sofa. Hinterhuber folgte ihr.

»Was soll das?« Die Stimme des Jungen hatte etwas Kieksendes.

»Kannst du dir das nicht denken?«, wagte Franca einen Vorstoß.

»Wir bräuchten deine Fingerabdrücke. Aber das klären wir am besten mit deiner Mutter.«

»Meine Fingerabdrücke?« Nun sah man deutlich die Angst in seinen Augen. »Wofür ... was ... was wollen Sie?«

Er wusste nicht, wohin mit seinen Händen.

»Wir können das Ganze auch abkürzen und du kommst mit auf die Polizeiinspektion«, sagte Hinterhuber.

Er schüttelte den Kopf. Ein bisschen zu heftig. Biss sich auf die Lippen. Schien mit sich zu ringen.

Franca entschloss sich, Tacheles zu reden.

»Du bist im Besitz eines gestohlenen Handys, das wir geortet haben. Kannst du uns etwas darüber sagen?«

Er weitete die Augen. Dieser Ausdruck von Panik! In diesem Moment wusste Franca ganz sicher, dass sie auf der richtigen Spur waren.

»War Thorsten Herzog dein Lehrer?«, fragte sie.

Er starrte sie an. Sprachlos.

In dem Moment hörten sie Schritte auf der Treppe. Die Mutter kam nach Hause. Im Schloss drehte sich ein Schlüssel. Kurz darauf der Ruf: »Hallo, Jonathan. Bin wieder da.«

Als sie ins Wohnzimmer trat, sah sie überrascht auf. »Wer sind Sie denn?«

38. KAPITEL

Remagen

Es war bereits nach Feierabend. Und es war ein langer anstrengender Tag gewesen. Eigentlich wünschte sich Franca nichts sehnlicher als einen ruhigen, entspannten Abend auf der Couch. Dennoch setzte sie sich in ihren Alfa und fuhr nach Remagen.

Unterwegs ging ihr noch einmal alles durch den Kopf, was sie in den letzten Stunden erfahren hatte. Ein 17-jähriger Junge war der Täter. Fast noch ein Kind, das einem leidtun konnte, nachdem sie die ganze Geschichte gehört hatte.

Es hatte nicht lange gedauert, bis Jonathans Widerstand gebrochen war, er regelrecht in sich zusammensackte und mit einem Mal alle Kraft aus ihm wich.

»Ja. Ich war's«, gab er zu. »Ich habe meinen Lehrer erschossen.« Thorsten Herzog hatte ihm die Polizeidienstwaffe übergeben. Für die er sich einen Schalldämpfer bastelte.

Während seines Geständnisses hatte der Junge fürchterlich geschluchzt und gezittert. Doch als einmal der Damm gebrochen war, wollte er nicht mehr aufhören zu erzählen. Puzzleteil fügte sich an Puzzleteil. Die bei der Vernehmung Anwesenden erfuhren nach und nach die traurige Geschichte.

In seinem Vertrauenslehrer Thorsten Herzog hatte Jonathan ursprünglich eine Leitfigur gesehen, zu der er bewundernd aufsah. Der Schüler nahm ihn zunächst als einen Mann wahr, der es verstand, Jugendliche zu begeistern, sowohl für den schulischen Stoff als auch für Freizeitaktivitäten. An den äußerst beliebten von Herzog organisierten Zeltlagern nahm Jonathan nur allzu gern teil. Der Junge, der nicht viele Freunde hatte und etwas isoliert mit seiner alleinerziehenden Mutter zusammenlebte, erfuhr in dieser Gemeinschaft ein großes Gefühl der Verbundenheit und der Zusammengehörigkeit.

Herzogs Beliebtheit stieg immer mehr, auch weil er mit einigen Jugendlichen Szene-Konzerte besuchte, bei denen es hoch her ging. Jonathan freute sich, dass er einer dieser Auserwählten war, die den Lehrer begleiten durften. Dass es Konzerte rechtsradikaler Bands waren, fand er okay. Und die Stimmung dort gefiel ihm. Zu Hause hörte er mit Begeisterung die CDs, die sein Lehrer großzügig verteilte.

Je mehr Jonathan von einzelnen Ereignissen berichtete, umso mehr erkannte Franca, dass sämtliche Aktivitäten Herzogs auf das Ziel gerichtet waren, die Jugendlichen für sich einzunehmen und letztendlich auf einen staatsgefährdenden Umsturz vorzubereiten. Dieser Prozess ging schleichend vonstatten, indem er sich zunehmend das Vertrauen ausgewählter Schüler erschlich. Gezielt konzentrierte er sich auf solche Jugendlichen, von denen er sicher sein konnte, dass sie seine Überzeugung teilten. Diese wurden dann für seine Zwecke regelrecht herangezüchtet, man konnte auch sagen: abgerichtet.

Bis Jonathan das wahre Ziel seines sich so verständnisvoll gebenden Lehrers begriff, dauerte es eine ganze Weile.

Zunächst hatte er Herzog als einen aufrichtigen und guten Menschen wahrgenommen, einer, der eloquent und belesen war, einer, der genau wusste, was richtig und was falsch war. Er war sein Vorbild, dem er nacheifern wollte. Ihr Verhältnis wurde immer enger und Jonathan wurde so etwas wie Thorsten Herzogs engster Vertrauter. Der Lehrer vermittelte ihm und anderen ausgewählten Schülern, dass sie zu einer Elite gehörten, mit der die Welt Besonderes vorhabe. Indem er ihnen Großes versprach, verlangte er im Gegenzug absolute Loyalität. Raunend impfte er ihnen den Wahn der Auserwähltheit ein, prädestiniert, um späteren Ruhm zu ernten. Doch um die Welt zu verändern, bräuchte man Mut und den Willen zum Kampf, Grenzen mussten durchbrochen werden. Um die richtige Ordnung herzustellen, galt es, das Althergebrachte zu überwinden. Den Tod brauche man dabei nicht fürchten, flüsterte er ihnen ein – irgendwann müssten alle sterben – früher oder später. Das sei der Lauf der Welt. Viel größer sei der Gedanke daran, einst einen wichtigen Platz innerhalb der Geschichte einzunehmen.

Zunächst gelte es, die Feinde zu bekämpfen: Ihr größter Feind sei die Polizei, die beauftragten Staatsschützer. Und natürlich die Politiker, die er als Marionetten und Hampelmänner bezeichnete. Immer öfter war vom »Endsieg« und vom »Endkampf« die Rede. Auch wurden die Jugendlichen angehalten, Morddrohungen an »das Kroppzeug« zu verschicken und Drohanrufe zu tätigen. Das Ziel war eine allgemeine Verunsicherung und Spaltung der Gesellschaft – die Vorbereitung für eine unweigerlich darauf folgende Neuordnung.

Die Ausbildung an der Waffe gehörte ebenfalls zu Herzogs Umsturzplänen, für die Jonathan anfangs allzu empfänglich war.

»Mein Vater hatte mir das Schießen beigebracht. Er selbst war ein klasse Sportschütze. Und er freute sich, wenn ich mich auf der Kirmes ordentlich mit dem Gewehr anstellte und Rosen schoss. Das hat mir Spaß gemacht. Mit der Zeit war ich darin richtig gut.«

Als mit der Gruppe Schießen im Wald geübt wurde, besann sich Jonathan auf sein früheres Talent und schoss zunächst auf Schießscheiben, schließlich auf Fotos mit Konterfeis aus Staat und Gesellschaft. Waffen waren genügend vorhanden: Kalaschnikows, Uzis, Kleinkalibergewehre, Pistolen, alles war da. Und jede Menge Munition. Wo das alles herkam, wusste er nicht.

»Wir brauchen Waffen, damit wir uns verteidigen können«, wurde ihnen eingeimpft. Und Jonathan freute sich über das Lob seines Lehrers. Wie er sich einst über das Lob seines Vaters gefreut hatte, zu dem der Kontakt abgebrochen war.

Anfangs war alles abstrakt, ein Spiel. Doch irgendwann ging es darum, Menschen ins Visier zu nehmen. Menschen, die auf einer Todesliste standen, die Herzog erstellt hatte. Seinen engsten Vertrauten erzählte er eines Tages triumphierend, dass er einer »Bullenschlampe« die Dienstwaffe weggenommen hätte, die drückte er Jonathan in die Hand mit den Worten: »Jetzt kannst du zeigen, was du draufhast.« Er solle sich auf der Liste ein Opfer aussuchen.

Ab da kamen Jonathan große Zweifel und noch größere Gewissensbisse. Er rang lange mit sich selbst. War innerlich zerrissen. Und wusste, es konnte nur falsch sein, Tötungsaufträge zu erfüllen. Es gab niemanden, dem er sich anvertrauen konnte. Sein Freundeskreis bewegte sich innerhalb der elitären Gruppe um Herzog. Und seine

Mutter hatte von alldem keine Ahnung. »Die hat nie mitbekommen, wenn ich nachts mal ausrückte. Hatte ja oft Schichtdienst als Krankenschwester.«

So wuchs langsam in ihm der Gedanke, dass es nur einen Ausweg geben konnte. In dieser Nacht war er mit Herzog verabredet gewesen. Zum Graffitisprayen. »Das haben wir öfter gemacht. Daran hatte er eine diebische Freude.«

Jonathan hatte einen Rucksack dabei. Darin die mit dem selbst gebastelten Schalldämpfer präparierte Polizeiwaffe. Als Herzog das Graffito auf eine der Messingplaketten am Brückenkopf sprühte, habe er geschossen und sei schnell weggelaufen.

»Aber sein Handy hast du doch mitgenommen?«, fragte Franca.

Er nickte. »Ich wusste, dass Herzog darauf alles Mögliche gespeichert hatte, auch die Feindeslisten. Und noch so einiges andere. Ich dachte, vielleicht kann ich die Personen warnen. Ich habe das alles nicht böse gemeint. Es ist doch richtig, einen Übeltäter zu erschießen? James Bond macht das doch auch. Der hat doch die Lizenz zum Töten.« Dabei hatte der Junge so abgrundtief traurig geschaut, dass es Franca schier das Herz zerriss.

»Muss man nicht in bestimmten Situationen töten, um der Gerechtigkeit Genüge zu tun? Das tun Sie doch auch manchmal. Das mit dem finalen Rettungsschuss habe ich mir genau durchgelesen.«

Dieser Satz hatte Franca am meisten erschüttert.

Einmal aufs Neue fragte sie sich: Was machte man mit solchen Menschen, den Wölfen im Schafspelz, die es liebten, ihre Mitmenschen für ihre Zwecke zu manipulieren?

Wie ging man adäquat mit ihnen um? Von dieser Sorte hatte sie einige im Laufe ihres Berufslebens und auch auf privater Ebene kennengelernt. Sogar verliebt hatte sie sich in einen solchen, natürlich ohne seine wahre Persönlichkeit zu kennen. Und als sie ihn schließlich durchschaute, schämte sie sich fürchterlich.

Hätte sie diesen Mann umgebracht, wenn sie die Möglichkeit dazu gehabt hätte? Über diese Frage hatte sie öfter nachgedacht, ohne zu einer eindeutigen Antwort zu kommen.

Selbstjustiz konnte keine Lösung sein, davon war sie nach wie vor überzeugt. Aber der verzweifelte Junge tat ihr leid.

39. KAPITEL

Remagen

Nun trat sie ein zweites Mal durch das kleine Tor am Remagener Viktoriaberg und stieg die Steinstufen hoch. Klingelte. Die Kollegin öffnete. Erstaunen in den Augen. »Franca.« Sofort verschloss sich ihre Miene.

»Hallo, Romy.«

»Romina bitte. Ich mag diese Abkürzung nicht.«

»Entschuldigung. Romina.«

Sie hatten sich ein-, zweimal im Beisein von Clarissa getroffen und kannten sich nur flüchtig. An die feinen Gesichtszüge dieser wunderschönen Frau konnte sie sich nicht mehr erinnern. Vielleicht, weil sie jedes Mal das dunkle Haar zu einem Zopf geflochten hatte, das ihr nun weich und feminin über die Schultern fiel.

»Darf ich hereinkommen?«

»Bitte.«

Romina wirkte kühl, mit ihrer geraden Haltung auch stolz und unnahbar. Kein Wunder, dachte Franca. Nach all den ungerechtfertigten Verdächtigungen. Deshalb atmete sie kurz durch und kam sofort zur Sache: »Ich möchte mich in aller Form bei dir entschuldigen. Im Namen aller, die dich verdächtigt haben. Im Namen der Polizei.«

Romina trat zur Seite. Sagte nichts. Veränderte kaum ihren Gesichtsausdruck. Schließlich drehte sie sich um und ging voraus ins Wohnzimmer. Franca folgte ihr.

»Kann ich dir etwas anbieten?«, fragte Romina steif.

»Wenn du einen Kaffee hättest?«

Mit durchgedrücktem Rückgrat verschwand Romina in der Küche.

Franca sah sich im Wohnzimmer um. Es war ein modernes Zimmer, schlichte weiße Möbel. Ein Glastisch. Romina schien viel zu lesen. Ihr Bücherregal reichte vom Boden bis zur Decke und war wohlgefüllt.

Auffallend war ein altarähnliches Gebilde in einer Ecke des Raumes. Sie ging hin, um sich die darauf liegenden Gegenstände näher zu betrachten.

Ein abgenutzt aussehender Füllfederhalter lag auf einer Damastdecke mit eingesticktem Monogramm, daneben eine silberne Taschenuhr. Ein kleiner Stapel Schwarz-Weiß-Fotos fiel ihr ins Auge ebenso wie ein grünes, abgegriffenes Notizbüchlein. Am merkwürdigsten nahm sich eine kleine Puppe mit schwarzem Gesicht aus, die kitschige, schrill bunte Kleider trug. Zwischen dem Sammelsurium brannte ein ewiges Licht. Diese arrangiert wirkende Ecke wollte nicht so recht in das ansonsten normal und modern eingerichtete Wohnzimmer passen. Romina kam mit einem Tablett und zwei dampfenden Kaffeetassen zurück.

»Danke.« Franca setzte sich in einen Sessel, der dem Sofa gegenüberstand, rührte Milch in den Kaffee und nahm bedächtig einen Schluck. Sie versuchte, ihren beschleunigten Herzschlag und das dumpfe Gefühl in der Bauchgegend zu ignorieren, das ihre Furcht vor dem nun folgenden Gespräch ankündigte. Wer gab schon gern Fehler zu, zumal eigene Denkfehler? Doch sie war dieses Gespräch nicht nur Romina gegenüber schuldig, sondern auch sich selbst gegenüber. Gleichzeitig hoffte sie, mit einem lockeren Einstieg das Eis zu brechen.

»Man hört so gar nicht, dass du Berlinerin bist.«

»Bin ick aber, wa.« Romina lachte kurz auf. »Meine Mutter ist eine waschechte Berlinerin. Das Berlinern hat man uns Kindern ziemlich früh abgewöhnt. Wir sollten fein sprechen. Hochdeutsch. Wie sich das gehörte. Bloß nicht auffallen, war die Devise meiner Familie.« Ein Ruck schien durch ihren Körper zu gehen. Sofort wurde sie ernst. »Immer schön anpassen. Niemand soll wissen, wo du herkommst, dann kann dir auch niemand wehtun. Das haben uns die Eltern früh eingetrichtert.« Jetzt sah sie Franca provozierend an. »Hat nicht immer funktioniert. Das mit dem Nicht-Wehtun, meine ich. Du weißt, dass ich Sinteza bin?«

Franca nickte leicht mit dem Kopf. »Wir können weder unsere Wurzeln aussuchen noch sie leugnen«, gab sie zu. »Auch ich nicht als Halb-Italienerin. Das ist mir kürzlich sehr bewusst geworden, als ich meine Verwandten in der Heimat meines Vaters besuchte.«

Darauf ging Romina nicht ein. »Du willst dich also bei mir entschuldigen«, nahm sie den Faden, den Franca ausgelegt hatte, auf. Ihre Stimme verfiel abermals in die bekannte unterkühlte Tonlage. »Dann hast du mich also auch verdächtigt?«

»Das tut mir aufrichtig leid.« Francas Miene drückte Zerknirschung aus. »Der Verdacht hat sich uns einfach aufgedrängt. Es gab so vieles, was für deine Täterschaft sprach. Allerdings will ich auch betonen, wie sehr Clarissa dich verteidigt hat. Sie ist wirklich eine loyale Freundin.« Franca suchte Rominas Blick, sah ihr bittend in die Augen. »Für uns schien alles zusammenzupassen. Du wusstest, wer Herzog war?«

»Stand doch in der Zeitung«, antwortete Romina mit einem Anflug von Trotz in der Stimme. »Ein Neonazi.«

»Dessen Großvater Lagerarzt in Auschwitz war.«

Romina blieb eine Weile still und starrte vor sich hin. Ihre Lider flatterten, doch ihr Gesichtsausdruck verriet nichts von ihren Gedanken. Dann sagte sie ruhig: »Selbst wenn ich das wusste? Das heißt noch lange nicht, dass ich jemanden töten würde. Ich bin Polizistin! Und zwar aus Überzeugung.«

Eine Weile herrschte ungutes Schweigen.

»Und wieso werde ich nicht mehr verdächtigt?«, fragte Romina schließlich.

»Wir wissen, wie sich alles abgespielt hat. Und dass es genauso war, wie du sagtest: Als du während dieser Demo niedergeschlagen wurdest, hat dir Thorsten Herzog die Dienstwaffe gestohlen. Wir glaubten, danach wärst du zu einem Rachefeldzug angetreten.«

Romina zog die Augenbrauen hoch. »Weil wir Zigeuner ja kriminelles Blut in den Adern haben.«

Franca machte eine abwehrende Handbewegung. »Wir hätten jeden anderen in dieser Situation genauso verdächtigt. Außerdem habe ich erst vor Kurzem erfahren, dass du Sinteza bist. Von den Kollegen wusste es niemand.«

»Ich dachte, das steht mir auf der Stirn geschrieben.« Das klang spöttisch und traurig zugleich. »Und? Wer war es? Wer hat diesen Nazi erschossen?«

»Ein 17-jähriger Junge. Ein Schüler. Herzog hat ihm deine Pistole gegeben, mit der er später selbst erschossen wurde. Das ist eine traurige Geschichte. Willst du sie hören?«

Romina nickte vage.

Franca begann zu erzählen, was sie kurz zuvor in einigen langen Gesprächen aus dem Jungen hervorgeholt hatte. Es war die Geschichte eines intelligenten, wissbegierigen Jungen, der fehlgeleitet worden war von einem falschen Vorbild. Der ohne Vater aufwuchs und dessen Mutter kaum Zeit für ihn hatte, weil sie als Krankenschwester im Schichtdienst arbeitete. Der sich nach einer Vertrauensperson sehnte und glaubte, eine solche in seinem Lehrer gefunden zu haben. Ein fanatischer Rechtsextremist, der eine Gruppe gutgläubiger Jugendlicher um sich scharte, deren Vertrauensseligkeit er auf schlimme

Weise missbrauchte und sie zu seinen willfährigen Werkzeugen machen wollte.

»Wie bei Hitler«, bemerkte Romina.

»Genau so. Er veranstaltete Jugendfreizeiten mit Zeltlager und Lagerfeuer, die alle toll fanden. Und er hat ihnen eingebläut, nichts zu Hause zu sagen. Daran hielten sich offensichtlich alle. Systematisch hat er die Gruppe auf seinen Tag X vorbereitet und hielt sie an, Zersetzung zu betreiben, wo es nur ging. Dazu gehörte auch das Graffitisprayen. Oder Drohschreiben und Drohanrufe bei ausgewählten Personen, all diese Dinge.«

Romina hörte aufmerksam zu, schüttelte ab und zu den Kopf.

»Im Wald haben sie auf Fotos von Lehrern und Politikern geschossen. Waffen gab es offensichtlich genug. In einem Depot haben wir ein regelrechtes Arsenal gefunden.« Franca hielt einen Moment inne. »Dieser Junge hat irgendwann durchblickt, wie sehr er manipuliert wurde. Aber mit Worten oder Argumenten kam er nicht gegen Herzog an. Der war immun gegen jegliche Kritik und lebte in seiner eigenen Blase.«

»Dann hat er mit meiner Dienstwaffe seine Leitfigur erschossen«, murmelte Romina wie zu sich selbst.

Franca nickte. »Und nun haben wir einen verstörten Jungen festgenommen, der einfach nur gutgläubig war.« Sie blickte vor sich auf den Tisch. Wagte nicht, ihrem Gegenüber in die Augen zu sehen. Noch etwas anderes ging ihr durch den Kopf: Herzog hatte Romina als »Bullenschlampe« betitelt. Was hätte er wohl unternommen, wenn er geahnt hätte, dass sie eine Sinteza war? Bei diesem Gedanken lief es Franca eiskalt den Rücken hinunter.

Romina stand auf, öffnete die Vitrinentür und nahm eine Flasche und zwei kleine Gläser heraus. Mirabellenschnaps.

»Den brauche ich jetzt«, sagte sie. »Und ich hoffe, du stößt mit mir an.«

»Ich bin so froh, dass du meine Entschuldigung annimmst«, sagte Franca erleichtert.

»Und ich bin froh, dass sich das aufgeklärt hat und ich nicht länger verdächtigt werde.« Sie stieß mit Franca an und trank den Schnaps in einem Zug. Schüttelte sich. »Der war nötig.«

»Clarissa hat sich sehr gewundert, weshalb du dich plötzlich nicht mehr gemeldet hast«, sagte Franca nach einer Weile.

»Ja, kann ich mir denken. Aber mir wurde alles zu viel. Nachdem mich auch noch dieser LKA-Typ belästigte, bin ich kurz entschlossen nach Berlin gefahren.«

»Wie, der Reichel war in deiner Wohnung?« Franca runzelte die Stirn. »Wie dreist ist das denn?«

»Offensichtlich einer von der Sorte, die glaubt, sich alles erlauben zu können.«

»Und warum nach Berlin?«

»Weil ich mit meiner Mutter ein wichtiges Gespräch führen musste«, antwortete Romina leise. »Ich wollte wissen, warum in unserer Familie nie wirklich über die Vergangenheit gesprochen wurde. Weshalb man bestimmte Wörter nicht sagen durfte und wir niemandem erzählen sollten, dass wir Sinti sind. Und warum meine Großeltern immer so traurig waren.« Sie schluckte. Hielt einen Moment inne.

»Hast du Antworten bekommen?«, fragte Franca ebenso leise.

Romina strich sich über die Oberschenkel. »Einige. Aber es kamen neue Fragen hinzu. Ich wusste lange Zeit nicht, dass viele Mitglieder meiner Familie vom Porajmos betroffen waren.«

»Porajmos?«

»Das ist unser Wort für Holocaust. Einzelheiten habe ich erst erfahren, als meine Mutter mir ein Päckchen schickte.« Sie stand auf, ging zu der Nische und nahm einige der Gegenstände in die Hand. »Das ist alles, was von denen übrig blieb, die in Auschwitz waren. Und das hier.« Sie hielt Franca das abgewetzte Notizbüchlein hin. »Darin steht die Leidensgeschichte meines Großvaters. Als ich das las, habe ich alles begriffen. Er kam als Kind nach Auschwitz. Sein einziges Verbrechen: Er war nicht wie sie. Er war Sinto. Das genügte, um bestraft zu werden.« Ihre Stimme bebte. Sie blickte die Kollegin vielsagend an.

Franca fühlte sich äußerst unbehaglich.

Romina gab sich einen Ruck. »Noch einen?« Sie zeigte auf die Flasche Schnaps.

»Willst du wirklich den Dienst quittieren?«, fragte Franca, nachdem sie das zweite Glas ausgetrunken hatte. »Clarissa sagte so was.«

»In den Ruhestand gehe ich noch nicht, falls du das meinst.« Romina wiegte mit dem Kopf. »Ich hatte ja viel Zeit zum Nachdenken. Und wenn du heute nicht gekommen wärst, wäre ich tatsächlich morgen bei euch aufgeschlagen und hätte euch zur Rede gestellt.«

Da war eine Traurigkeit in Rominas Augen. Und gleichzeitig eine stolze Entschlossenheit.

»Es gibt so viele Probleme, mit denen sich Sinti und Roma in Deutschland und speziell bei der Polizei kon-

frontiert sehen. In diesem Bereich ist einiges zu tun. Man
kann in Schulen gehen, Aufklärungsarbeit verrichten. Du
siehst ja, wie notwendig das ist. Frag mal Schüler, was sie
glauben, wer Sinti und Roma sind? Die Antwort wird
lauten: Leute, die in Wohnwägen umherziehen und alles
klauen, was nicht niet- und nagelfest ist. Klar gibt es solche,
aber man muss doch den Kindern klarmachen, dass jeder
Mensch ein Individuum ist und nicht als bloßer Angehöriger einer Volksgruppe verurteilt werden sollte. Natürlich treibt mich die Hoffnung an, dass Kinder dann weniger anfällig sind gegenüber solchen Rattenfängern wie
diesem Herzog.«

»Das halte ich für eine sehr gute Idee.«

»In Berlin ist mir auf erschreckende Weise klar geworden, dass es nach 1945 zwar eine Aufarbeitung des Antisemitismus gab, aber kaum einer hat sich mit Antiziganismus beschäftigt. Die alten Vorurteile gegen die …« Sie hob
die Hände, um Anführungszeichen anzudeuten, »Zigeuner bestehen immer noch.«

»Aber doch nicht mehr in diesem Maß«, wagte Franca
zu widersprechen. »Wir haben in Deutschland einiges
dazugelernt.«

»Glaubst du? Ich will dir mal was zeigen.« Romina
ging zu ihrem Bücherregal, nahm eine geheftete Mappe
heraus, schlug sie auf.

»Ich nehme an, die Namen Doktor Ritter und Eva
Justin sagen dir nichts?«

Franca schüttelte den Kopf.

»Dann würde ich dir dies als Lektüre empfehlen. Sehr
aufschlussreich.«

»Und was ist das?«

»Eine Doktorarbeit. Lies sie einfach. Darin stehen solche Weisheiten wie: ›Zigeuner sind primitiv und asozial, äußerst verschlagen und neigen zur Kriminalität.‹ Sie sah Franca ins Gesicht. »Du wirst nicht leugnen, dass sich dieses Vorurteil hartnäckig bis in unsere Tage gehalten hat.«

Franca senkte schuldbewusst den Kopf.

»Lies es. Dann können wir noch mal darüber reden, wie tolerant die Deutschen geworden sind. Diese Frau hier«, sie tippte auf die Mappe, »und ihr Chef konnten nämlich nach dem Krieg genau so weitermachen wie zuvor.«

Franca nahm die Mappe und legte sie zur Seite. Sie war wirklich interessiert an dem, was diese Doktorarbeit enthalten würde.

»Kennst du Marianne Rosenberg?«, wechselte Romina plötzlich das Thema.

Franca nickte überrascht. »Die Sängerin. Klar.«

»Sie ist Sinteza.«

»Das habe ich nicht gewusst.«

»Sie hat ebenso wie ich viele von den Nazis ermordete Verwandte in ihrer Familie. Ihr Vater Otto hat dasselbe Schicksal erlitten wie mein Großvater. Nach dem Krieg hat er einiges für uns getan. Ihre Schwester Petra ist weiterhin sehr aktiv in der Bewegung.« Ihr Blick ruhte nachdenklich auf Franca. »Kannst du dir vorstellen, was es bedeutet, ständig mit dem Klischee des ›typischen Zigeuners‹ konfrontiert zu werden, der stiehlt, bettelt und betrügt? Andauernd müssen wir gegen unsere Angst ankämpfen, derart abgestempelt zu werden. Dabei wissen viele Menschen nicht mal, was es bedeutet, Sinti zu sein. Aber es stimmt: Jemand mit unserem Background betrachtet die Welt anders als ihr Gadje. Nur nicht so, wie ihr euch das vorstellt.«

»Das Wort Gadje habe ich noch nie gehört.«

»Woher auch?«

Romina stellte den CD-Player an. Franca erkannte die Stimme von Marianne Rosenberg.

»Hör genau zu«, forderte Romina sie auf. »Das Lied heißt ›Trauriger Stolz‹ Es ist eine Ballade mit Sinti-Klängen.«

»Sehr bewegend«, sagte Franca, als das Lied zu Ende war und hielt ihr Glas hoch. »Hast du noch einen?«

»Klar. Aber du musst doch noch Auto fahren.«

»Mach dir mal darüber keine Gedanken.«

Franca deutete auf die bunt gekleidete Puppe in der kleinen Nische. »Willst du mir verraten, was es damit auf sich hat?«

»Das ist die heilige Sara«, gab Romina bereitwillig Auskunft. »Ist vielleicht ein bisschen kitschig. Aber es ist ein schönes Andenken an unsere Treffen in Les Saintes Marie de la Mer.«

»Saintes Maries? Die Stadt der Zigeuner?«, rief Franca freudig aus. »Da war ich auch mal.«

»Sinti und Roma«, verbesserte Romina sofort.

»Ja, natürlich. Entschuldige. So ist das mit alten Gewohnheiten. An Les Saintes habe ich die schönsten Erinnerungen. Ist allerdings ewig her.«

In jungen Jahren war sie dort gewesen. Mit ihrer Jugendfreundin Alex. Beide hatten sich während eines Zelturlaubs in Südfrankreich ein Schlangen-Tattoo auf den Busen stechen lassen, das inzwischen reichlich verblasst und kaum noch sichtbar war. Den denkwürdigen Aufenthalt in Frankreichs Süden hatte sie jedoch nie vergessen.

»Und was hat es mit dieser heiligen Sara auf sich?«, forschte sie nach.

»Man nennt sie auch die schwarze Madonna.«

»Schwarze Madonna? So heißt doch auch die Friedenskapelle auf den Rheinwiesenlagern.«

»Es gibt nicht nur eine schwarze Madonna. Der Legende nach ist unsere heilige Sara auf der Flucht aus Israel mit einem Schiff in Südfrankreich gelandet. Deshalb pilgern noch heute Tausende an Pfingsten in die Camargue, um die ›schwarze‹ Jungfrau zu feiern. Ich war ebenfalls mal an einem Pfingstfest dort. Das war sehr eindrucksvoll.« Es sah aus, als ob Romina sich plötzlich in einer anderen Zeit befand. Ihr Gesicht leuchtete von innen her. Sie schien vollkommen verwandelt, als sie von diesem Erlebnis erzählte.

»Jedes Jahr wird die schwarze Sara feierlich eingekleidet ins Meer getragen. Es ist ein religiöses Fest mit viel Lebensfreude, Musik und Tanz. So wie wir Sinti gerne feiern.«

»Erzähl mir von dir«, bat Franca. »Hast du dich immer zu deiner Volksgruppe bekannt?«

Romina schüttelte den Kopf. »Ich wusste lange nicht, dass ich eine Sinteza war. Unsere Eltern haben uns normal erzogen, weil sie uns einiges ersparen wollten. Aber es gab halt die Großeltern mit den Nummern auf den Armen. Doch was es damit auf sich hatte, darüber haben sie nie gesprochen. Fast meine gesamte Familie ist in Auschwitz gelandet. Darüber habe ich lange nichts gewusst. Ich habe nur immer dieses Unheilvolle gespürt, das in der Luft lag. Und über das niemand sprechen wollte.«

»Also geht es dir nicht so schlecht wegen des Unfalls?«

Romina zuckte mit den Schultern. »Vielleicht hängt das damit zusammen. Und dass ich so viel Zeit zum Grübeln hatte.«

Franca nickte nachdenklich.

»Es klebt an mir. Ich werde es nicht los. Und ich möchte es auch gar nicht loswerden. Ich habe mich immer als Deutsche gefühlt. Obwohl ich instinktiv spürte, dass ich anders bin. Das ist schwer zu erklären.«

»Nein, gar nicht. Ich weiß, was du meinst.«

»Es ist so … merkwürdig. Manchmal habe ich das Gefühl, als ob ich das selbst erlebt hätte, was man meiner Familie angetan hat. Als ich die Notizen meines Großvaters gelesen habe, spürte ich regelrecht den Schmerz, die Angst und den Hunger, all das, was er durchlitten hat.«

Es wurde eine lange Nacht. Irgendwann hatte Franca zu viele Schnäpse intus. Es wäre unverantwortlich gewesen, in diesem Zustand nach Hause zu fahren.

»Du kannst gern hier übernachten«, bot Romina mit nicht mehr ganz klarer Stimme an. »Oder hast du Angst, du wirst beklaut?«

»Klar, weil ja alle Sinti klauen.«

Beide kicherten.

EPILOG

Remagen

Auf Wunsch von Romina hatten sie sich an der Rheinbrücke verabredet, um den Sonnenaufgang zu beobachten:
»Ihr müsst das unbedingt erleben. Also kommt, wenn es
noch dunkel ist.«

So hatten sich alle drei, Clarissa, Franca und Romina,
mitten in der Nacht auf den Treppen vor der Rheinbrücke eingefunden, um zusammen den Sonnenaufgang zu
beobachten.

Es hatte kaum abgekühlt. Die Hitze nistete in den
schwarzen meterdicken Mauern der mächtigen Wehr-
türme, diesem Bollwerk aus Basalt mit seinen Schießschar-
ten und Geschützplattformen.

Eine ganze Weile saßen sie still, wie andächtig, im wat-
tigen Grau. Wellen schlugen leise ans Ufer. Ein stetiges,
wiederkehrendes Echo.

Franca dachte an das Telefongespräch am gestrigen
Abend. Michele hatte angerufen. Er habe auf dem Dachboden etwas Merkwürdiges gefunden: eine kleine Schall-
platte mit deutschen Liedern. Eines heiße »*Bergvagabun-
den*«. Ob sie das kenne.

Oh ja, das Lied kannte sie gut. Ein Volkslied, das früher öfter in der Schule gesungen wurde. Aber sie hatte es
schon lange nicht mehr gehört. Sie erinnerte sich an den

Text, in dem es um Sehnsucht ging, die in den Herzen brennt. Die letzte Zeile hieß: »*Wir kommen wieder, denn wir sind Brüder, Brüder auf Leben und Tod.*«

»Ich glaube, die Platte hat dein Vater meinem Vater geschickt«, sagte Michele.

Franca spürte ein warmes Pulsieren in ihrem Inneren.

»Und, hat Enrico sie jemals gehört?«

»Ich glaube schon.«

»Konnte dein Vater denn deutsch?«

»Er verstand es recht gut, aber er vermied es, deutsch zu sprechen.«

»Wie muss Papa die Berge vermisst haben«, sagte Franca. »Ich bin froh, dass du mir das mitgeteilt hast.«

Die ersten Vogelstimmen erklangen. Auf der anderen Rheinseite schälten sich langsam Konturen heraus, wurden immer deutlicher, man konnte Grenzen ausmachen. Langsam lichtete sich das Dunkel, es wurde heller und heller. Die Reste der Brücke, eine eiserne Silhouette, waren nun gut sichtbar. Inzwischen wusste sie einiges über das Wahrzeichen von Remagen, das dem Feind einst einen strategischen Vorteil verschafft hatte. Einem Feind, der heute Freund war. Und hoffentlich auch blieb. Denn die Dinge konnten sich sehr schnell ändern. Bedrohung war überall. Auch in den eigenen Reihen. Deshalb war es wichtig, wachsam zu bleiben.

Renate hatte ihr berichtet, dass sie im Zuge der Aufklärung der Hintergründe um den Mord an Herzog weitere Aktivisten der rechten Szene ausfindig gemacht hatten. Es gebe da eine sehr effektive Software. Mit Hilfe spezieller Programme konnte man nicht nur reale Anschläge beobachten, sondern auch Spieleplattformen durchforsten, ebenso Messengerdienste und verschlüsselte Chatforen. Auch der Verfassungsschutz war inzwischen in den sich ausweitenden Fallkomplex involviert.

»Ich glaube, da kommt noch eine Menge auf uns zu, all die Mitwisser und Unterstützer um Herzog aufzuspüren«, hatte Renate gesagt. »Niemand soll sich sicher fühlen, wir werden ihre Tarnkappen lüften und aufdecken, wo sich Leute auf Straftaten vorbereiten, bevor sie Taten begehen können. Tja, wir haben das Phänomen Rechtsextremismus lange nicht so ernst genommen, wie wir es hätten tun müssen. Doch inzwischen ist so mancher wach geworden. Man kann sagen, wir haben das potenzielle Gefährderspektrum besser im Blick. Und ich denke, wir werden noch so einiges an Überraschungen erleben.«

Das hörte sich gut an. Hoffentlich spielen auch alle mit und ziehen an einem Strang, dachte sie. Wenn ich eins gelernt habe, dann ist es die Beständigkeit des Wandels. Nie dürfen wir vergessen, dass sich von heute auf morgen alles verändern kann. Und dass die Welt dann nicht mehr dieselbe ist, obwohl wie jeden Tag die Sonne aufgeht und sie am Abend hinter dem Horizont verschwindet. Gewissheiten müssen ständig hinterfragt werden. Insbesondere dann, wenn man sich sicher glaubt. Weil uns manchmal unsere Denkmuster und eingefahrenen Raster trügen. Weil der Mensch so gepolt ist, einfache Lösungen für komplizierte Vorgänge für wahrscheinlich zu halten.

Der Himmel begann sich in einem unwirklichen Goldton zu färben. Die Sonne brachte Wasser und Landschaft zum Glühen. Die Welt erwachte. Ein neuer Tag begann.

Romina und Clarissa hatten sich leise unterhalten.

»Bin ich froh, dass sich alles aufgeklärt hat«, sagte Clarissa nun laut.

»Und ich erst«, bestätigte Romina.

»Jetzt kann ich beruhigt in den Ruhestand gehen.« Franca lächelte. »Ich hoffe, ihr zwei besucht mich mal im Trentino. Dort ist es wunderschön.« Und an Romina gerichtet, meinte sie: »Keine Angst vor der Mafia.«

»Habe ich nicht. Rom ist ja weit weg. Und mit Casamonica bin ich nicht verwandt.«

»Casamonica? Habe ich was verpasst?«, fragte Clarissa.

Romina kicherte. »Du solltest öfter Zeitung lesen«, gab sie zur Antwort.

NACHBEMERKUNG UND DANK

Der Hauptschauplatz dieses Romans ist Remagen. Die Kleinstadt zwischen Bonn und Koblenz ist weit über die Grenzen von Rheinland-Pfalz bekannt, hauptsächlich wegen der aus Stahl gebauten Eisenbahnbrücke, die nach der Rhein-Überquerung der Amerikaner im März 1945 zusammenbrach. Heute sind von dieser Brücke – die zum Mythos geworden ist – nur noch die Pfeiler und Türme auf beiden Seiten des Rheins erhalten.

Diese Geschichte ist, wie alle vorherigen Franca-Mazzari-Romane, erfunden. Dies betrifft sämtliche handelnden Personen. Gleichwohl entsprechen die beschriebenen Schauplätze und einige Ereignisse, auf die ich verweise, der Realität.

Nicht erfunden ist die Beschreibung zunehmender demokratiegefährdender Bewegungen. Das im Roman bezeichnete »Aktionsbündnis Mittelrhein« nannte sich in der Realität »Aktionsbüro Mittelrhein«. Der lange, im Grunde ergebnislose Prozess gegen einzelne Mitglieder dieser Allianz entspricht den Tatsachen, wie sie in Zeitungen und im Internet nachzulesen sind. Das Verfahren wurde im September 2019 eingestellt.

»Seit Jahren befeuern Rechtsradikale in den Parlamenten und auf der Straße eine Rhetorik des Hasses, die sich immer mehr in Gewalt entlädt. Angehörige von Minderheiten spüren die wachsende Aggression schon lange, mit Verzögerung bildet sich das nun auch in den Zahlen ab.« So lautet ein Zitat aus einem Bericht der Amadeu Antonio Stiftung vom Mai 2021. Die Stiftung ist benannt nach einem der ersten Todesopfer rechter Gewalt seit der Wiedervereinigung.

Der im Prolog dieses Romans geschilderte »Gedenkmarsch« findet in der Realität alljährlich im November in Remagen statt. Diese Veranstaltung bezieht sich auf die in den Rheinwiesenlagern gestorbenen deutschen Kriegsgefangenen, auf die ich bereits in vorherigen Bänden der Franca-Mazzari-Reihe verwiesen habe. Die »Naziaufmärsche« werden sowohl von führenden Politikern als auch von den Bürgern des Rheinstädtchens als »revisionistisches Heldengedenken« verurteilt. Versammlungsrechtlich sind diese Aufmärsche nicht zu verhindern, werden aber von einem großen Aufgebot der Polizei im Auge behalten, auch, um die Neonazis von den Gegendemonstranten zu trennen.

Ein weiteres Thema des Romans ist die zunehmende Gewalt gegen die Polizei. Kürzlich strahlte der *SWR* die Dokumentation aus: *Schläge, Schüsse, Tritte – der gefährliche Alltag der Polizei* (https://www.youtube.com/watch?v=NuFM4y9T6wA)

Die Dokumentation, in der unter anderem der Polizist zu Wort kommt, der während einer Schlägerei in Andernach lebensgefährlich verletzt wurde, belegt in erschreckendem Maße diese Tendenz.

In diesem Roman wird vielfältig Bezug auf die Volksgruppe der Sinti und Roma genommen. Das frühere Wort »Zigeuner« ist eine von Vorurteilen und Klischees überlagerte Fremdbezeichnung der Mehrheitsgesellschaft, die von den meisten Sinti und Roma als diskriminierend abgelehnt wird. Ihre Sprache ist Romanes, eine gesprochene Sprache, die von Generation zu Generation mündlich weitergegeben wurde und wird. So erklärt sich die unterschiedliche Schreibweise der im Roman genannten Wörter, wie Sinteza (auch Sintezza oder Sintiza) oder Gadje (auch Gadsche). Ersteres bedeutet die weibliche Singularform von Sinto, während Gadje die Bezeichnung für Nicht-Angehörige dieser Volksgruppe ist.

Dieser vorläufig letzte Franca-Mazzari-Band versammelt noch einmal viele der in den vorherigen Bänden beschriebenen Personen und verweist auf frühere Fälle, bei denen Franca und ihr Team ermittelt haben. Es war mir ein besonderes Anliegen, dass der Kreis sich mit Bernhard Hinterhuber schließt. Francas Kollege war von Anfang an dabei und ist inzwischen zum Leiter der Remagener Polizeiinspektion aufgestiegen. – Natürlich nur in meiner Fantasie. Allerdings konnte ich ein längeres Gespräch mit dem realen Leiter der PI, Ralf Schomisch, führen. Dafür mein aufrichtiger Dank.

Danken möchte ich auch meinen Kollegen Dieter Aurass und Jörg Schmitt-Kilian. Die ehemaligen Polizisten gaben mir wertvolle Anregungen. Der ehemalige Leiter der Koblenzer Spurensicherung, Walter Günther, verfolgt Franca Mazzaris Entwicklung mit Sachkenntnis und Interesse. Auch ihm bin ich einmal aufs Neue zum Dank verpflichtet.

Last but not least danke ich dem Gmeiner-Verlag, insbesondere meiner Lektorin Claudia Senghaas, die diese Reihe von Anfang an betreute und unterstützte.

Gabriele Keiser
Andernach, im Juni 2022

BÜCHER UND TEXTE, AUF DIE IM
ROMAN BEZUG GENOMMEN WIRD
(AUSWAHL)

Ute Bales: *Bitten der Vögel im Winter*. Roman. Rhein-Mosel-Verlag, Zell, 2018.

Michel Cymes: *Hippokrates in der Hölle. Die Verbrechen der KZ-Ärzte*. Theiss, Darmstadt 2016.

Karola Fings: *Sinti und Roma. Geschichte einer Minderheit*. Beck Wissen, München, 2016.

Eva Justin: *Lebensschicksale artfremd erzogener Zigeunerkinder und ihrer Nachkommen*. Inaugural-Dissertation, Berlin, 1943. http://www.sifaz.org/eva_justin_dissertation_artfremd_erzogene_zigeunerkinder_1943.pdf

Monika Littau: *Die sehende Sintiza. Buchela – Pyhtia von Bonn*. Roman. Rhein-Mosel-Verlag, Zell. Neuauflage 2020 (erstmals 2012 veröffentlicht).

Eva Mozes Kor/Lisa Rojany Buccieri: *Ich habe den Todesengel überlebt. Ein Mengele-Opfer erzählt*. cbj, München, 2012.

Marianne Rosenberg: *Kokolores, Autobiografie*, List, Berlin, 2006.

Otto Rosenberg: *Das Brennglas. Aufgezeichnet von Ulrich Enzensberger.* Eichborn, Frankfurt und Berlin, 1998.

Philippe Sands: *Die Rattenlinie – Ein Nazi auf der Flucht.* S. Fischer, Frankfurt, 2020.

Anja Tuckermann: *»Denk nicht, wir bleiben hier!« Die Lebensgeschichte des Sinto Hugo Höllenreiner.* Hanser, München, 2005.

ENDE

Kommissarin Franca Mazzari ermittelt:

1. Fall: Apollofalter
ISBN 978-3-89977-687-4

2. Fall: Gartenschläfer
ISBN 978-3-89977-772-7

3. Fall: Engelskraut
ISBN 978-3-8392-1117-5

4. Fall: Vulkanpark
ISBN 978-3-8392-1395-7

5. Fall: Goldschiefer
ISBN 978-3-8392-1673-6

6. Fall: Kaltnacht
ISBN 978-3-8392-2130-3

7. Fall: Ahrweinkönigin
ISBN 978-3-8392-2493-9

8. Fall: Tatort Rheinbrücke
ISBN 978-3-8392-0420-7

Weitere:

**Puppenjäger
(mit Wolfgang Polifka)**
ISBN 978-3-8392-0128-2

GMEINER SPANNUNG

WWW.GMEINER-VERLAG.DE
Wir machen's spannend